夺回美国

一来 著

加拿大国际出版社

Canada International Press

书名：夺回美国
作者：一来
出版：加拿大国际出版社
www. intlpressca. com
Email: service@intlpressca. com
国际书号 ISBN:978-1-990872-26-6

电子书 ISBN:978-1-990872-27-3

Title: Taking Back The States
Author: Lai Yi
Publisher: Canadian International Press
www.intlpressca.com
Email: service@intlpressca.com
ISBN: 978-1-990872-26-6
eBook ISBN: 978-1-990872-27-3

作者介绍

　　一来，本名孙广新，辽宁省新宾县人。毕业于辽宁大学汉语言文学专业。已发表短篇小说、散文和诗歌等文学作品近百万字。代表作品有长篇小说《情断拉斯维加斯》，中国四川文艺出版社出版；《界碑》，中国广州花城出版社出版，两部书均上架中国新华书店、京都、天猫有售；短篇小说集《命魂》美国南方出版社出版，网上书店、英国线上书店及上架亚马逊图书有售；《夺回美国》是作者第一部涉及美国政治题材的长篇小说。

序言

　　本故事情节纯属虚构，假如故事情节的时间线，与美国现实生活中发生的某件事连接吻合，纯属巧合。小说源于生活，没有生活中发生的真实事件，就没有作家通过想象编成故事，当然也不会有小说。

　　我一直认为美国前总统川普是一位奇才，他经商的营销策略多少人望尘莫及。查查推特，他给自己打满分的推销竟有两千多次；他竞选美国总统的演讲，令成千上万个美国人着迷；在美国他有七千多万的选民跟随者，他的铁粉，甚至为他闯进国会，不惜冒着被判刑的风险也在所不惜；2016年美国大选，他就是春天里的清风，席卷了整个美国政坛，并成功当选美国第 45 任总统。

　　这篇小说，写的就是商人川普从当选美国总统，到他连任落败的故事。书中的主人公爱丽丝，是一名记者，共和党人，川普的铁杆粉丝。而她的丈夫布莱恩，是州议员，新民主党少壮派人物。夫妻俩白天各就其位，各敬其主，晚上回家抛开党派之争是恩爱的夫妻。但俩人的世界观、价值观、理念，有着明显的分歧，尤其对前总统川普的评价，俩人经常争吵到面红耳赤。爱丽丝认为，应该多给川普一些时间去适应白宫，不要总拆台；布莱恩却认为，川普缺乏领袖人物的胸怀，推特治国，像小孩吵架一样，每天找对手，找敌人，找深层政府，长期下去会使美国分裂。所以，必须使用一切手段不能让川普连任美国总统。

2020 年初新冠状病毒（COVID-19）侵袭了美国，布莱恩在养老院抬染病死去的老人时，染上了病毒不治身亡。爱丽丝埋葬了丈夫后不久也染上了病毒，因病毒变异，爱丽丝被测出阳性后在家保守治疗后痊愈。养病这期间爱丽丝经历了美国 2020 年大选，整个大选过程，包括有些细节，和丈夫布莱恩生前预测的几乎一样。爱丽丝看得目瞪口呆，她终于相信：藏身在政府部门的政客及重量级的政治人物，完全可以靠自己的力量，控制意识形态注入资金左右美国大选。为了揭露美国大选的舞弊，她决定辞职写书，要让美国人知道真相。她坚信，夺回美国真正的民主和自由，是在美国百年传统道德约束下的诚实，而不是说谎、欺诈和舞弊。

小说故事情节源于真实的资料及原始影片记录虚构而写成，时间的曲线因故事情节的需要而调整，虽然有虚构、夸张的成份，但力求真实可信。故事惊险曲折，读者阅后，会产生联想往事的效果，有再次身临其境感想颇多之叹息。除虚构的主人公外，其涉及的美国政坛的政治人物，均使用本名。当然，使用政治人物的本名，是为了铭记一个时代的精英群体，如实陈述，没有任何丑化，只是真实的还原历史原点的记录。功过后人自有评说，由于本人笔力不够资深，尚不能深耕顽疾之弊，敬请各位读者阅后，进行鞭辟入里的批评。

一来

2023 年 1 月 22 日

目　录

序曲：神秘的晚餐

华盛顿州拉康纳市的鹰巢城附近，有一个偏远的私人小岛。这个小岛的悬崖，刀削般拨地而起，直顶云天。悬崖顶端的周围，仅有一小片是美丽倾斜的绿色森林，就在森林边缘的两块巨石缝中，建有一处人字型的房屋，凹凸不平的石壁宽窄不同，但落坐的建筑却如同美利坚合众国坚如磐石。

远远的望去，陡峭高悬的房屋，令人望而生畏。因为看上去无路，只能坐直升飞机登顶，其实岛的后面有一条弯弯曲曲的小路，只能行人，不能走车。岛距太平洋只有 56 英尺，潮起，海浪如巨斧劈向峭壁；潮落，危峰兀立，云雾缭绕，隐约中完好无损的崖峰露出壁光，像似一把利剑。这个宛如概念性的房屋看起来就是一件艺术品，尽管一块块怪石屹立在山巅之上的左右，看是摇摇欲坠，但百年千年如钢棒固定在岩石之上，牢不可破。

这个让人震撼的杰作，便是岛的主人，这位年近 80 岁的老人安布鲁斯（Ambrose），20 年前亲自参与设计，为自己的晚年建的安身之处。老人被尊称为长老，曾在部队服役多年后退役，并成功当选众院资深共和党议员。退休后他安居小岛，除了追随他的信徒，没人知道他是 Q 组织的长老之一。

傍晚 5 点整，一驾直升机落在山巅之上的停机坪上。从直升机里走出三个人，分别是：

艾碧尔（Abagail），男，45 岁，身高 178m，医学博士，社会心理博士，FBI 高级病毒分析师。

阿贝（Abbe），男，41 岁，身高 175m，计算机编程博士，CIA 高级分析师。

巴里特（Barret），男，39 岁，身高 170cm，CUU 传媒总裁。

三位曾经在部队服役时，全是长老安布鲁斯的部下，也可以说是学生，因为长老在部队服役时曾是教官。

屋内，长老安布鲁斯站在大厅正中央迎接三位学生到餐厅就座。

应该不是第一次来长老家，三位熟悉地走向自己的坐位，和从前一样，每个坐位的桌上只是放有刀叉和一杯水，但没有食用的菜肴。都懂规矩，所以坐后都心领神会的看着长老安布鲁斯把一个 U 盘放进电脑。三人屏住呼吸，他们安静地等待大屏幕上出现的画面。

长老在桌前的右侧坐下，微笑中，他神色凝重。

画面出现了一个怪圈，接下来一位牛仔男出现，只见他持枪冲向一家披萨店，开门朝天花板一阵扫射……

画面转换，十几个 10 岁左右被妖魔化的女孩，全是成人打扮，摆换着各种姿势，迎合着一群政客的欣赏。突然一个熟悉的议员出现，他正低头吻向一个小女孩的额头……

接着出现一行行有标注的邮件。放大看，邮件中有无数暗号：披萨、芝士、热狗、意面、核桃酱这种词汇。

披萨（pizza）=儿童。

芝士（cheese）=女童。

意大利面（pasta）=男童。

热狗（hotdog）=男童。

冰淇淋=男妓。

核桃=黑色皮肤的。

酱=五人以上的无配对*性*派对。

地图=Jing液。

黑色=虐待狂。

白色=处女/男。

结论：儿童贩卖，恶魔，邪教，披萨和克林顿·希拉里。

长老安布鲁斯按下暂停键，侧脸说：电邮门的邮件揭露乒乓彗星披萨店的老板，心理变态喜欢在地下室娈童的故事，简直荒唐！这是谁编造的谎言？我们的人，已经查看了披萨店，根本就没有地下室。现在有人故意把这个谎言让 Q 来背黑锅，而且愈演愈烈。如果仅仅因为这个披萨店的老板是新民主党的金主而去攻击，这非常危险，这是无中生有的阴谋，必须止血。

长老讲到这儿，他喝了一口矿泉水又继续说：诸位都知道，川普当年和比尔·克林顿也是好朋友，即使不是，他也曾是克林顿的金主。现在因竞选，川普与克林顿·希拉里反目成仇。但是别忘了，那个叫 Jeffery 的，也是克林顿·希拉里的朋友，不能因为 Jeffery 是娈童犯被判入狱就怀疑克林顿·希拉里。还有那个共和党人的 Dennis，他自证娈童被判监禁 15 个月。可是这个 Dennis 是希拉里竞选团队主席哥哥的朋友，你不能因为他被判监，和他的兄弟的朋友在克林顿·希拉里竞选团队，就把希拉里当年为强奸 12 岁女孩的被告出庭辩护扯到一起。这简直胡来，如此编造下去，会撕裂这个国家。所以……

巴里特，这位媒体人，他听长老讲话的语气，回想在部队服役时教官的训话。他认为，以长老的性格应该会这样说，"我要提醒你们：不要忘了你们的职责！你们是捍卫这个国家的斗士，你们要为这个国家的再强大尽职尽责，而不是为欺诈、谎言去站台。"

可是，长老并没有这么说，而是表情庄重，意味深长地说了另一番话，"你们跟随我很多年了，你们最了解我的秉性，一生的追求和主张是公平正义，美国是民主国家，总统及议员的大选，竞选的输赢是对手，而不是敌人！"

三人听后不语，随后起立，他们悟透了长老的意思，以军人的样子起立，表示自己的忠诚，和对长老的敬畏。

长老安布鲁斯非常喜欢这种军人回礼的方式，他摆摆手，示意三位坐下，接下来他又按下了播放键。这回画面出现的是，美国 FBI 的局长科米的半身像。

艾碧尔是 FBI 在职高级分析师，他瞪大眼睛看着自己上司的半身像，他不知接下来会发生什么突发事件。

可是，长老安布鲁斯却又按下了暂停键。

只见长老安布鲁斯慢悠悠地说：现在的民调川普还落后希拉里，但我们预估的结果应该不会错，中间选民会站在川普这边。为了万无一失的把川普这个商人推进白宫，当上第 45 任总统，必须启动第三套方案——希拉里的电邮门事件，而且必须在大选的前几天启动。现在只有十多天了，急迫要做这件事。美国联邦调查局 FBI，曾于 2015 年 8 月以希拉里在 2009 年到 2013 年任国务卿期间，使用个人电子邮件处理公文为由展开调查，后来认定希拉里不需要被审判。现在的重点是，电邮中有大约 150 页含有符合保密等级的内容，为此，FBI 必须恢复调查，而且必须公开。如果不公开，就意味着欺骗美国人民，这是犯罪，这一点必须让 FBI 的局长科米知道并马上启动调查程序。

这回只有艾碧尔起立，但他没有回答，只是用他的身体语言告诉他的老师，"我会全力去做。"

长老安布鲁斯微笑的点头，并示意艾碧尔坐下。

之后，长老按下播放键，画面出现，背景是美国星条旗上显示的英文字母大写的"Q"。

就在长老安布鲁斯要按向叫餐按钮的同时，阿贝，这位就职 CIA 的高级分析师起身看着长老说，"长官……"欲言又止。

这位 CIA 的高级特工阿贝，他想说什么？

长老安布鲁斯会意，他用另一种方式回了阿贝。他说，"你坐吧，我看了你发来的邮件，知道 2 号背景的复杂，但事已至此，无法更改。"

可是，谁也没有想到 2 号的威力却可以使大海中航行的舵手转航。

只见长老说完按了一下桌边的按钮，一位 50 岁左右的妇女，随着铃声响起推门进来，她推着餐车走进餐厅。

煎好的神户牛、烤熟的面包和奶油，沙拉、上等大虾及用料，还有一杯红酒。每人一份。

阿贝突然觉得这个推食品车的女人好面熟，好像是在哪儿见过。艾碧尔、巴里特边看 Q 的播报，手拿着刀叉，几乎同时用刀切向神户牛，只有阿贝看着那女人的背影消失在关门的那瞬间他想起来了，这个女人很像是前前副总统一处休假地的管家。因为有一次执行任务，他去了那个休假地……可是像不等于是啊，但为了长老的生活环境绝对安全，阿贝必须向长老讲明他的怀疑。他马上拿出手机，当着长老的面给长老发短信。发完短信他才开始用刀叉切向神户牛，他边切牛肉边用眼的余光看向长老。

"叮"的一声，他看到长老在看桌旁放着的手机。

长老看完手机，老人家歪头看了一眼阿贝，又点点头后，他的脸上露出了慈爱的微笑。

时间显示：2016 年 10 月 23 日星期天晚上。

这一天如果你是美国公民，你在做什么？

你会是在想 2008 年经济危机持续低迷后，自己的生活现状？会在想，为什么很多白人、亚洲人认为，奥马当选总统后，有了"黑命贵"、"安提法"？甚至你也会想，"社会自由主义"是个什么概念，一旦公民没有拥枪权，那你的生存环境是否还会安全？

假如你也是新移民，但美国经历了 911 恐怖袭击后，你是否还认同非法移民跨越边境涌入美国是为了民主和自由，或是为了生存，还是为了活着？种种，种种……美国人在心绪复杂的环境中，早就厌烦了满嘴跑火车的政客。

在这个大时代的背景下，必然会出现一位政治圈外的素人，敢于挑战，敢于担当。造神的人，愿意把他看成是军权神授。这个人就是唐纳德·川普，他口无遮拦，想说什么就说什么。他大嘴巴一张，出场的第一句话就是：我们——将——建墙！

在场的民众马上呼应：对！

然后川普大喊：谁付钱？

民众回应：墨西哥！

这种"建墙"说，着实能煽动起民族主义的狂热。也让被左派新民主党永远"政治正确"憋了一肚子气的右翼美国选民过了大瘾。

可是，川普怎么也想不到他未来的政治生涯，会被别有用心的对手冠以当代的希特勒，甚至动用所有的力量把他打趴下，再踏上一万只脚，让他永世不得翻身！

从不服输从不言败的川普，会是怎样的结局呢？

长老安布鲁斯的思维到此凝住了，他在心里暗暗地叹道：素人、商人的优点就是太真实，有时甚至胡说八道的真实，更让选民喜欢。当他的"荣耀"被大多数选民认可的时候，他的过去不论是如何如何的花天酒地也不是事儿。当下所做的一切就是赢，在规矩的范围内，哪怕不择手段。至于川普命运的劫数，赢后的劫数，那只好交给上帝了。

Trump 大厦遍及美国，没有人能准确的预测川普的庄园什么时候被侵扰。

长老安布鲁斯的思维又活了起来，他那坚定的眼神里流露出必胜的光芒，他起身举杯，面向三位学生自信地说："为了川普竞选的胜利，干杯！"

三位学生起立，举起了酒杯……

本章警句：民主国家公平的竞选，赢的是对手，而不是敌人！

第一章 不服输的败

　　夜深了，纽约广场的灯光像远飞的萤火虫，忽闪忽闪地余光，又像梦幻中的流星雨越来越昏暗的扑朔迷离，整个繁华的纽约城市，笼罩在充满传奇色彩又不可思议的暗夜中。

　　一个身影在灯光下伫立。

　　他——布莱恩（Beian），高个帅气男，51 岁，哈佛微观社会学博士，纽约沙皇会馆创始人，新民主党金主，纽约州参议院议员，新民主党总统候选人希拉里竞选团队操盘手之一。他崇拜和追随前总统比尔·克林顿。他认为克林顿是最棒的，最聪明，最富有魅力的男人。他更认为克林顿时代，是美国的经济从未有过的辉煌。他时常在老婆爱丽丝面前滑稽地拿一只道具驴，去踢一只道具大象而自豪。新民主党的标志"驴"在圈里转，驴急了四蹄踢。所以，别惹驴。

　　布莱恩是新民主党的领军人物，豪迈、胆识过人，非常智慧。他的爱妻是 CUU 传媒知名记者。他提倡所有妇女，都应该有取得生育控制资源的权利，赞同被辱的妇女堕胎。他主张并鼓励收养小孩。为了减少城市的犯罪和谋杀，他曾向议会多次提出对于枪械的严格管制，尤其是杀伤力强的重型武器，对有犯罪背景的人，必须禁止拥枪。

　　就是这个稳重的、智慧的、能干的竞选操盘手，在这选举结束之夜，望着广场上备好的礼炮、礼花发呆。他一双迷茫的双眼，呆滞的眼神，仍然在幻觉中想着穿天猴满天笑。他的思维已经错乱。他的表情竟不知所措。他嘴角颤微地抖着嘟囔，"这怎么可能？这怎么可能？妈的，怎么会……选输了，败了？竟然败给了一位商人！"

　　他觉得非常的窝囊，沮丧。连日来他到处奔波，安排义工挨家挨户的拉选票，明明百分之百的胜算，庆祝的礼花、礼炮都买好了，可是几个小时旋风般的投票后，输了？这上哪儿说理去，希拉里竟然输给了川普。

　　一位性急的助理上前问："老板，这些……礼炮？"

　　"全部拉回库房！"他语气很重的回道。

　　"是。"助理答后，举手招呼那些义工。

　　突然铃声响起，一个电话进来，吓了他一跳。他拿起手机接听，电话里传来了他熟悉的女人声音。他表情凝重的听对方的指示后，放下电话让助理开车送他去私人机场。

　　布莱恩坐进私人直升飞机，起飞的瞬间，他的眼神望着灯光下深蓝色的海，他看到了海洋伸入陆地的那一小块水域，那是属于他的爱情海湾。他的漂亮妻子爱丽丝（Alice），便是在这片海的水域一艘游轮上与他相识并结成伴侣。可是妻子是共和党人，是川普的铁杆粉丝，因为党派的站队使他们的爱情海起了波澜，今晚爱妻在哪儿？

　　尽管是深秋，但没有阳光的夜，并不寒冷。在他迷茫的时候，他觉得这夜色显得格外的温馨。记得那一天也是这个季节，布莱恩握紧妻爱丽丝的手，小跑着穿过纽约广场，准备去一处浪漫舒适的酒吧喝一杯，可是突然妻猛拽了他一下停住了脚步。他惊愕地回头看爱丽丝。妻指向一个雕琢的大象鼻头，站立着一个毛茸茸的小猫咪。妻说，是四处游走的流浪猫吧，我们去救它好吗？布莱恩晃了晃头说，亲爱的，太多了，你管的了吗？等你去了，它跑了。爱丽丝争脱了布莱恩握她的手坚持说，不管，纽约都会变成流浪猫的天堂的……

　　布莱恩多聪明啊，他在瞬间想起了不久前妻爱丽丝因为非法移民的话题和他争论。妻说，如果你们再纵容非法的拉丁裔移民涌入美国，来到纽约，那纽约市将会遭遇一场前所未有的移民危机，一个城市，没有那么多的公共资源的。

　　布莱恩非常清楚，非法移民的话题，不过是美国大选的政治棋子，新民主党也绝不会放任边境不管。可妻爱丽丝看到大象鼻子上有一只流浪猫要去救，那是什么意思呢？哈哈，引申意不会是用驴表示新民主党，用象表示共和党吧。每当大选之年，两党分别以这两种动物作为自己的党徽的象征进行竞选，故被世人称为"驴、象"之争。

　　布莱恩想着想着，不由自主的笑起来，他喃喃自语：每次的斗智，为什么赢的总是爱丽丝呢？

　　直升机在海的上空转了一圈，这动作让布莱恩在回忆中清醒。他看到平静的海面上还是那艘灯光闪耀的小型豪华游轮，它安静地躺在海的怀抱里，似乎在等待着更大的风暴。

　　直升机降落在游轮的停机坪台，他急步走进他熟悉的会客厅。他看到了 70 岁的资深幕僚希拉瑞(Hilary)，竞选女强人，知名律师 55 岁的法律顾问凯利(Kelly)。他规矩的坐下，并接过凯利递给他一瓶矿泉水。

　　"不想接受败选的事实，是吧？"凯利温和的先说话。

　　"是的，民调显示，稳赢啊。全怪那个科米，如果不是 FBI 在选前的这几天启动电邮门调查，我们不可能输！"

　　布莱恩气愤的回答。

　　凯利先是点头，接着微晃着头说："老板刚才来了电话，一再强调，不要把败选指向联邦调查局 FBI 的科米，真正的原因是美国低迷的经济，这在大选前就已经决定了输赢！所以，我们要承认败选的事实。"

布莱恩不再讲话，凯利转了话题，她说，希拉瑞先生有事向你交待。

布莱恩的眼光转向这位资深的幕僚希拉瑞。

希拉瑞微笑着问："有人和我说，狄克（Dick）是你的大学同学，又是在部队服役时你的战友，而且你们走的很近。"

"是的，先生。我俩是生死之交。"布莱恩回答。

"好。经我们考核，狄克是一个最重要部门职务的不二人选，推荐后，政府部门百分之百会任命，你要按资料上的安排去做。"说着把一份封存的文件袋交给了布莱恩。

布莱恩起身上前接过了文件袋说，"请先生放心，他的价值观、理念和我们是一致的。"

"还有两个深埋的暗线，属于纽约地区管的小事你要留意一下。"希拉端看一眼布莱恩的反应后继续说，"有一位叫卡罗尔的女作家，她曾和某记者透露说，川普在强行强奸和抚摸她时，犯下了殴打罪。这件事你安排人查一下，是属实还是胡说八道，具体资料文件袋里有。还有就是川普企业的偷税问题，不能因为川普当选总统了而让国家受损失。按资料提示，你部要做好功课。"

布莱恩很严肃地回答："请放心，我会安排好。"

希拉瑞微微一笑的点头，这时的凯利却笑着对布莱恩说："没有给你备晚餐，相信你的那位不同道的记者夫人，漂亮的妻爱丽丝，早已经在家等你了。"

布莱恩笑着晃了晃头，伸手打了个告辞的手势，便出门登上了在停机坪等他的直升飞机。

好像爱丽丝知道布莱恩已经办完了事，在布莱恩上机刚坐稳，爱丽丝的电话就进来了。

海上风大，信号太弱。布莱恩对着手机电话喊道："亲爱的，我大约 40 分钟到家。"

船舱室内，希拉瑞胸中有数的对凯利说，"我们的盟友告诉我，政府重要部门的职位人选已经推荐，每位必须是效忠美国的中流砥柱。"

在这波澜起伏的大海中，这艘起航的游轮，像嚎叫的鲸鱼，吹响了新政府人事布局的号角。

突然，游轮抖动了一下，凯利惊呼什么情况，希拉瑞则高兴地喊道，"我放的暗线，那条大鱼上钩了……"

本章警句：如果你们再纵容非法的拉丁裔移民涌入美国，那纽约市将遭遇一场前所未有的移民危机，一个城市，没有那么多的公共资源的。

第二章 爱情的海湾

布莱恩忙总统竞选，已经 7 天没回家了。他今晚到家已经过了午夜。 16 岁的儿子布尔(Burt)和 14 岁的女儿吉利恩(Gillian)，还有收养的两个中国女孩 13 岁伊娃(Eve)，12 岁爱娃(Ava)，因为学校放假，都去了农场爷爷家。这些天，空大独立的房子，楼上楼下，只有他的爱妻爱丽丝自己独守空房。妻知道丈夫今晚一定会回来，所以为他备了饭菜。

布莱恩进屋，他看到妻爱丽丝站在厨房餐厅的一角在等他。

"对不起，老婆，所有人都忙昏头了，我也一样。"布莱恩说完两手托起，象是要拥抱的姿势。他的手里，已经没有了顾问希拉瑞交给他的文件袋。

"只是为了一场竞选失败的庆祝？"爱丽丝讥诮的讽刺着忙昏头的丈夫。

"别、别、别，我的大记者，快打住。"布莱恩两手有节拍的上下动着，像指挥◦合唱团的演唱。他温和地和妻爱丽丝说，"在外，你我各随其主；在家，你是我老婆，我是你丈夫。我们是不可分离的夫妻，不仅仅是为了孩子们和家，更重要的是，你是我的无人可替代的爱人！"

这是爱丽丝最爱听的，她打开饭桌上的圆型罩，给布莱恩一个眉眼，诮然介绍说，"瞧瞧，四菜一汤，米饭，都是你爱吃的，我在中国城的中餐馆叫的外卖，快吃吧。"

布莱恩看着桌上的饭菜，他的两眼露出了血红的光来。他饿坏了，早上他只吃了个汉堡，一天没吃东西。

　　他嘴喊着谢谢老婆，急忙跑进卫生间小解、洗手，然后急切切地出来坐在饭桌前狼吞虎咽的吃起来。

　　爱丽丝笑眯眯地介绍说，"这是一条深海里的娃娃鱼，狡猾着呢，但肉嫩好吃。"她叉了一块放进布莱恩的碗里。接着又说，"那个甜酸鸡，是你的最爱。"她又叉了一块放进布莱恩的碗里。

　　布莱恩停住问，"你为何不吃？"

　　爱丽丝呵呵笑着说，"怕有毒啊？好好好，我吃。"她拿起叉子叉了一块鱼肉放进自己嘴里，之后，她俏皮地指着西兰花和一盘红烧肉说，"绿色的菜不说了，那红烧肉你吃出什么味道没有？"说完她又玩皮地呵呵笑了起来。

　　布莱恩又叉了一块红烧肉，边吃边说："好吃，就是牛肉丝有点粗，但味道很好吃。"

　　爱丽丝在心里偷笑，这是加工的驴肉，只有中国城的中餐馆才能烹调的像真的一样。但她只是偷笑，她没敢说。

　　布莱恩吃完晚餐便上楼去洗浴。爱丽丝将碗和刀叉拾掇进洗碗机，按下洗碗按钮，又转身用抹布擦干净饭桌。餐厅连接一楼大厅。爱丽丝拾掇完，便去一楼卫生间洗漱。

　　美国大选谜底终于揭晓，一场可以说是狗血的互撕大戏也随之落幕。商人川普成功逆袭，赢得了 2016 年美国总统大选的胜利，入主白宫。

　　爱丽丝洗漱后，她换上睡衣走到大厅的沙发上拿起电脑，她在细心的修改明天播报的稿之后，查看世界各地对川普当选美国总统的反应。

　　当地时间 11 月 9 日上午，美国大选的选情地图开始倒向唐纳德•川普一边，这让整个世界都感到震惊惶恐、不可思议。川普竞选承诺，他要彻底改变美国的政策。

在川普当选美国总统的当晚，美国各地持续发生少量的抗议示威，这些示威主要出现在投票给新民主党的州，也出现在投票给共和党的摇摆州。

国际政治科学杂志刊文：川普当选第 45 任美国总统，这一巨大的意外，被认为是 2016 年世界政治最大的"黑天鹅事件"。连同川普所主张的与冷战结束近 30 年来美国主流内外政策主张相迥异的立场，构成了对美国乃至世界的"川普冲击"。

时报知名评论员：　2016 年第 58 届美国总统大选，是"里根革命"的 1980 年大选以来，新民主党、共和党，两党候选人政见差异最大、对立最严重的一次。如果考虑到口无遮拦的政治"素人"川普，仅凭借其自投入共和党党内初选以来，竟然以一贯的反建制和频繁挑战体现美国主流价值观的刺耳言论而异军突起。尤其是两党候选人都同时存在不受欢迎度和巨大争议，这在整个美国总统大选的历史上也是第一次。因为希拉里是第一位女性总统候选人，而川普是一位商人，从前几乎与政治不沾边。按选前美国国内主流媒体的舆论与民调，和世界各国一边倒的普遍预期，截然相反的结局却是川普一路领先。

《每日邮报》网站：川普引发了一场选举动荡，其结果令所有专家们百思不得其解，尤其新民主党大老和共和党建制派的大佬，几乎可以用目瞪口呆来形容。

欧盟、日本、韩国等外国媒体更为谨慎，直到计票结束前始终保持审慎的态度。

《泰晤士报》的头条是：历经数月唇枪舌战的选举，美国大选即将落幕，川普成功当选美国总统。

菲律宾《马尼拉公报》网站的"最新消息"栏里充斥着关于美国大选的报道，该报编辑纂写的一篇网络报道称：出人意料的胜利，对于川普来说是唾手可得。

印度新闻主播拉吉迪普·萨德赛称：这场大选应该说超越了所有的选举，是一场前所未有的奇迹。

许多欧洲报纸甚至更加直白，西班牙《国家报》的头条竟然写道：美国忧心社会陷入完全瘫痪。

英国期刊《经济学人》经常对美国赞不绝口，该期刊在 11 月 8 日晚称为"惊魂之夜"。甚至曾发表过尖锐的评论，警告美国人不要为川普投票。

《经济学人》嘲讽：川普的经验和脾气秉性，注定其无法胜任民主世界领袖的总统之位，等等……。

夜深了，布莱恩在二楼洗浴完发现妻爱丽丝没上楼，他穿着睡衣蹑手蹑脚的走下来。他走到爱丽丝的身后，看妻正在浏览世界新闻。他两手顺势从爱丽丝头的两边伸进她的前胸，他在抚摸爱丽丝的乳房。或许男人都是这德性，爱丽丝懂他，放下电脑不再看时评。她扬起头迎向这个她离不开的男人的吻。她知道，分居七八天了，今晚丈夫布莱恩绝不会放过她。

布莱恩跃过沙发，脱掉爱丽丝的睡衣，然后抱起她，想回到屋里的床上去热身运动。当经过大厅穿衣镜的时候，他从镜子里看到赤身裸体的妻，他停住了。他放下妻，让妻转身，他急躁地抱住妻的腰，野蛮的把他那勃起的东西放进爱丽丝的身体里。

爱丽丝"啊"了一声，布莱恩看着镜子里妻的颤动，他像是受了刺激的公驴，不停的抽动着。爱丽丝有点招架不住，她挪动着身体，想找到一个支点，她却碰到了钢琴。瞬间，一连串的杂音响起。这不动听的音符，在她那白净优美的身体里流过。她的叫声，混杂在发声的钢琴里。她再也不怕有人听到她的呻吟了，她不再压抑自己，大声地叫着，整个楼房，所有的房间都被她的叫声塞满，连同大厅的空气都凝固了。她的身体像那条被吃掉的活着时候的娃娃鱼，在布莱恩的怀里活蹦乱跳着。布莱恩的节奏在加快，她的叫声在递进，钢琴的音符在重复，直到他和她抽搐的颤动着。随后她放开手，钢琴不再发声。她疲惫的瘫软在地毯上，布莱恩躺在她的旁边喘着粗气……

这完美的画面，完全符合柴可夫斯基的音符调性。驱了魔的俩人身体分开了以后，性的欲念便跑到九霄云外了。身体的分开，他们的灵魂马上各自归位。只有在做爱的时候，他们才能够彼此短暂地确认爱情和灵魂是一个物体，爱情的海才能奔放出青春的光彩。可是激情过后，他的主，是新民主党；她的神，却是保守的共和党。

爱丽丝歪过头讥笑着和布莱恩说，"告诉你吧，刚才你吃的红烧肉是驴肉。"

布莱恩还惊魂未定呢，听爱妻说是驴肉，顿时瞪大眼睛惊愕地说："什么，驴肉？"爱丽丝捂住嘴巴嗤笑着。

布莱恩起身跑进卫生间。

"去吐吧，哈哈哈……哈哈哈……"爱丽丝把手拿开，笑得弓起了裸体的身子。

过了一会儿，布莱恩从卫生间吐完出来，语气很重地冲着爱丽丝吼道，"你怎么可以这样做？你想毒死自己的丈夫吗？"

爱丽丝仍然笑着，等布莱恩说完了，她诡辩称，"你这个操盘手真不合格，难怪你们会输。全美国的商场、餐馆，包括所有的中餐馆，有卖驴肉的吗？"

"那……"布莱恩知道又被爱妻耍了。这种玩笑，每次吃亏的都是他，实话说，他根本就没赢过。

"吐出去了，会饿的，厨房冰箱剩下的红烧肉给你留着呢，要不要我给你热热？"爱丽丝还在笑。

布莱恩晃头，他不敢吃，他怕再上当。

可是爱丽丝赤裸着身体，压着乳房弓身笑的样子，尤其那好看妩媚的眼神，又刺激了布莱恩，他的那个东西不知为何又膨胀了起来。他走过去，弯腰曲背的压向爱丽丝。

"还来呀？"爱丽丝说。

"我要让你为戏弄丈夫以肉偿。"布莱恩抱住了妻。爱丽丝闭上了双眼……

本章警句：激情过后，他的主，是新民主党；她的神，却是保守的共和党。

第三章 布莱恩公园

布莱恩有个秘密，除了他的妻爱丽丝没有人知道。

这个秘密就是，每当布莱恩遇到难解的困境和他能力所及却又无法解决的提案时，他就来到 8 条街之外的布莱恩公园冰场。因为他的本名就叫布莱恩，他喜欢用他的名字命名的冰场。溜冰是一项非常适合组队前往的活动，情人想拉手的、家人想撒欢儿的，都能尽情地畅滑。人多，喜闹，开心又刺激，但刺骨的风吹起来也是挺要命的。

冬日清凉，周末午后的冰场在阳光下别一样的温暖。

布莱恩仍然选择坐在那棵老树下。完成了顾问希拉瑞交给他的作业，但布莱恩却无法交卷，因为现年 73 岁的女作家卡罗尔（E. Jean Carroll）坚称川普在强行强奸和抚摸她时，犯下了殴打罪。可是，事发的时间是 20 世纪 90 年代，有谁会相信，又有何证据能证明川普曾冒犯了她呢。此外，这么久了，已经过了诉讼时效，根本无法以殴打和诽谤罪对川普提起民事诉讼，除非……

除非按凯利律师的建议那样做，提出《成人幸存者索赔法案》，为那些经历过性侵的人创造了一个一年的窗口期，无论性侵发生在何时，他们都可以对施暴者提起民事诉讼。

"对呀，提出法案。"

布莱恩真是智慧呀，这样难缠的事他都能想出解决的办法。即使没有证据，但可了却当事人的心愿，如果有证据，能为当事人申冤，能为被害人出一口闷气，这岂不是大快人心事吗。想到这儿，他的脸上露出了欣慰的微笑。

突然，滑冰场上一对情侣缠在一起摔倒了，而且滑出了很远。布莱恩紧张地站起来，他看到有两个人过去救助，他又放心地坐下来思考第二件事。

这第二件事就是川普的律师科恩，为川普支付女星克利福德 13 万美金的封口费。这件事发生在 2006 年，大约在川普的妻子梅拉尼娅生下他们的儿子巴伦后 4 个月前后，川普与艺名"暴风女丹尼尔斯"的女星克利福德发生关系。这个丑闻就在 2016 年 11 月美国总统选举前被曝光，但很快被封口。现在川普已经当选美国总统了又被提起，明显带有丑化川普的意思。一些人认为可能违反了竞选融资法，川普会那么笨吗，更何况他的身边有一群律师。只要川普个人出钱，这样的事就搞定了，因为在美国，很多富翁和名人，都是通过私人的保密协议解决桃色新闻的。

看来这两件事都不是眼下能做的，但顾问希拉瑞为何急于办这些事呢？布莱恩会意地想，难道就是想搞臭川普。

布莱恩正在心里琢磨怎么回复顾问希拉瑞时，爱丽丝来了电话，说家里后花园喷水管冻裂了在跑水。布莱恩猛地拍了下脑门，封闭泳池时他试喷水管忘关后院总开关了。他赶忙往家赶，并在路上打电话给清理泳池的技工。

周末孩子们放学早，爱丽丝告诉孩子们周六去滑冰，要求孩子们在自己的房间做网课。

布莱恩到家，技工也到了。爱丽丝到后院告诉技工坏管漏水处，便进厨房准备晚饭。布莱恩在后院忙活了一会儿，也进屋到大厅。他心事重重，拿出手提电脑在查看公司沙皇会馆的业务流程，及 2016 年的收入报税表。

爱丽丝来到大厅，说漏水管修好了，给了 100 美金，加 20 美金小费。之后爱丽丝说，很久没去滑冰了，明天周六，已经和孩子们说了，去布莱恩公园冰场滑冰。

"刚才，我在冰场看到一对情侣缠在一起摔倒，滑出很远，看样子摔的很重。"布莱恩顺口说了实情。

爱丽丝不放过任何一个讥笑丈夫的机会，她马上说，"不会是又爱上谁了吧，怎么又去那个大树下了？"

布莱恩聪明地回答："那棵大树下，是我思念你的地方，也是我大脑短路了去修复的地方，别的女人进不去。"

那一年，布莱恩和爱丽丝在海上一个游轮上相识，确立恋爱关系后，因爱丽丝忙于毕业论文答辩，总推掉布莱恩的约会邀请。布莱恩胡思乱想，以为爱丽丝有意疏远他。每一次被拒的失落，布莱恩就来到布莱恩公园冰场那棵大树下坐着等，一直等到爱丽丝出现。所以，爱丽丝是明知故问的戏笑布莱恩。

"好吧，"爱丽丝说，"算你心里没有别的女人，但你告诉我，又有什么事烦你了？"

"川普支付女星克利福德 13 万美金的封口费，曝光的时间点是在川普已经当选总统了以后，什么意思呢？有意义吗？"布莱恩像是自问自答。

爱丽丝眉头一皱，她马上就说，"如果为这事去冰场大树下，那我的丈夫大脑的确短路了。"

布莱恩隐瞒了想出《成人幸存者索赔法案》的提案这个关键性的策略，他吱唔着说，"就是短路了，没准，可能是进水了呢。"

爱丽丝说，"你们不要搞错，那都是川普支付给私人律师的律师费。即使有这事，那也只能是一个妓女的一面之词，有什么证据能证明？再说了，这些花边新闻，美国的富翁、名人，有几个……有几个像我丈夫这么老实的？"

爱丽丝本来想说，富家子弟搞女人是平常事，有一个算一个，没一个好东西。可他一想，丈夫布莱恩也是亿万富翁啊，我不能连丈夫也骂呀。于是，她改口了。

"哈哈哈，老婆真会说话。你怎么知道你丈夫在外边没碰过别的女人呀？"布莱恩哈哈大笑故意激恼妻。

爱丽丝回头看看孩子们都在屋里，就抿嘴小声说，"你想知道吗？"

"是啊，你说。"布莱恩来了精神。

爱丽丝走到沙发前贴向布莱恩的耳边说，"以前呢，每个星期两次，现在呢，每个星期一次。我知道你射出的那东西在我下边流出的量，丈夫永远骗不了用心的女人。"

天那，这爱丽丝也太精了，惊呆了智慧的布莱恩。不过布莱恩他很幸运，妻最担心的这事，他过关了，说明妻百分之百的信任他，那还说啥。他忙回，"你真用心，那东西你也能秤出轻重多少？"

"当然。"爱丽丝非常自信。

布莱恩心想，FertileAid for men 精子增量的药我每天吃，否则不知哪天出事了呢。

爱丽丝接着说，"比起克林顿，川普这点事不算什么。当年的总统在白宫都可以做那事，一个商人富翁，与名星搞到一起，算什么？如果川普不当选总统，谁会在意他的花边新闻。"

提起比尔·克林顿，布莱恩不接话茬，因为克林顿是他崇拜的偶像。但爱丽丝是知名记者，她的观点始终都是尖锐得不饶人。她谈到了克林顿说谎，欺骗美国人民，而川普从一个商人转身从政，身后的垃圾及私生活不可能干干净净。

布莱恩说："问题是他妻子梅拉尼娅刚刚生下他们的儿子巴伦才几个月的时间他就做那事，真的很难让人原谅。"

爱丽丝沉默了一会儿说，"是的，作为女人是绝不能原谅这样的丈夫。但作为政治话题，这里存在着很多应质问的时间点。我是媒体人，我们在第一时间就知道这个新闻。曝光是 2016 年 11 月，事发却是 2006 年，10 年前的故事。川普从来就没有承认梅拉尼娅生完儿子后的 4 个月出轨名星，或许那是很早以前的事。为了这件事，川普和律师分歧很大，直到解除雇用关系。我不明白的是，你们为什么对川普 10 年前的桃色新闻那么感兴趣。"

"呵呵，"布莱恩呵呵两声说，"我也想到了针对性太强，或者说目的性太强，但容我说实话，真的不服，也真的不欢迎川普他当美国的总统。"

"就这个话题，也请你听听我的实话。"爱丽丝知道丈夫崇拜前前总统克林顿，所以她想说说这位提振美国经济的沙皇！

克林顿作为总统，他没有顾及希拉里的感受，与白宫实习生莫妮卡·莱温斯基邂逅、调情、并发展为情人关系。被调查时，他只承认莫妮卡为他口交，不承认发生关系，直到最后亮出了录音带，出示了莱温斯基原想把它留作纪念的一件沾有总统精液的蓝色洋装，作为总统的 DNA 证据，他才不得不承认与莫妮卡发生了关系，并因说谎而向美国人民道歉。没有这些证据，他会承认吗？他会向美国人民道歉吗？答案是否定的，他不会。这就是美国的政治家。

再说克林顿的夫人希拉里，论她的智慧和能力，她完全胜任美国总统，或许比川普做的更好，可是美国人民最后没有选择她，为什么？仅仅是电邮门事件吗？不是！可以说，与克林顿的性丑闻有直接关系。美国没人才了？丈夫克林顿当完总统了，轮到老婆希拉里当总统了？没有任何一个选民嘴上会说的，但选票不会投给她，

这就是希拉里败选的主要原因。我们都认可希拉里的能力和为美国做出的贡献，但她做总统，起码我不会投票给她。

布莱恩看妻爱丽丝不再讲了，他笑笑说了一句，"你分析的不是没有道理。"

爱丽丝马上说，"所以呀，大选都结束了，你们别再和川普过不去，总去纠集人家的陈年老帐，诋毁人家的形象。他现在毕竟是美国民选的总统。给他时间去熟悉白宫，为美国做事吗。"

布莱恩又诡辩说，"没人阻挡他去为美国做事，但我的责任是监督他不能为美国做错事。"

爱丽丝刚想说什么，儿子布尔（Burt）推门出来问，"妈妈什么时候开饭？"

爱丽丝马上回答，15 分钟就开饭。

"不聊了。"爱丽丝边说边走去厨房。布莱恩也起身跟了过去帮忙。

本章警句：提出《成人幸存者索赔法案》，为那些经历过性侵的人创造了一个一年的窗口期，无论性侵发生在何时，他们都可以对施暴者提起民事诉讼。

第四章 救活的记忆

CUU 传媒，位于纽约广场的西侧主楼第 38 层。

周末下午 3 点，按惯例，每月汇总。爱丽丝被总裁巴里特叫到办公室，分享总统川普上任以来搜集的所有信息，并准备写报告上报 Q 总部。引起两个人讨论最重要的信息有三个：一是，前总统奥巴马与当选总统川普交接前，奥巴马接见部分记者的秘密讲话；二是，假设 FBI 某高级探员说过，川普一旦当选美国总统，FBI 还有针对川普个人调查的 B 计划，这个 B 计划可能是什么；三是，一些主流媒体散布的大量虚假信息。

巴里特让爱丽丝谈一下，第一信息的大概率。爱丽丝迟疑了一会儿，讲了她的判断。爱丽丝说，克劳地娅 Claudia 是我大学的同班同学，也是我的好朋友。她现在是左媒 UH 传媒公司的记者。她参加了前总统奥巴马的秘密记者会。她讲进会场必须在备忘录上签字，记者会内容不准公开。不同意的记者，不准进入会场。当记者问，川普一旦上台对美国将产生什么样的影响。奥巴马说，川普当选总统任期 4 年还可以，但连任 8 年绝对不可以，因为有些规范会被破坏，这不符合美国的长远利益。

巴里特扑哧一笑的说，奥巴马决定了川普的任期？

爱丽丝又补充，克劳地娅还告诉我，说川普的当选绝对让前总统奥巴马震惊。也让华盛顿的政治建制派目瞪口呆。前总统奥巴马的团队甚至没有安排总统和第一夫人在白宫门口欢迎继任者川普的例行照相活动。奥巴马曾忧虑地警告说，川普不是一个可以托付核武器密码的人。

谈完上述内容，爱丽丝说，"问题是我还不能确认上述这个消息的准确性，只能等有一天司法部准许解密。"

巴里特又笑了，他皱眉头的说了一句，"我相信是真实的。"

爱丽丝对第二份信息，FBI 的 B 计划的信息来源提出质疑，所以她无法分析评论。

这个假设信息，是巴里特提供的，但来源他不能说。想了一下他说，"我判断是继续追查川普所谓的通俄门事件。真实的实施计划还不清楚。"

爱丽丝接着说，第三个信息就是你交待我下个星期回家要做的，但我有诸多疑问。

"你说？"巴里特放下手里刚拿起的一个文件袋。

爱丽丝很小心地问，"这与我们……，好像没有什么关系？"

巴里特推了一下眼镜框后说，现在的主流媒体不是中立，而是一手遮天，假新闻满天飞，根本没有一点自律，甚至引用未经核实的匿名人消息攻击现任美国总统川普。这种假新闻已经突破了媒体人的道德底线，而且全是一些主流的大媒体，且变本加厉，有越演越烈之势。

巴里特接着说，从媒体和媒体的相互关系上说，的确与我们没关系，但如果某个主流媒体要收购我公司，或我公司要收购某个频于倒闭的媒体，那这些证据就是谈判的筹码。假如有一天川普卸任美国总统，这些证据交给他，那么，他就有理有据的行使诉讼的权利。由于川普是现任美国第 45 任总统，其影响力之大，损害程度之大，那么，其赔偿额就不是千万计了，很可能上亿都不止。那个情形的出现，很可能会导致某个媒体的破产，那个时候，就是我公司去收购的最佳时机。我们现在就要做足功课。你我都是敬业的媒体人，都以传统的道德价值观来约束自己，传播真实事件而不是假新闻。可那些浸泡在沼泽地里的媒体精英们，以假乱真，把这个国家搞得真假难辨乱七八糟。你和我都是 Q 会员，这件事只能你来做。

说完巴里特从办公桌上拿起刚放下的文件袋，起身交给桌对面的爱丽丝。

爱丽丝接过文件袋温和的说，"哦，我明白了，保证完成任务。如果没有别的事，我该走了。"

巴里特点头，爱丽丝在转身离开时又补说了一句，"鲍里斯（Boris），接替我审稿每日播报。"

巴里特笑了笑，欲言又止。

聪明的爱丽丝很会意，她边往外走边说，"放心。保密。尤其我家的那位。"说完回头莞尔一笑。

又是一个周末，因学校放假，孩子们都去了效外布莱恩父亲的农场。星期六的上午 9 点，爱丽丝和丈夫布莱恩开车前去农场看孩子们，路途大约 1 小时 40 分。

出了纽约，路过一个小镇的麦当劳处，在副驾驶坐着的爱丽丝让丈夫布莱恩停车，她要下车去买早点。

其实爱丽丝不仅仅为了买早点，前些天，因川普当选美国总统，以及川普与女名星有染支付 13 万美金封口费等事件，丈夫布莱恩一直和她争辩，她要找机会开导开导这位新民主党的铁杆捍卫者。

布莱恩从麦当劳的卫生间出来，爱丽丝买完汉堡，在外边的一个俩人座位上等他。俩人坐下边吃边聊。

爱丽丝指着一处大门紧锁的商店说，你崇拜的偶像比尔·克林顿时期，店铺难求难租，再看看现在，满目狼藉，很多店窗上贴着 For rent（出租）。多少独立建筑无人打理，破破烂烂。就连这麦当劳都车少人稀。这番景象，谁之过？

布莱恩说，大环境就是这样啊，为改变这种低迷的经济才推举一位贤能出来扭转局面啊。

爱丽丝晃了晃头说，怎么扭转？凭政治权术，民调算计，选战策略，虚假信息，来赢得白宫？

布莱恩咬了一大口汉堡呆住了，因为他和他的团队，的确是在用这些数据，胸有成竹的梦想把希拉里送进白宫。

爱丽丝接着说，民主的真谛在于倾听民意，体察民情，安定民生。当川普高喊让美国再强大，抽干沼泽，让美国人有工作的时候，选民的心已经被触动了，一呼百应。这就是川普胜选的根本原因。不论有些媒体说川普曾是强奸犯，或者他的过去多下流，多低俗，都没用，在选民的眼里川普就是他们的上帝，因为这一天太多的选民们，已经等了 20 多年！我实在搞不明白，选举结束了，你……或你的团队，为何还不放过他！

布莱恩瞅一眼爱丽丝没吭声。

爱丽丝不理丈夫爱不爱听，她坚持说从 2008 年到 2016 年的 8 年，美国经济灾难之后，大家看到了股市是怎样的崩盘，信贷又是如何的破产，失业人口的激增，导致社会体系的崩溃。这之后呢？又有大批的非法移民涌入美国，没有人知道下一步会发生什么，那些身处其中的人，危机过后的这么多年，贫困阶层的所有美国人，都还在苦苦挣扎着。就像《乡下人的悲歌》那本书写的那样，灾难中的美国戳破了底层无法实现真正的阶层跃迁的真相，撕裂了美国底层的伤口，除了华尔街，大多美国人苦不堪言。

布莱恩没有辨驳，他默默地听着，也知道妻这位知名记者经历了太多的委屈，想发泄就发泄吧。而且语气平和，又不是吵架。

爱丽丝走向停车处，看的出，她的心情很沉重。或许，是她查看了太多主流媒体的假新闻而不平这世道。

布莱恩上车打火，车上高速公路行驶，一会儿又路过一个小镇。这个小镇因为有几家工厂倒闭，大批工人失业，连带相关的服务业也一起关闭。对靠厂吃饭的小镇居民来说，无异就是毁灭性的打击。过去是多美的小镇啊，生活设施一应俱全，水电煤气供应充足，环境优美，居民礼貌和善，只要有工作，生活其乐融融。可是，仅仅十几年的光景，这个繁荣的小镇变成了鬼城！这是谁的错？

望着苍凉废弃的小镇，爱丽丝的眼角湿润了，她和大多数的选民一样，盼望有一天能有个全新的领袖降临，救活被冻僵的记忆，找回过去幸福的生活。这个人，只要他不是沼泽地里的政客，哪怕他粗鲁，曾经低俗，但他能安定民生，他就是美国人的福音。所以，她坚持和丈夫布莱恩，在价值观的追求上对立，坚持自己的主张，支持川普。

但布莱恩有着自己不同于妻爱丽丝的想法和追求，同为基督徒，人生观也有不同的理解。以圣经为真理，以神的教训为人生主轴，就是信和爱。可是布莱恩主张女人有权决定要不要肚子里的孩子，假如这个女人被强奸怀孕，而爱丽丝却反对，认为丈夫的想法和主张背离了神的旨意。

其实，在布莱恩没有从政前不是这样的，从政以后，他认为有些主张是政治上的需要而为之，没有伤害，没有违背自然人的意识，神不会怪罪。更主要的是，布莱恩是哈佛微观社会学博士。他懂得在现实生活环境中的变通，以及即得利益的最佳途径。

他不仅聪明，而且仕途通透，左右逢源。他的唯一缺点就是心太软，爱丽丝说他最难得的有一颗善良心。

驶进了土路，看到农场由小变大，这是今天他们要来的地方。

春天来了，农场的周围，大地披上了苏醒后的嫩绿，满山满坡的回暖，让遍地的野花睁开了眼。再看山坡千枝绽绿，桃树、苹果树、梨树、小叶菊树，枝上的嫩芽，从丫根上蹦了出来。刚刚经历了严冬的万物，开始饱尝春天的温暖，那强劲的复苏，呈现出一派生机勃勃的景象。

爱丽丝在心里默默地祈祷：但愿所有的美国人，把疏离、烦恼、失落、悲伤、萎靡、令人困惑的欺诈，都抛向能吞噬万物的海洋，找回和救活那最美好的回忆，在春天里，带着勇气，信心和力量，去迎接这充满希望的新纪元。

爱丽丝笑了，她看到了迎接他们的孩子们正朝着他们驶进的方向跑来……

本章警句：民主的真谛在于倾听民意，体察民情，安定民生。

第五章 陷阱式诱供

"铃……"

一阵急促的电话铃声把布莱恩从睡梦中惊醒。他的助理达德（Dud）在下半夜来电话，肯定是遇到了助理无法摆平的事。

"啊，什么事？"布莱恩打开床头灯拿起手机听电话。

助理达德急切地说："有个重要的事向你汇报。"

"非得现在吗？"布莱恩一头雾水。

"是，非常重要。"助理达德坚持。

布莱恩看看熟睡的妻爱丽丝，他手机贴耳小声说，"你等一下。"说完起身穿上睡衣，又关灯，悄悄地向书房走去。

到了书房，布莱恩有些不耐烦地问："什么事，深更半夜的。"

助理达德小声说，"你能出来吗？我在你家前大门外，有劳你下楼出来说话好吗。"

看来事态比较严重，否则助理不会下半夜来吵醒他，而且电话里还不能说。他回了句"好"，就下楼，边走边看了一下走廊尽头他和爱丽丝特大的卧室。

布莱恩打开车门坐进助理达德的车里，仍然像是在梦游，这时助理说，"那个叫西西莉亚（Cecilia）的女人出事了。"

"谁？谁是西西莉亚？"布莱恩有点懵懂。

"好像我和您汇报过，那个帮忙填写邮寄选票的西西莉亚。"助理达德给布莱恩点了穴。

　　本来以为是梦游的走在了外面，不曾想这一盆冰水一下子把布莱恩泼醒了。

　　布莱恩明知故问的说："邮寄选票？西西莉亚帮忙填写邮寄选票？怎么回事？"

　　助理达德一看议员布莱恩什么都不记得了，聪明的他马上改口说，"是这样的，上次大选我让她帮忙填写了一万张邮寄选票，没想到她说去了，而且 FBI 立案了，上半夜我一直处理这事，但西西莉亚被抓了，实在没办法了，我只好在这个时间来打扰你。"

　　布莱恩心里非常清楚，事态的严重乃是牵一发而动全身，尽管他装作什么都不知道，但他还是要帮助处理。

　　布莱恩很冷静，他很严肃地问："说一下具体情况？"助理开始详细的介绍事发经过。

　　这个西西莉亚有个好姐妹叫爱德娜（Edna），在纽约联邦调查局 FBI 担任墨西哥语翻译。西西莉亚告诉了爱德娜她帮忙填写邮寄选票一万张，获得一万美金酬金的事。这件事坏就坏在爱德娜的情夫丹尼（Danny）身上。那个丹尼是共和党参选人德斯蒙得（Desmond）的追随者，他从爱德娜那儿得到消息，在上个月就向 FBI 报案。

　　FBI 主办这个案子的警官叫克士（Keith）。这位警官威胁爱德娜说，如果不协助警方调取证据，将被开除。爱德娜为了保住工作，供述了西西莉亚和她讲的填写邮寄选票的过程。为求证，FBI 让爱德娜与西西莉亚通话又重复了那个话题，在她们通话中 FBI 对电话进行了监听。事后，FBI 警官传唤了西西莉亚，但不是询问，而是聊天的方式。当谈到填写邮寄选票时，西西莉亚否认她做过，这时警官克士放了录音，说西西莉亚说谎是重罪。西西莉亚吓哭了，但她什么都没说。她被拘留了，第二天家人给保释。她出来后打电话给达德讲了经过。达德同意帮她找律师。可是一个小时前她打电话给达德说，她要去加拿大躲一躲，因为她咨询了律师，知道这是重罪。达德担心出事，才来向布莱恩汇报。

布莱恩沉思了一下说，"那次选举，我给你 20 万美金的竞选经费，是让你们挨家挨户的去拉选票，不是让你们去雇人填写不能签名的邮寄选票？"

助理达德哭赖赖地说："是我错了，但还是得请你帮我解决这件棘手的事。"

"她开的什么车？"布莱恩马上问。

"我记得她的车是一辆 GMC 的 Envoy SUV。"助理达德不解的回答。

布莱恩马上说，"你马上联系她，让她把车开到一处加油站停一下。"

助理达德说，"她担心被跟踪，手机关机了。她说出关后再联系我。"

布莱恩皱起眉头说，"这很麻烦，关手机也没用，因为她的车上装有安吉星系统，DEA 通过系统后台会直接追踪到她车的位置。即使她的车是 2000 年以前买的旧车，只要她的车有卫星收音机，那么 Sirius XM 提供商，利用和手机定位类似的计算方式仍然可以找到她车的位置，我相信她已经被跟踪了，FBI 不可能不理会一个被保释的嫌疑人。"

"那怎么办？"助理达德开始冒汗了，因为他是西西莉亚的直接联系人。

布莱恩想了一下，他直接打电话给狄克，简单讲完事情的经过。狄克在电话中只说了一句，"这种事多了去了，截住她，等我电话。"布莱恩得到提醒马上知道了该怎么做。他放下电话转头对达德说："截住她，让她回来等候审判。"

助理达德马上懵圈了，他怎么都想不到，他视为救命的恩人竟是这样的心狠手辣。他有些惊慌地说："那我走吧，去英国。是我让她填写的邮寄选票，我有罪。"

布莱恩直视着助理达德很严肃地说："你会笨到这个程度吗？每年的大选，流失的邮寄选票很多，她填写的选票谁确认有效了？再说了，她没承认填写，又有谁给她定罪呢？难道百姓开个玩笑也是犯罪吗？"

助理达德马上清醒了，他擦了下头的两边流下的汗水，如释重负地出一口长气，脸上顿时露出了傻气的微笑。

布莱恩又温和地说："你太紧张了。"

"是。"助理达德窘涩地说。

"好吧，再等一会儿看看会发生什么。"布莱恩说完开始查看手机上的信息。

冬天的凌晨，夜色还未褪去，此时的天边已经微露出灰白的颜色，闲散的云，赶集似的聚在一起，不一会儿在光的照射中就显现出淡淡的红色。

时间一分一秒地过去了，狄克没来电话，布莱恩准备回房休息，就在他起身的一瞬间，助理达德的电话铃声响起，是西西莉亚打来的，她在电话里说，海关有很多闪红灯的警车。达德告诉她赶快回来，已经帮她找了律师，不用害怕，不构成犯罪，没事。

西西莉亚知道她根本就出不了海关，她听了达德的劝说，掉转车头往纽约方向开车。

　　布莱恩叹了一口气，他向助理达德点了一下头，示意他可以走了，便转身回屋。回到书房，布莱恩他一点睡意没有。天还没大亮，他陷入了很纠结的思考中。

　　是啊，竞选资金不足，他是自掏腰包拿出了 20 万美金，怎么会出现这样的差错？如果真的坏事，那影响可就大了。不仅仅是辞职，弄不好要蹲监狱的。

　　不知不觉中，布莱恩坐在书房的沙发转椅上睡着了，而且真的像梦游一样，穿越了时空，来到了秋天。

　　那是一个沉闷、幽晦、安宁的一天，灰蒙蒙的天低低地垂压着大地，布莱恩开车穿越一片无比荒凉萧索的沙漠，临近黄昏他来到一个小镇。他不想住下来，只想在 7-Eleven 商店买瓶水继续往家赶路。就在他买完东西推门出来时，他遇到一个流浪汉，那模样也就 20 岁左右。他挡住布莱恩，瑟缩着头，嗫嚅地介绍说，"我叫达德（Dud），失业半年了，找不到工作，每天乞讨度日。你可不可以帮帮我，给我一点零钱，买些生活必须品，比如牙膏。"

　　达德说完，用期盼的眼神看着布莱恩。

　　眼前的年轻人说话的语气是那么诚恳，流露出的眼光是那么坦然和纯朴，这让布莱恩动了恻隐之心。他什么也没说开始掏兜，可是，他的钱包里只有一美金，这点钱怎么可以救助呢，于是，他抽出了信用卡。犹豫了一下，他选了一张卡内存钱最少的一张卡给了达德说，"不用密码，你去买吧。"

　　达德拿到信用卡后，没有马上离开，而是又小声请求布莱恩，"我可以再买一瓶可乐吗？"

　　布莱恩马上说："可以，只要你生活需要的必须品，都可以去买。"

达德进了 7-Eleven 店，布莱恩走到车前就有些后悔了，那卡里可有几万美金呀。他回头看看，达德还没出来。他站立想了一会儿，在车的抽屉里翻了一下，他翻出差不多 20 多美金的零钱，他决定回去要回卡，把这些零钱给他。

就在他回身时，达德已经站在他身后。

达德左手拎着购物袋，右手举着信用卡递给布莱恩，非常恭敬地将消费的数额报上："先生，我一共消费了 28 美金，买了牙刷、牙膏、一条毛巾、可乐和面包。"说完，他把帐单递给布莱恩又说，"请您核对一下。"

面对这么诚实的流浪汉，布莱恩有一种说不出的感动，是达德的诚信，一个流浪汉的诚信。

布莱恩一直坚信，凡是品德高尚的人，都是诚实守信的，这是作为美国人的骄傲，只有诚信的人，才能心智健康清明，且能择善而从。

布莱恩把从车里找出的零钱都给了达德，并在心里暗暗地拿定主意，"有一天，我一定要他。"

布莱恩要了流浪汉达德的地址和他哥哥的电话号码，便连夜开车回到了纽约。

几年以后，布莱恩筹办沙皇会馆时请达德来做保安。由于达德对布莱恩忠心耿耿，且老实忠诚，经过十多年的历练也成熟了很多，就在布莱恩竞选州议员需用人时，聘用了达德。谁能想到，今天的达德已经再见了过去，成为布莱恩最信任的竞选助理……

可是，达德是再见了过去的诚信，还是再见了过去的幼稚？

"铃……"电话铃声再一次把布莱恩从梦中惊醒，他拿过手机，看是狄克的电话。

　　狄克说，类似这样的案例不止一个，前一段时间针对弗林将军的问话也是这种方式。这涉嫌陷阱式诱供，最后很可能都得撤案。

　　布莱恩听后，只说了两个字："谢了！"

　　本章警句：凡是品德高尚的人，都是诚实守信的，这是作为美国人的骄傲，只有诚信的人，才能心智健康清明，且能择善而从。

第六章 先斩他左手

　　早起，爱丽丝按总裁巴里特文件提示的种类，把主流媒体每天播出的假新闻下载后分类拷贝。突然她看到邮箱提醒服务，通知她查看重要邮件。

　　她点击进去，看到是总裁巴里特发来的急件。

　　"爱丽丝，请评估弗林将军（Michael Flynn）因通俄门事件辞职的社会效应，和禁穆令的社会反应。密报。"附件：弗林将军与 FBI 探员面谈经过。

　　这些天，弗林将军的辞职一直上头条，但爱丽丝并没有关注，她一心关注的是总统川普的新闻。仔细看附件，她吓出一身冷汗。 FBI 探员言之凿凿。主流媒体推波助澜。她断定弗林将军难逃罪责。反复看情节，她又觉得哪儿有点不对劲儿，于是她打电话到律师行，咨询她最好的朋友律师艾格妮斯（Agnes）。

　　"嗳，大律师，我可以占用你 5 分钟的时间吗？"爱丽丝问。

　　艾格妮斯笑着说，"可以。说吧，什么事？"

　　案情是，FBI 两名探员以拜访谈谈关切的话题为理由找一位政府官员谈话。探员貌似无意地问，先生跟俄罗斯的大使通过电话吗？这突然又敏感的话题让官员很不舒服。官员面有难色的回答："噢，我不太记得了。好像没有什么吧，我好像没说让他们干什么。"

　　两个探员一听官员吞吞吐吐的讲话，马上换了一副面孔，亮出了他们偷录下来的电话录音，非常严厉的说，"不对，你当时说了让他们别报复。这已经涉及勾结外国势力，影响美国政治的嫌疑了。说谎，是重罪。"

爱丽丝陈述完说："你认为政府官员构成犯罪吗？"

"就这些？"艾格妮斯问。

"是的。"爱丽丝回答。

"你说的是弗林将军吧，与你有关系吗？"艾格妮斯直接说了主题。

爱丽丝说，"你真聪明。作为记者我肯定要写稿见报的呀。"

"可以解决。"艾格妮斯说，"探员问前必须向当事人交待权利，即：被 FBI 探员问话，如果说谎的话，在美国属于重罪。探员必须强调这点。如果探员有意隐藏这个环节，属于陷阱式诱供。"

"谢谢大律师。"通完电话，爱丽丝异常兴奋，可是，她自己却又提出了一个无解的问题，弗林将军作为川普竞选团队的一员，为何在总统还没有宣誓就职前，给俄罗斯驻美国大使打电话呢？是谁授意他这样做的？从情节上分析，FBI 的探员明显是设了一个圈套，但弗林将军为何不通知白宫的律师而私自接待 FBI 的探员？他的头脑也太简单了吧，简单到让人怀疑他是否具有担任国家安全事务助理职务的能力。这种低级的错误，只有智商单纯到自己是"王"的时候才会犯。

爱丽丝走到窗前，看着后院游泳池飞进几只鸟在饮水，她的思维有些过线，似乎这些事件并不是她管的事，可是这个评估报告怎么写呢。

突然电话铃声响起，她走过去，在电脑桌的左上角拿起电话。她看号是艾格妮斯，她马上接听。

"是我，艾格妮斯。"

"噢，大律师。"

"能救弗林将军的人选，只有德州的鲍威尔大律师。"

律师艾格妮斯讲完便挂了电话。

爱丽丝忘了规矩，她马上打电话给总裁巴里特讲明咨询律师情况及律师的建议。

通完电话的爱丽丝，她坐在电脑桌前发呆，因为评估报告还得写。从川普总统上任以来所发生的一系列事件，弗林将军的辞职创造了史上第一，因为他上任还不到一个月的时间就下台。此外就是"禁穆令"。她想起了备受争议的总统行政令，她马上坐在电脑前，查看近期因"禁穆令"派生的重大新闻。

第一个：法新社称，美国总统川普和澳大利亚总理特恩布尔通电话，由于不满澳总理问他是否会履行前总统奥巴马对移民的承诺，接收被安置在澳的1250名难民。川普大怒，称这是他与外国领导人通话中最糟糕的一次。截止发稿，白宫未证实此报道。但川普2日午夜却发推文大骂，说奥巴马竟承诺从澳接受数千名非法移民。为什么要我来研究这个笨交易！

第二个： 2017年1月 27日，川普在副总统彭斯和时任国防部长马蒂斯的陪同下，于五角大楼签署第13769号行政命令。

在该行政命令90天内禁止来自利比亚、伊朗、伊拉克、索马里、苏丹、叙利亚、也门等穆斯林世界7国的公民入境美国，其中叙利亚的期限为"无限期"。这是911之后，川普政府对恐怖主义的担忧作为理由的"禁穆令"。2017年2月 3日，在华盛顿州诉川普禁穆令一案中，一个全国范围的临时禁制令（TRO）暂停了该命令的执行。川普政府上诉后，该裁决于 2 月 9 日再次被美国第九巡回上诉法院维持，下令停止执行。

一位资深编辑马上评论：这川普真够雷厉风行了，上任不到三周，已经签署了多项行政令。叫停"奥巴马医改"计划，退出 TPP，推进了争议输油管道建设等等。而其中最令世界错愕不已的当属"入境限制令"。这项被外界称为"禁穆令"的移民政策不仅引发了各国反对声浪，还被美国联邦法官紧急"叫停"，美国国土安全部也已全面暂停实施入境限制令。这项惹怒穆斯林七国、招致盟友不满的"禁穆令"真的会让美国更安全吗？

爱丽丝却认为川普是对的，不论是建边境墙还是禁穆令，都是为了美国国家的安全，应该采取法律措施。这不能光理解成川普大选时的竞选承诺，更不能与种族歧视瞎扯在一起，应该吸取 911 的惨痛教训，维护国家安全。

可是美国的立国之本是什么？是欢迎"渴望呼吸自由空气的人们"来美国安家，而川普的这项命令是对美国自由精神的亵渎，这是多年来歧视穆斯林旅客的一种极端表现形式。在 911 事件发生后，飞往美国的穆斯林人已经习惯于极度严苛的审查，穆斯林男人更是重点怀疑对象。入关而被美国移民局抓去小黑屋问话，那是常有的事。

其实，对总统川普来说，在全世界范围内，弗林将军的下台要比"禁穆令和非法移民"还要增加看点，也可以说是挫败，因为禁穆令是遭到三权分立司法分支的制衡，可是弗林将军的下台，简直就是川普团队的用人不当，尽管弗林将军是个爱国者，但作为白宫团队的重要一员，他帮了倒忙。被迫辞职，等于斩了总统川普的左手。

　　综合上述新闻，爱丽丝为了完成报告评估在琢磨，川普团队是有些急了，多年困扰美国的非法移民问题，不是一朝一夕就能解决的。她想起了丈夫布莱恩对川普的评价：你瞧瞧川普毫不避嫌的用人，非正式顾问女儿伊万卡，尽管无薪资；高级顾问女婿库什纳。川普内心的策略就是将库什纳打造成犹太救世主，让他扮演以色列最伟大保护者的历史性角色！可是他忘了凭借政治资历与辈分占据一席之地的内阁主要成员却不一定接受，这势必内部会分裂。所以，把一个商人变成政客，那真的不是一件很容易的事。如果川普总统，以川普大厦的管理方式来经营白宫，恐怕要被撞的头破血流。

　　不知为何，这个时候的爱丽丝有些赞同丈夫布莱恩客观的评价。作为媒体的资深记者，她非常清楚美国国父们的初衷，就是以制度性的分权来制衡任何一种绝对权力。把国家的权力划分为制定法律的"立法权"，依照法律推行政治的"行政权"，对违法行为施加惩罚的"司法权"，然后让不同的机关部门分别进行管理的体制。这种制度性的分权，必然产生很难撼动的"建制派"。这些人，一生服务于美国的政府机关各个部门，不会因为你是总统，而停止他们职责范围内任何一件被立案的调查。总统不懂得取舍，被看成是过于集权，那总统川普会经历非常大的麻烦。

　　爱丽丝感到有些疲倦，她想下楼去冲杯咖啡提神。她起身走下楼去厨房咖啡处取杯冲咖啡，突然一个文件袋就在咖啡机旁。她知道一定是丈夫布莱恩冲完咖啡忘记拿了，处于好奇，她翻开了文件袋。里边有三个文件：一个是 FBI 的 B 计划马上开始；第二个是阻止建边境墙的经费在众院过关；第三个是班农……。她还没看完，丈夫布莱恩的车进院了。

　　她马上放好文件，手拿咖啡，急急忙忙的离开厨房上楼。她边走边小声嘟哝，"FBI 还真有 B 计划！"
　　房门很重地开了，爱丽丝听到丈夫布莱恩急火火的脚步声……

　　本章警句：川普总统以川普大厦的管理方式来经营白宫，恐怕要被撞的头破血流。

第七章 再斩他右手

　　时间过的飞快，转眼进入了八月。早起时的太阳，就像一个大火球，热得让人躲进屋里享受空调凉爽的舒服。可是晌午转眼就乌云密布，一声雷响立刻就下起了倾盆大雨。仅一个多小时，又雨过天晴了。阳光又把整个世界，塞进一个大蒸笼里。

　　星期二，爱丽丝仍然在家工作。布莱恩因竞选结束，大部分时间在沙皇会馆，每周三天去州参议院。可今天有点怪怪的，这家伙一直睡懒觉，直到快中午了才起床。起床以后，他在楼下吃了午餐后，却一直坐在一楼大厅里看新闻，直到下午 3 时爱丽丝下来，他仍然聚精会神地看。

　　孩子们还没有放学，爱丽丝悄悄地走在布莱恩身后，看丈夫在看什么新闻。

　　"……围绕拆除美国南北战争期间统帅邦联军队罗伯特·李将军的纪念雕像，极右团体成员聚集在位于夏洛茨维尔的弗吉尼亚大学校园内游行示威，高喊纳粹、白人至上主义等口号，并与抗议他们的人群发生冲突。一位激进支持者菲尔兹驾驶一辆汽车，冲向街道撞向人群，造成 32 岁的希瑟·海耶死亡，数十人受伤的流血悲剧。菲尔兹，将面临联邦仇恨犯罪指控……"

　　手拿话筒现场报道的记者，正是布莱恩的爱妻爱丽丝。布莱恩接着往下滑动的摇控器，他看到了另一位记者正在报导总统川普的表态。他说总统川普在事发第一时间，称极右翼集会者同抗议他们的人群，双方发生冲突均有责任。等于是对双方各打 50 大板。

　　记者接着说道：总统的这一立场引发美国朝野上下广泛的批评。压力之下，川普总统随后发表声明，谴责发生在夏洛茨维尔的暴力事件。

　　接下来的镜头之一，是美国旧金山，人们为弗吉尼亚州夏洛茨维尔市暴力事件受害者举行烛光守夜。

　　镜头之二，前共和党总统候选人罗姆尼，公开要求川普必须就其言论使得众多"种族主义者欢喜庆祝"的行为而进行道歉。

　　镜头之三，骚乱中遭白人至上主义者驾车撞死女儿的母亲苏珊·布罗，拒绝与川普通电话，因为总统把她女儿和白人至上主义者与三K党对等看待。她认为，美国是一个致力于"人人生而平等"这一原则的国家。

　　布莱恩专注的看新闻，爱丽丝就站在他的身后，可他却一点也没发现身后的妻。

　　布莱恩把画面又划向了接受记者采访被解除职位的美国总统首席战略专家，和高级顾问史蒂夫·班农。

　　"这几则新闻，有必然的联系吗？"

　　爱丽丝突然的发问，吓了布莱恩一跳。他仰头看着妻爱丽丝说，"你什么时候下来的？"

　　"有一会儿了。亲爱的，你太专注了，竟然闻不到老婆的体香？"爱丽丝在开玩笑，也是故意调节气氛。

　　布莱恩忧思地说，"我认为，在这个节骨眼上白宫宣布解除班农的职务，其实是在减少川普在夏洛茨维尔事件上面临的压力，是丢车保帅之举。"

　　"呵呵，你为什么这么说？"爱丽丝问。

　　布莱恩瞪大眼睛说，这还用问吗？这场骚乱，是美国总统川普任内最标志性的社会事件之一。川普在事发后不谴责暴力，却称极右翼集会者同抗议他们的人群双方均有责任。这哪是总统应该讲的话，他应该首先谴责暴力，就连共和党元老都站出来让川普道歉。在这种压力之下，川普才随后发表声明谴责发生在夏洛茨维尔的暴力事件。但任何一个看过新闻的美国人心里都清楚，川普对白人至上主义等极右翼群体的谴责不及时、不彻底，其社会效果就是在纵容这些势力。

"你肯定会成为政治家，敏感的非常到位。"爱丽丝笑着，讽喻含有赞美之辞。

布莱恩回过头又接着说，尽管班农被解职有咎由自取的因素，但对总统川普来说，应该是件拍手称快的好事，因为外界一直把班农称为白官的影子总统。而事实上，如果让我来评价，班农这个人狂妄自大，他可以在战场上带领士兵去冲锋陷阵，成为战场上的将军，但他不是元帅。他端着冲锋枪可以，但他拿不起望远镜。一个首席战略专家和高级顾问，遇事过于极端激进，动不动就口若悬河，像个播音员，总想打破规矩，比如退出 TPP、退出巴黎气候协定等，我认为都是班农的杰作，这对总统川普来说，不是一个好的开头。

"但班农的确是智商很高，学识渊博之人物。"爱丽丝故意赞美班农。

布莱恩说，班农主张的民粹主义和保护主义，在右翼选民中确实有很大市场，也与川普本人观点颇多投合之处。他把自己的政治主张融入到川普的竞选承诺之中，成功地使白人蓝领阶层选民，成为川普的重要支持者。他是个政治人物，美国历史会留下他的记录，但这个人的性格怪怪的，像是一头无法驯服的狮子。

　　"反正，只要是川普的人，你们就不喜欢的挑毛病。"爱丽丝说着，两手伸出来推了两下布莱恩的肩，很随便地又说，"你们也不能什么都阻止川普去做呀？他建边境墙是为这个国家好，阻止非法移民，这是为美国人着想，又不是为了他自己。前几个月，如果川普的行政禁穆令错了，为什么上个月，美国最高法院恢复了部分内容并执行，这说明川普是对的。还有，要知道川普只拿一美元的薪资。"

　　"这更是坏了规矩，"布莱恩不屑地说，"你川普拿一美元薪资，其余下的钱捐出去，那下任总统拿多少？捐多少？再说了，川普第一年每个月拿一美金，怎么能保证他在第二年、第三年和第四年，每个月也拿一美金？"

　　爱丽丝马上说："那你不信，谁也没办法。"布莱恩又说，"关于禁穆令的部分内容虽然恢复执行了，但涉及到种族的话题，还是少碰的好。至于班农，很多政界人士对他褒贬不一，我没看好他。是他推动川普罢免了白宫办公厅主任普里伯斯。而且网上评论他指手画脚的干涉人事任命，使国务卿蒂勒森和防长马蒂斯蒙羞。"

　　"网上的评论你也信？"爱丽丝说。

　　布莱恩有些不屑地晃晃头继续他的偏见，"哪任总统上任这么短的时间就频繁的换人？唯川普是第一人。换掉白宫办公室主任，等于是在自斩他的右手，再换一个，就对他忠诚了？你知道被川普炒鱿鱼的，或者说是炒川普鱿鱼的人是怎么骂他的吗？愚蠢和白痴！"布莱恩说完起身去拿矿泉水。

　　"你好像什么都知道？"爱丽丝故意惊讶的说。

　　布莱恩沉稳地回她，"亲爱的，美国的体制，它的框架是不可撼动的，所任命的官员不是总统自己说了算的。"

"哦，我明白了，在总统身边，有你们的人？"爱丽丝故意气布莱恩，说完又呵呵地笑起来。

布莱恩并不在意妻爱丽丝和他开玩笑，机密的事他也不会说。他坐回沙发喝着矿泉水，看着电视。

爱丽丝边拾掇孩子们的玩具，边在心里想着川普说话的随意性。她叹道："双方均有责任"的讲话的确没过大脑，因为种族的话题在美国太敏感，普通人都不敢说，政治人物更不可以随便说。

突然她站立不动了，她的眼神望着窗外，她想起了前几天围绕美国弗吉尼亚州政府收回了 100 年前，捐赠给国会大厦国家雕像厅的南方联盟罗伯特·李将军雕像，做完节目，在评论区她看到了这样的评论：你吃美国的政府福利不能说；你抢劫商店的食物不能说；你抢劫苹果店的 IPHONE 手机不能说；你随街抢劫个人财务也不能说，偏偏抗议要求拆除有历史纪念意义的将军雕像，那雕像怎么就触碰到你的祖宗了？这些评论的确有一定的代表性。但今天的美国社会，多数人认为这些历史雕像，象征着种族主义和白人至上主义。为什么客观的讲一件事情，就被冠以纵容白人至上呢？如果回归历史，一个感恩节就能是对美国原住民印第安人的回馈感恩吗？

爱丽丝的心里想法，有着不同于丈夫布莱恩的认识，她认为美国人会给川普时间去适应白宫，她对川普寄予了希望：大胆地去做吧，川普，你有民意的基础，只要你能及时修正过错，仍然真诚无私的面对你的国家、你的选民，没有过不去的坎。当你历练成熟后，相信你会做的更好。因为错误和挫折让你懂了什么是政客。

　　孩子们回来了，爱丽丝先跑出去接过儿子布尔和女儿吉利恩的书包，布莱恩也出来接过爱娃、伊娃的书包……

　　生活中的很多事情都是无法预测的，川普的对手、前副总统拜登在接受 2020 年新民主党总统候选人提名时则说，正是夏洛茨维尔事件以及川普当时的反应让他下定决心竞选总统，他要为美国的灵魂而战……

　　这位前副总统拜登，他该怎样地为"灵魂"而战呢？社会上流传的多种多样的阴谋论，究竟源于何处？是谁让美利坚合众国在分裂？

　　本章警句：因为错误和挫折让你懂了什么是政客。

第八章　神秘的资料

星期一早上，爱丽丝到传媒总部被总裁巴里特叫到办公室。巴里特把一个文件袋交给爱丽丝说，"消息来源是FBI。你评估一下，是否可以在合适的时间点把消息放出去。"

爱丽丝点头，回说"好的"，便接过文件袋回到自己的办公室。

打开文件袋，略翻看了一下，她的眼神有些惊恐。资料一共28页。她仔细地看了第一页的注明。

总统川普在2017年5月9日突然无预警开除联邦调查局长詹姆斯·科米，这是美国史上第二次FBI局长被开除，非常罕见，但在第二天10日总统便安排在椭圆形办公室中与俄罗斯外长谢尔盖·V·拉夫罗夫和驻美国大使谢尔盖·克里斯利亚克会面。意在高调对抗"通俄门"事件，由此引发众多FBI官员对总统行使行政特权的不满。

以下是具体资料。

第一份资料是FBI的B计划。

FBI正在调查川普对俄罗斯泄密事件。联邦调查局FBI俄罗斯分析师斯特左克、赫尔森等，通过有偿机密线人丹青科，及俄罗斯线人米利安，获得川普在莫斯科的一些活动，以及川普竞选总统前后与俄罗斯驻美国使领馆人员的通话和接触，其记录如下：

2013年11月，唐纳德·川普在莫斯科举办华丽的"环球小姐"选美比赛。在莫斯科他曾包下豪华酒店的总统套房，并在前总统奥巴马和夫人米歇尔住过的房间招妓女，而且在床上拉尿。川普团队在竞选总统期间，秘密与俄罗斯使领馆的人员接触，通知俄罗斯大使馆的人，川普当选总统后解除对俄制裁。

关于史地尔档案，是 FBI 分析师敖腾、斯特左克，加密线人丹青科的杰作。为了让线人史地尔出据作实通俄门，FBI 可出资 100 万美金奖励线人史地尔，但史地尔拿不出实据而无法拿到 100 万美金的奖金。司法部及 FBI，以川普竞选团队人员与俄罗斯驻美大使通话并有录音为由，向法官申请监视令，监视川普的助手卡特·佩奇。同时安插线人——代号火线飓风，监督川普及其竞选团队。

川普与普京之间的潜在合作，假设以泄露各自情报部门掌握的先进技术秘密为交换，那对世界将造成悲剧性后果。因为普京比 ISIS 等恐怖分子更疯狂，为达到目的会不择手段。未来的核战，将在普京的任期内发生。据此，阻止川普，切断川普与普京的任何联系。

爱丽丝看了上述资料在心里发问："监视令"是看点，100 万奖金是爆点，其它的全是在编故事。这要把消息放出去，弄不好要做牢的！因为 FBI 可不是好惹的。这帮人为川普专设的档案，竟然全是编造的虚假信息。这样的资讯如果是真的，太可怕了。用 100 万美金去换取假证据，就为打倒民选总统川普？为什么？

爱丽丝翻看第二份资料：塞斯·里奇（Seth Rich）之死。这份资料又吸引她看了下去。

第一页：简要案情。

塞斯·里奇是一名 27 岁的新民主党全国委员会(DNC)工作人员，他在 2016 年 7 月 10 日凌晨在华盛顿特区西北部的寓所附近中枪身亡。

推测事发经过：里奇从酒吧出来被俩人拦住，要求里奇交出 DNC 内部文件及电子邮件的 U 盘，里奇拒绝。双方厮打。里奇的膝盖、脸部均受伤，在不敌对手的情形下，里奇脱身逃跑，对手朝里奇背部开枪，里奇死亡。这只是推测，没有证据证明。

事后，警方以抢劫被害定案。但里奇的家人认为里奇身上的钱和物品都在，不是抢劫是谋杀。有趣的是，根据地区谋杀案的悬赏惯例，华盛顿特区警方发布 2.5 万美元悬赏凶手。一个月后，维基解密在社交网站上宣布，为塞斯·里奇被害缉凶，增加悬赏 2 万美元。里奇的被害与维基解密有什么关系？

第二页：推定的因果关系。

塞斯·里奇是计算机专家。美国新民主党全国委员会（DNC）数据主管。新民主党全国委员会的 2 万封邮件泄露给了维基解密，里奇是唯一可向维基解密提供电子邮件的人。由此导致了"邮件门"事件和委员会主席舒尔茨的被迫辞职。

国家安全局或其合作伙伴，至少截获了里奇先生和维基解密之间的部分通信。这是里奇被害的原因之一。一位反川普的前美国助理检察官宣誓后声称，FBI 确实检查了塞斯·里奇的电脑，她与穆勒团伙的 FBI 探员和检察官会面。她的名字叫黛博拉·西恩斯（Deborah Sines）。她的陈述表明，这次会面应该有记录，但 FBI 仍然声称没有与塞斯·里奇有关的记录。由此推定枪杀里奇的人，应该是 FBI 的特工。

2016 年 12 月，一位名为中岛的女士称，中情局认定俄罗斯黑客入侵新民主党全国委员会，是因为俄罗斯希望川普赢得选举。中岛还报告说，情报界已经确定俄罗斯也将电子邮件发给了维基解密。穆勒（Mueller）团伙，在努力让川普总统下台的过程中强化了这一立场。

第三页：窃取的备忘录。

因为里奇是计算机专家，以他的工作便利，曾窃取司法部官员丹（Dan）的电子邮件，并记了一份备忘录。问题是这份备忘录被盗了，而且有人想以这份备忘录诈取金钱。备忘录记载的邮件内容是丹背后大佬的指令，该指令要求丹雇用私人调查员怀特调查比尔·克林顿的私生活混乱打击希拉里，又要求丹从川普身边的线人布里奇思，以及代号火线飓风得到情报，积累对付川普的罪证。

丹是一个反对希拉里，讨厌川普的政客。他利用里奇泄露希拉里电子邮件给维基解密，使希拉里不能胜选总统，又编造理由向法官申请外国情报监视令，监视川普的通俄门。他的目的，就是按照大佬的指令，在川普和彭斯当选总统副总统后，有足够证据证明川普有罪。主要是作实川普通俄门事件，发起弹劾，让川普下台，而让彭斯上位。他的团队和他背后大佬心目中的"王"是彭斯，但彭斯如果参选总统不可能获胜，必须借助川普当上美国总统。这份备忘录，要了里奇的命。

看到窃取的备忘录，爱丽丝呆怔了一下，她不想再看下去。她认为，围绕塞斯·里奇被谋杀的事件，成了阴谋论者、网络恶棍和政治机会主义者的即时素材了，所有这些材料，就像人死了不能说话一样，根本就没有足够的证据来证明那每一页写的故事都是真的。

但让爱丽丝惊奇的是，在这起案件中，竟然牵涉到副总统彭斯。这故事编的是不是有点太离谱了吧，不要说司法部的高官丹，即使是司法部长，不论怎么暗箱操作，没有国会的支持，也不可能、更搬不倒民选的总统川普啊！

　　爱丽丝把资料装回文件袋，她想去总裁巴里特办公室把文件还回，并说明自己的评估意见：一是分析的结论，放出消息会被定性为阴谋论；二是别惹司法部和联邦调查局FBI。

　　可是爱丽丝抱着文件推门走到走廊，突然楼外响起了爆炸声，办公楼都为之颤动。她急步走到走廊的窗户往外看，距离千米外一处独立的餐馆被炸了，是煤气爆炸还是人为的炸弹爆炸尚不清楚，但这治安环境是真的令人担忧。

　　随着爆炸声，附近路两旁整片的树叶如狂风暴雨般落下了一片金黄。看到那飘落的叶子，爱丽丝感叹，"真快呀，转眼就到了秋天。"

　　爱丽丝转身向走廊的尽头走去，那里是总裁巴里特的办公室。临近，她停住了脚步，大脑再一次冒出那个念头：假如那个"备忘录"是真的，那不太可怕了吗？

　　还有，在那个时间点把FBI的局长科米炒鱿鱼，第二天就会见俄罗斯大使，那无形之中得罪多少人啊？这是让人有想法的安排。

　　所有这些资料，FBI的这位分析师，他是依据谁的证词，什么样的线索，分析得出这个结论呢？

　　唉，美国的政坛，有太多深不可测的政客。

　　本章警句：阴谋论者、网络恶棍和政治机会主义者的即时素材，就是人死了不能说话。

第九章　潜伏的政客

　　星期日下午 2 点，阿贝打电话给艾碧尔，说他在华盛顿，约艾碧尔晚上 6 点，去华盛顿郊区西点酒吧喝一杯。华盛顿哥伦比亚特区的 10 月初，温度通常围绕在 19℃，波动的风常常是柔和的微风，比较温馨。或许这老天专门和阿贝别扭，傍晚突然间变脸了。调皮的风也四处流窜了起来。一会儿的功夫，天色开始昏暗。阿贝刚要起身，听到酒店窗外开始下着蒙蒙细雨，滴滴的小雨点好像伴奏着一支钢琴小舞曲。阿贝拿起手机打给艾碧尔，意思是下雨了，是否方便外出。都是军人出身，艾碧尔告诉阿贝，正点到。几乎是同时，俩人到了西点酒吧。之所以起名西点酒吧，是因为酒吧的老板卡里（Cary），在部队当兵时是西点军校毕业，后在海军陆战队服役多年后退役。为纪念这段难忘的经历，他开了这家酒吧。酒吧非常红火，因为退役的官兵，只要来华盛顿，都会来这个酒吧喝一杯。

　　阿贝和艾碧尔找了个靠边的座位，要了两杯称之为"生命之水"的威士忌（Whisky），俩人开始交流最新信息。

　　阿贝很小心的低声说，美国总统大选快一年了，欧盟各国对川普的当选仍然持谨慎态度，普遍认为川普会破坏美国与盟国的关系，太计较美国的付出。日本对川普"美国优先"的竞选言论，以及他本人能否将竞选承诺付诸实践的不确定性，令日本政府担心美日的经济和安全关系能否延续，以及其对中国的态度，影响日本的外交政策。尤其川普对日本贸易行为的激烈批判、对自由贸易协定的冷嘲热讽，及其对日本政府为驻日美军提供更多军费的要求，令日本政界人士不知所措。尽管安倍及时访美与川普套近乎，但他们对于如何接触川普的内层圈子，仍然是一筹莫展。印度则冷眼旁观。在这些风云谲诡的问题背后，还隐藏着更深一层的焦虑：即美国曾一手创建并努力维持这一至今最为成功的自由国际秩序，是否会因为川普的当选而改变。如果改变，印度也将面临一个极度危险的国际环境，所以，应报告川普政府在调整对外策略时考虑这些因素。

艾碧尔说："按总统大选时的承诺，他应该去中国和北韩了。"

阿贝说："最重要的行程应该是12月，总统百分之百的会去耶路撒冷，这从库什纳的中东行程及接受访谈的内容完全可以判断。还有一些情报，内外的信息都有。"

阿贝从兜里掏出一张纸条递给艾碧尔，艾碧尔看后又把纸条递回给阿贝。

艾碧尔喝了一口威士忌，纸条的信息他记住了，一个是总统川普出访英国有人会制造被冷待的场面；一个是查总统川普的家族企业偷漏税情况；最后一个是重量级议员将很快发起弹劾川普。

川普刚上任总统就有人在琢磨整理罪证弹劾他，这总统怎么做呀，防不胜防。艾碧尔很冷静地晃了晃头。

片刻，他也从上衣兜里取出了一张折叠纸递给了阿贝说，"你看看这个。"

阿贝接过纸打开，只见上面写着，对川普内阁成员的15名在职高级官员，进行了10年的追踪调查，得出结论：白宫办公室、国防部、司法部、财务部、商务部、国土安全部、中情局CIA、联邦调查局FBI、基础设施安全局、白宫通讯联络办公室、劳工部等等，这些部门的主要官员，尤其是任职时间较长的官员，都以谨慎的态度对待川普。

阿贝明白，这些部门可以说是美国的铜墙铁壁，他们效忠的是美利坚合众国，而不是川普。看来新政府施政令难出白宫，在国内重大事件发生时，他们会保持中立，而不会支持川普。阿贝按规矩将纸折叠后交还给艾碧尔说，"明白了，新政府的破冰之旅，恐怕艰难且充满太多的不确定性。"

"还有……"艾碧尔四下看了看后说，"FBI 高级法律顾问贝克辞职了，很突然，而且值得关注的是他在第一时间到推特任法律顾问。不光贝克一个人，还有几位也都辞职去了推特任职。更奇巧的是，推特安全总监安排专人跟踪川普的推特发文并加以限制。"

阿贝说："CIA 一些探员退休后，被推特雇用的也有。"

艾碧尔显得心事很重的样子看着阿贝，想说什么欲言又止。

精明的阿贝在思考美国的主流媒体，他马上想到推特是美国最大的宣传阵地，控制意识形态首先要从推特和脸书下手。他怀疑这是谁在下一盘很大的棋。假如 FBI 贴上党派的标签，那美国将成为警察国家。他清楚，没有证据能证明美国有深层政府，但一些顽固的势力已经将门生安插到各个要害的部门，且没人能撼动。他心里明镜似的，但又无法证明。这是一个无形的网，他预感到川普的施政恐怕要寸步难行。他也清楚，川普还不具备政治家的手腕来安排为他施政的自己人，所以他看看艾碧尔没有讲话，只是点点头。

艾碧尔终于憋不住了，他探头问，"事态的发展有些复杂，长老为何还不召见明示？"

阿贝说："长老已经处于病危状态。"

艾碧尔"哦"了一声，点了一下头，刚想说话，这时他的手机铃声响起，他起身走到窗前接听。电话是一位 FBI 探员打来的，说是一个被害的女线人中毒身亡，请艾碧尔出现场。窗外的小雨还在下着，艾碧尔刚想转身回到座位和阿贝辞别，突然间他看到一个熟悉的身材，从车上下来小跑到酒吧门口，他愣了一下，心想，这家伙什么时候从纽约来华盛顿了？他灵机一动去了卫生间。在卫生间里，他打电话给阿贝，说他看见布莱恩了，为了安全起见，他回避先走了。

新民主党少壮派布莱恩，与一位中年女人来到了西点酒吧前台。这名女人不是别人，正是知名律师凯利(Kelly)。过了一会儿，一位健壮的大个男人又来到酒吧前台。这个男人便是布莱恩在部队服役时的生死之交狄克(Dick)，他现在是联邦调查局 FBI 情报分析师。

布莱恩拥抱了狄克，马上转身介绍给凯利律师。

由于雨天，酒吧里的人并不多。布莱恩看到里角的座位空着，他摆了一下手先行端酒杯走过去。凯利、狄克跟随。三人就坐后闲谈了几句转入正题。

布莱恩说，这位商人（川普）上台后，好像一直没有走出竞选状态，容不下任何批评意见，大小问题都自己亲自出马。尤其令人不解的是他每天发推特治国，总与他不喜欢的人互怼，像个顽皮的小孩子吵架。更过份的是涉及种族的不当言论，白人至上，已经引起了族群的分化。现在的问题是，如何制止这位商人推特治国？

狄克，"我明白了……不过，嗯，我知道 FBI 有权过问任何可能引起暴力的热点新闻，包括推特、脸书 Facebook 等媒体。"

　　凯利马上说，"关键的两个字是引发'暴力'，否则行家会说，这是干涉新闻自由。"

　　狄克说："是。明白。"

　　外边的雨还在下着，酒吧又进来几位客人，凯利为了转移话题，接着笑谈，这位商人总统上周一在白宫发起了一场有趣的女人之争，而且交锋激烈。非常有意思。出生于捷克的伊万娜(Ivana)是现任总统的前妻，也是公主伊万卡的亲生母亲。这位前任，她开玩笑地自称她自己是美国第一夫人，由此激怒了总统第三任夫人，也是现任夫人梅拉尼娅·川普(Melania Trump)，并发布了一份措辞严厉的声明，驳斥所谓第一夫人伊万娜在婚姻关系上的自以为是。瞧瞧，什么样子。玩笑式争宠，丢尽了美国的脸面。

　　布莱恩和狄克，俩人呵呵一笑的举起了酒杯。只要被人恨，不是事也是新闻，不知道这位刚上任不久的总统大人川普，为什么会有这么多政客不喜欢他。

　　这时，在一处不显眼的座位上，一位英俊的男人用酒吧的菜单，挡住手机露出镜头，对准布莱恩的方向按下了快门，之后他起身离去。

　　他就是 CIA 特工，高级情报分析师阿贝。他走出西点酒吧，叫了一辆出租车消失在夜幕之中。

　　街上的路灯，在细雨中发出昏暗红色的光来，就像那些吸了大麻的醉鬼眼睛，一闪一闪地在望着路上来来往往的车辆发呆……

　　本章警句：推特治国，树敌太多。

第十章　巴勒斯坦梦

总裁巴里特交给爱丽丝两个任务，第一个是电脑跟踪总统川普的亚洲行程，对南北韩、日本、中国以及菲律宾的访问，争取第一时间曝出看点；第二个是关注巴以冲突，并随时播报，因为有迹象表明美国对耶路撒冷将有大动作。

爱丽丝不敢怠慢，从早晨上班就坐在电脑前认真查看每个细节，可是她忘了，昨天出去采访一天没看，今天打开电脑看了一会儿，她发现总统川普已经离开了中国了，正在菲律宾停留。

外界评论铺天盖地。爱丽丝拉近，想瞧瞧都是怎么说的。

美国总统川普风格依旧，菲律宾总统罗德里戈·杜特地曾遭到了前总统奥巴马的冷落，因为他的做法是政府鼓励对涉毒犯罪嫌疑人进行致命打击，不论在任何场合任何人发现吸毒者都有权持枪将其击毙。由此造成数以千计吸毒的人未经逮捕或审判程序，死于法外处决，美国国务院曾批评该政府"明显无视人权和正当程序"。

奇怪的是他却被川普看好。川普赞扬罗德里戈·杜特地，在毒品问题上开展了难以置信的工作。而且在此之前川普与杜特地的通话记录显示，川普讲明，"很多国家都有问题，我们也有问题，但是你做得很好，我只想打电话告诉你这一点。"

这便是特立独行的川普，他的讲话被别有用心的美国人解读为：不要在毒品的路上越走越远，看到罗德里戈·杜特地的做法了吗，如果某些极端分子用毒品把美国带入深渊，没准用重机枪突突你！

爱丽丝看到这段，"噗"的一声，哈哈地笑起来。而且越笑越来劲儿，直到把隔壁房间的同事白莎（Bertha）都惊到了，以为爱丽丝遇到了什么可笑的事。

白莎推门进来问，"什么事呀，笑成这样？"

爱丽丝笑着分享了笑点，俩人都捧腹大笑。笑够了，白莎回去了自己的房间。爱丽丝接着看下去，新加坡联合早报登出一个评论：说川普不同于此前任何一位美国总统，其拳打国内体制、脚踢国外盟友的架势，有些类似中国文革时的造反派。中国的文革带来了什么后果，中国人早已深有体会。如今，世界秩序的主要缔造者和维护者美国也出现了造反派，而这个造反派恰恰就是美国新兴领袖人物既不左也不右的狂人川普。

爱丽丝又笑了起来，她觉得网上评论真的挺有意思的。笑过了，爱丽丝在想，川普此行有一整套国家安全顾问班底陪同。国务卿雷克斯·蒂勒森将陪同总统前往每一站，国家安全顾问 H·R·麦克马斯特中将也将全程陪同。这表明白宫的意图是什么呢？

华盛顿——在川普寻求建立一个反对北韩研制核武器和弹道导弹的共同阵线之际，寻找对北韩施加区域性压力，以应对北韩的核武器和弹道导弹项目。

看来总统川普暂时还没有想对亚洲，尤其是中国，和美国之间的贸易关系进行改变。

爱丽丝开始浏览巴以冲突，引起她注意的，还是伊斯兰最兴起的哈马斯。

"哈马斯"是谁呢？

哈马斯是巴勒斯坦几个激进伊斯兰团体中最大的一个。它的名字是伊斯兰抵抗运动的阿拉伯语缩写，起源于 1987

年反对以色列占领西岸和加沙地带的第一次巴勒斯坦起义开始后。哈马斯创建的宗旨，是要全心全意地以打击和毁灭以色列为己任。此外，它的双重目的：一是由其军事分支卡萨姆旅领导，对以色列进行武装斗争；二是给巴勒斯坦人提供社会福利；它的最不人道的做法，就是通过发动自杀式袭击来对和平进程实施有效的否决权。

按时间推算，就在美国总统川普跨越南北韩边界，一个疯老头，一个火箭人握手想言和的时候，哈马斯在东耶路撒冷地区利用公共汽车自杀式爆炸，又造成了几十名以色列人死亡。

随后，巴勒斯坦首席和谈代表，巴解组织执行委员会秘书长，埃雷凯特给出目前为止最明确的说法，计划尽快建立独立的巴勒斯坦国，即便这意味着无视美国提出的不要推进该计划的请求。

埃雷凯特表示已经别无选择，只有单方面推动建国。他对多年来努力与以色列共同找到解决方案的努力毫无进展表示极度沮丧和无奈。他表示，下月将向联合国安理会提交方案，提出 2017 年 11 月为基于 1967 年中东战争前的边界建立两个国家的最后期限。以色列在上述中东战争期间占领了加沙及约旦河西岸地区，并夺取了东耶路撒冷，这些地区是巴勒斯坦提出的作为独立国家应该拥有的土地。

埃雷凯特呼吁：现状不能再持续下去了，我们要在不晚于 2017 年 11 月建国！

"天那， 11 月建国？"爱丽丝被这条新闻震惊了，她忙拨通总裁巴里特电话，不等爱丽丝讲话，总裁就在电话里说，"你是要告诉我猴急的埃雷凯特谈建国吧？"

爱丽丝说："是啊，11 月，是总统返回的时间。"

　　总裁巴里特说："别紧张，不可能的，美国有一票否决权的。"

　　爱丽丝又说，"巴勒斯坦对副总统彭斯访问以色列反响挺大的，各地举行为期一天的大罢工抗议彭斯。"

　　总裁巴里特让爱丽丝整理出播报稿，又嘱咐关注总统川普的亚洲行。

　　放下电话爱丽丝小声嘟哝，"美国总统川普正在踏上北韩的领土，和火箭人小小胖谈论去核呢，你个'埃雷凯特'搅和什么呢？再说了，在 2012 年 11 月 29 日联合国大会已经表决巴勒斯坦国升格为非会员观察国，现在已经有 136 个国家承认巴勒斯坦是独立国家，你还谈什么建国？"

　　好像马上就有声音回她，"非会员观察国"不是国家，更何况主要国土还被以色列占领，这怎么能说是搅和呢。巴以冲突不断是事实吧？难道没看见近期更有升级。巴勒斯坦哈马斯民兵向以色列发射数以千计的火箭弹是不得已而为之，而以色列则对加沙进行多次猛烈空袭没看到吗？暴力事件的严重程度近年罕见啊！

　　爱丽丝又说，那又能改变什么？副总统彭斯在访以期间已经明确表示，美国一直与有关国家保持沟通，试图建立一个和平的框架，但这一切都取决于巴勒斯坦方面何时回归谈判桌前。那个声音又说了，美国的立场是偏袒以色列，彭斯在以色列的讲话是给极端主义的礼物，是证明美国政府是中东问题的一部分，美国不应该，也不能参与解决巴以争端的问题，尤其是被占领士问题。

　　"别闹了，我没时间和你对话。"爱丽丝赶走了脑海里的那个影子，正准备去看《贝尔福宣言》，这时她的手机铃声响起。

　　爱丽丝拿起手机，电话里传来丈夫布莱恩的声音："亲爱的，我在华盛顿还要呆一天，明天晚上回去。"

　　"好的。"爱丽丝抿一下嘴唇，心里有一种非常舒服的感觉。

　　放下手机，她开始看《贝尔福宣言》。

　　1917 年的《贝尔福宣言》，是大英帝国的中东政策和以色列建国历史上一个重要文件。

　　《贝尔福宣言》正式宣布了英国内阁在同年 10 月 31 日的会议上通过的决议：支持锡安主义者在巴勒斯坦建立犹太人"民族之家"，条件是不伤害当地已有民族的权利，但是政治权利除外。当时巴勒斯坦仍然是奥斯曼帝国领土，犹太人只是当地的少数民族。全文除去抬头和落款只有三句，英文一共 125 个单字。但其对中东历史的影响却很深远。

　　在犹太复国主义运动领导人一再要求下，英国政府作出允许犹太人大规模返回巴勒斯坦建立"民族家园"的正式承诺、即《贝尔福宣言》。这事实上成为 1948 年以色列建国的第一个法律依据，同时也开启了延续一个世纪至今未休的阿以之争。不论什么时候，只要在英国举行《贝尔福宣言》纪念活动，巴勒斯坦阿拉伯人都会抗议。

　　不过，爱丽丝最感兴趣的还是，贝尔福与参加该宣言谈判的犹太方面主要人士之一，哈伊姆·魏茨曼的对话。

　　贝尔福问魏茨曼："锡安主义的中心议题，为什么是巴勒斯坦而非别处？"

　　魏茨曼说："其他地方都是假的偶像。"又说，"贝尔福先生，这就像拿走您的伦敦，换成巴黎一样，您会同意吗？"

贝尔福反驳："魏茨曼博士，可伦敦已经是我们的了。"

魏茨曼则回答："那倒是。不过在伦敦还是一片沼泽的时候，耶路撒冷就已经是我们的了"。

爱丽丝抬头看看时间已经午后了，她要出去午餐。在要关闭电脑时她看到最后一段评论：20 世纪初的耶路撒冷，阿拉伯人占多数。当国际社会赋予英国在巴勒斯坦为犹太人建立"民族家园"的任务时，注定了犹太人和阿拉伯人之间的紧张关系加剧。犹太人说，这是他们的民族起源之地，巴勒斯坦阿拉伯人却说他们拥有这片土地的时候，犹太人只是一个部落。

爱丽丝感叹：巴以冲突，百年无和解。何时才能实现巴勒斯坦建国的梦呢？

本章警句：不要在毒品的路上越走越远，看到菲律宾总统罗德里戈·杜特地的做法了吗，如果某些极端分子用毒品把美国带入深渊，没准用重机枪突突你！

第十一章　　金色的圣城

Q 总部通知 CUU 传媒总裁巴里特，派记者前往耶路撒冷，因为有迹象显示，美国总统川普耶路撒冷之行，意味着川普将会宣布，耶路撒冷为以色列的首都。

其实这本来就不应该成为特殊新闻，因为美国驻以色列使馆的搬迁，美国国会早在 1995 年就通过法案，要求政府承认耶路撒冷是以色列不可分割的首都，并将使馆从特拉维夫举迁耶路撒冷。这么些年，几任总统都不碰这个烫手山芋，为何川普敢触碰它？难道川普不怕阿拉伯世界，乃至整个伊斯兰世界，由此被点燃的愤怒的烈火？！

所以，这个耶路撒冷之行看点太多。

在川普前往耶路撒冷的前几天，爱丽丝受命前往最古老的圣地——耶路撒冷。

多年前爱丽丝曾和布莱恩来过耶路撒冷，那时只是游玩，走走看看。因为爱丽丝和布莱恩都是基督徒，所以他们最想看的是基督徒的圣景点圣殿山墓教堂和苦路。在教堂中，他们感受耶稣受难、复活和升天，以及耶稣背负者十字架走过的苦路(Via Dolorosa)，再回到锡安山上，看大卫王墓和楼上的最后晚餐之室。之后，他们去了著名的穆斯林的圆顶清真寺，和阿克萨清真寺，最后停留在犹太教的哭墙。

放眼望耶路撒冷的城区，矮小的楼房错落有致，大街小巷层次感很强。这里没有高楼大厦的现代建筑，房屋外墙清一色是当地特产的米黄色石砖：整洁、素净、庄重、安详。夕阳一照，全部被染成温暖的浅金色。回望耶路撒冷金色的城池，在没有风的冬天里，一种空灵的感觉顿然而生：坐下吧，劳累的人，安静地坐下，忘掉这俗世间所有的烦恼。

那个时候爱丽丝并没有这个感觉，可这次来，不知为何，她的内心在汹涌澎湃之后，变得非常的宁静和详和，或许她已经是 4 个孩子的母亲，或许，这些年她经历了太多太多……

为了赶在总统川普明后天来耶路撒冷前做足功课回去播报，爱丽丝在入住的旅馆，又详细的查了一下耶路撒冷的资料，并简要的做了记录。

耶路撒冷这座圣洁的古城，有两千多年曲折的历史。这座古城在不同国家、宗教、信仰与文明之间多次易主，在不断冲突与杀戮、摧毁、征服的过程中，几经重建，仍然处于争议的战乱之中。

据资料记载，两千年前，耶路撒冷是古代犹太国的都城，是犹太教圣殿所在地。后来罗马帝国兴起，康斯坦丁大帝皈依基督教后，耶路撒冷便成为拜占庭帝国治下的基督教圣地。

三百年后，阿拉伯人横扫西亚北非，在耶路撒冷留下伊斯兰教的教徒，并在犹太教圣殿遗址上建起了清真寺。为争夺这块荒凉古老的圣地，欧洲十字军东征，一路烧杀掳掠，圣明的宗教文明冲突史，便从中世纪就开始了。

基督徒和犹太人一样，主要信仰都是建立在同样的希伯莱圣经之上，区别主要是：犹太人认为行动和行为是首要的，而信仰由行为表现；犹太人信守神赋予摩西十诫，认为犹太人是神之子民，核心宣言只信奉耶和华为上帝，为神，坚信旧约预言中上帝选中的救世主弥赛亚终会到来和犹太人一起建立以色列地上王国而推翻罗马帝国的统治，所以犹太人不允许外邦人加入。而耶稣本是犹太人，他说自己是上帝派来的神圣使者，他将救赎于人世间的所有人。他说，"悔改吧，因为天国近了。"这声音，在犹太人的眼里，耶稣的行为就是背叛。称自己是受难的救主，荣耀的君王，那不就是救世主弥赛亚了吗？不不不，这绝对不可以。耶稣不是弥赛亚，他公然挑战了犹太人信仰的核心，是冒犯了神！于是，犹太人的上层出卖了耶稣，并致耶稣应验了预言中的牺牲自己。而追随耶稣的信徒则认为耶稣就是弥赛亚，是上帝神的儿子，因为耶稣救世于所有族群，认为所有人都是上帝的子民，而不是犹太教，只受限于犹太人。在信徒的心里，耶稣他关心众人，为众人吃苦，为众人服务。所以，新约圣经认为拿撒勒人耶稣（生于伯利恒）就是弥赛亚。因为耶稣的出现，才有了基督教，众人才有了信仰。也应验了旧约圣经中的许多预言。保守的基督徒都认为，信心为首要，行为只是信心的结果。

这便是基督教与犹太教，在信仰上相抵触的点。此外，犹太教的信仰，不接受基督教关于原罪的概念。引申意就是，相信每个人承袭了亚当和夏娃在伊甸园违背神教导的罪。

犹太教确信世界原本是美好的，世上所有的人都是由神所造。所以，犹太教徒可以通过本教戒律，也可以说是神的诫命，成为圣人而接近神。

而大部分的巴勒斯坦人、约旦人为逊尼派穆斯林，通用阿拉伯语，主要信仰是伊斯兰教。

或许有读者问，耶路撒冷原本就是巴勒斯坦的首都，这些年，巴以冲突从来就没停过。

没错，在 21 世纪，耶路撒冷是巴以冲突的中心。这也是很多人去过耶路撒冷却无法抵达耶路撒冷的原因所在，因为，那壮实的古城，有一座东城，还有一座西城；有一座老城，还有一座新城。这个分裂的城市，东区曾被巴勒斯坦、约旦控制，西区被以色列控制，中间的界线有狙击手驻守，是军事禁地，气氛肃杀犹如死亡地带。直到 1967 年第三次中东战争，以色列从巴勒斯坦、约旦手中夺取包括老城在内的东耶路撒冷。从此，以色列控制了耶路撒冷，并建隔离墙将耶路撒冷围了起来，使之与巴勒斯坦的约旦河西岸彻底隔开。

说耶路撒冷曾是巴勒斯坦的首都，大多数人认为，在法理上占不住。原因是：1988 年巴勒斯坦自治政府宣布，耶路撒冷是巴勒斯坦的首都，但关键是，当时的巴勒斯坦还尚没有建国。而以色列早在 1948 年 5 月 14 日已经宣布独立。其国父——大卫·本·古里安，建国地：特拉维夫。1950 年迁移耶路撒冷，并在 1980 年，以立法的形式，确认耶路撒冷是该国永远的和不可分割的首都。

如果不去探讨千年的纷争和你来我往，就可以简单的归结：以色列是 1980 年，巴勒斯坦是 1988 年。相差 8 年。巴勒斯坦是哑巴吃黄连，有苦说不出。

中东战争中存活下来并逐渐强大的只有以色列。而巴勒斯坦，整个地区都处在以色列的军事占领之下。虽然巴勒斯坦也存活了下来，但在时间上，错失了真正建国的机会。这便是美国为何承认耶路撒冷，是以色列首都的根本原因之一。

爱丽丝查阅资料，整理记录了上述内容。她认为可以回国播报了。任何人看后都会了解耶路撒冷现状的基本情况。但有一点她没有记录，那就是联合国开会，针对中东局势，认定耶路撒冷名义上仍属于联合国特殊托管的城市，不认可以色列先入为主的定义，以及美英两国针对巴以和平协议胎死腹中的计划。不知爱丽丝怎么想的，她居然只字没记。

2017 年 12 月 5 日，美国第 45 任总统川普到达以色列开始国事访问。在众多记者的灯光聚焦下，没有以色列官员的陪同，川普戴着黑色圆帽来到哭墙。他右手扶着哭墙祈祷大约有 30 秒。随后他又从上衣口袋里掏出一张摺叠的纸条，塞进哭墙的墙缝里。他的女儿伊万卡，以及身为正统犹太教信徒的女婿库什纳也一样扶墙祈祷。

这是总统川普在履行自己的竞选承诺，向保守派选民和捐款人作出姿态。

白宫方面强调，此次声明"并不是总统先生作出的决定，而是他对历史、现实现状的承认"。

这是一句颇为值得玩味的话。

12 月 6 日，川普正式宣布：美国承认耶路撒冷为以色列的首都，并将美驻以大使馆移往耶路撒冷。

本章后记：美国总统川普耶路撒冷之行，使中东地区国家之间的外交关系，再一次成为国际间各国瞩目的焦点大事。 2020 年 8 月 13 日，以色列与阿联酋在美国斡旋下达成协议，同意实现关系全面正常化。同年 9 月 15 日，在美国白宫南草坪，以色列总理内塔尼亚胡，先后与阿联酋外长阿卜杜拉，和巴林外交大臣扎耶尼签署关系正常化协议。美国总统川普作为见证人，也参与了协议的签署。这标志着以色列在建国 72 年之后，终于实现了与海湾阿拉伯国家外交关系的零突破。同年 10 月 23 日，美国、以色列和红海之滨的阿拉伯联盟成员国苏丹发表联合声明，三国领导人同意苏丹与以色列实现关系正常化。同年 12 月 10 日美国政府宣布，位于非洲西北角的阿拉伯联盟成员国摩洛哥与以色列同意建立全面外交关系。

至此，以色列已经与包括埃及和约旦在内的六个阿拉伯联盟成员国实现了关系正常化。

整合中东地区，促进世界和平，川普功不可没！

伊斯兰、穆斯林国家及自治政府：沙特、伊朗、哈马斯、利比亚、伊拉克、索马里、叙利亚、也门、穆兄会、基地、 ISIS 等，在他们眼中，显然巴勒斯坦才是这座圣城的主人，他们拒绝承认以色列对耶路撒冷的所有权。

但川普到了以色列的哭墙，从此划上句号。

本章警句：回望耶路撒冷金色的城池，一种空灵的感觉顿然而生：坐下吧，劳累的人，安静地坐下，忘掉这俗世间所有的烦恼。

第十二章　　一夜间决裂

周末巴里特一上班就看到办公桌上送审的播报稿，他要抓紧审核，因为他的战友阿贝，邀请他携家人星期六去华盛顿哥伦比亚特区游玩。他走进办公室坐下，便开始看美国总统川普的中东行简报。

总统川普到了耶路撒冷的哭墙，引起了世界各大媒体普遍关注，尤其主流媒体，普遍认为川普是在"重置"美国中东政策，理由是从美国前总统杜鲁门到约翰逊，对圣城归属都很谨慎；等到了克林顿时代，实际上是开启拖延"迁馆"的惯例；而川普却改变了游戏规则，履行了他在竞选总统时的承诺。

有学者认为，川普的中东政策以"联以、联沙、依靠同盟"为主轴。奥巴马时期，美国的中东政策从根本上讲是要维持一种"离岸平衡"，利用国际规则制约束伊朗，缓和与伊朗的关系，疏远与以色列、沙特的关系，同时在各力量间寻找平衡。而川普则是分清"是敌还是友"，突显川普浓重的个人风格。

看完上述简报，他开始看爱丽丝写的"金色的圣城"。

这时一阵敲门声让巴里特放下手里的资料，他喊了一声"请进"，抬头看见爱丽丝抱着文件袋走进来。

巴里特先说，"按总统川普的访问行程，总统的亚洲行简报应该先报，尤其是对中国的访问，还没有上来？"

爱丽丝马上说，"我去耶路撒冷前忘记给你了，现在我就是来汇报这件事的，因为我们已经得到消息，美中的贸易战开始了。"

"是啊，我听说，引爆贸易战的火种是中国总理李克强点燃的？"巴里特的眼神显得很感兴趣。

爱丽丝笑笑没有回答。她在巴里特办公桌的对面座椅上坐下来，她从文件袋里取出文件，然后说，"总裁是想听结果，还是过程？"

巴里特说，"结果我已经知道，你把总统访问期间都发生了什么和我说说。"

爱丽丝说，"总裁若想知道川普为什么认可吃亏，也要与中国打贸易战，那你必须要了解促成这件事的两个重要人物。"

"他们是谁？"巴里特惊疑地问。

爱丽丝从文件袋里取出两份档案材料放在巴里特桌前。巴里特看到两个名字：麦克马斯特（H. R. McMaster）、马修·波廷杰（Matthew Pottinger），中文名：博明。

巴里特边看边说："你说说看。"

爱丽丝开始介绍：麦克马斯特（H. R. McMaster）为美国退役陆军三星中将，目前担任美国陆军能力综合中心主任，以及美国陆军训练和作战指挥部副总指挥。川普当选美国总统，国安顾问是弗林将军。因弗林与俄罗斯大使馆人员通话违规而被迫辞职，接替弗林将军的人便是麦克马斯特。当麦克马斯特接任总统国家安全事务助理时是正在美国陆军服役的中将。他是西点军校毕业，历史系博士。他服役期间在战场上创下了教科书级的范例，在伊拉克战场，他取得了指挥 9 辆坦克车战胜伊拉克 90 辆坦克车而毫发无损的战绩。麦克马斯特的代表作品是《玩忽职守》，该书揭露出兵越南的谎言。此外，据说他正在写《美国面对全球战场》，在这本新书里，他会重点写中国，写美中贸易战的导火索，讲述川普总统就任后，美中关系根本转折是如何发生的。

马修·波廷杰（Matthew Pottinger）有个中文名叫博明。他是川普政府对华政策主要制定人之一。

马修早年在台湾学习中文，后来担任路透社记者，又转到华尔街日报当记者。他在中国生活了近 8 年的时间，是典型的中国通。他在中国北京等地的采访、报道，涵盖多个主题，包括 SARS 流行病及 2004 年印度洋地震和海啸。他的报道曾多次获奖。

据马修个人讲，在中国他在追查一件腐败案的采访中，曾被国安警察打了一拳，而且打在了他的脸上。那次被打改写了他的人生。他回到美国，决定离开新闻事业，报名参加了海军陆战队，并担任军事情报官。当时马修已经 31 岁，年龄偏大，体能也不及格。但他坚持慢跑健身，直到达标。大约在 2010 年第二次阿富汗战争中，时为上尉的他遇见了他的伯乐导师陆军少将弗林将军，并与弗林将军共同撰写了一份情报工作的报告。该报告发布后得到肯定。川普当选总统后，提名弗林将军为国防助理，而弗林将军提名马修为川普新政府团队工作，在麦克马斯特任国防助理后，马修被任命为副国防助理。

就是这个马修，在中方安排总统川普一行人参观北京故宫时，意外的又被中国安保人员当成了普通游客，拒在门外不准入内。

先前被打，这次随总统川普到访中国参观又被拒，所以，中国之行给马修留下了很不好的印象。

爱丽丝介绍到这儿，她看总裁巴里特听的很感兴趣就说，"介绍完这两个人物，我开始讲访问过程，很有趣。"

"你说。"巴里特躺向椅背。

2017年11月9日上午9时许，中国主席习近平在北京人民大会堂东门外广场举行仪式欢迎川普访华，随后与川普举行会谈。当日上午，中方在人民大会堂举行欢迎仪式，两国元首举行双边会晤、会见美中企业家并共同会见记者；当晚中方将设国宴款待川普一行。

中方对于川普来访，给足了面子。除了依照国事访问的最高接待规格，安排检阅三军仪仗队、鸣放21响礼炮，以及国宴招待，还由国家主席习近平伉俪在故宫宝蕴楼亲迎，四人畅游故宫大半天。川普自视极高，中方以国事访问规格，提供"帝王级"招待，破例在紫禁城设宴款待川普一行，意在通过"气氛友好"的会晤，展示他"有一千条理由把中美关系搞好"的姿态。

美国总统川普也没有打"人权牌"，并否定"美国例外主义"的不成文惯例，没有强调美国制度优越，也不谈价值输出，更出乎意料是川普对于贸易和朝鲜问题，也没有向中方摆出强硬姿态。

就在川普及其商贸团落地仅2小时后，在中国国务院副总理汪洋、美国商务部长威尔伯·罗斯（Wilbur L. Ross. Jr.）的见证下，中美企业家就已经在人民大会堂河北厅签署了19项商业合作协议，涵盖生命科学、航空、智能制造等多个领域，总计约90亿美元。

据商务部统计，川普在华三天，中美两国企业在两场签约仪式上共签署合作项目34个，金额达到2535亿美元。此次中美两国经贸合作的签约总额，创下了中美经贸合作史上的记录，也刷新了世界经贸合作史上的新纪录。这可以说是世纪大单。同一时间再看下列见报的项目：在两国元首的共同见证下，中国石油集团与美国切尼尔（Cheniere）能源公司签署《LNG 长期购销合作谅解备忘录》。根据该备忘录，中国石油将加强与切尼尔能源公司位于墨西哥湾的天然气液化项目方面的合作，并为推动中美两国 LNG 采购业务长期合作发挥重大作用。

中国石化、中投海外、中国银行和阿拉斯加州政府、阿拉斯加天然气开发公司（AGDC），共同签署了中美联合开发阿拉斯加 LNG 项目意向性文件。该项目由阿拉斯加州政府隶属的 AGDC 主导，将建设由北坡气田供应到阿拉斯加湾尼基斯基（Nikiski）港的长输管线，以及 2000 万吨/年的液化厂等设施。

国家能源集团与美国西弗吉尼亚州政府签署战略合作谅解备忘录，约定双方将在美国西弗州及周边地区开展页岩气全产业链开发和利用方面的合作。经初步估算，在技术经济条件具备的条件下，20 年内总投资 837 亿美元，这是迄今为止中美两国能源领域合作的最大项目。

中粮集团与 ADM 签署谅解备忘录，双方将进一步加强大豆贸易领域的合作。同时，中国航空器材集团公司还与波音公司在北京签署了 300 架波音飞机的批量采购协议，其中包括 260 架 B737 系列、40 架 B787 系列和 B777 系列飞机，总价值超过 370 亿美元。

爱丽丝讲到这儿，她突然停住了。她看着上司总裁巴里特，眉开眼笑地说，"如果这些合约都能履行，那川普太厉害了，美国的经济马上提振，美国人会用奇迹来赞贺。"

巴里特问："结果呢？"

爱丽丝叹口气，她很扫兴的说，"最后的环节，川普与中国国务院总理李克强的会谈谈崩了，其结果是在川普打断李克强的讲话中结束的会谈。那一份份合约，从会谈结束那一刻起，全都变成了一张张废纸。"

"怎么会搞成这个样子呢？"巴里特皱起眉头问。

爱丽丝先说，美方归结的内容是：美国访问团在北京大会堂的最后一次会议上，中国总理李克强发表一番长篇大论，让美国代表团成员包括川普本人充分了解了北京方面对美中关系的看法。

李克强当时说，中国已拥有工业与科技基础，不再需要美国，美国对不公平贸易与经济做法的关切是无的放矢。李克强还宣称，美国在未来全球经济中扮演的角色，应该是为中国提供原材料、农产品与能源，让中国生产高科技的工业产品与消费品。

当李克强发言时，川普先是耐着性子听了很久，但最后仍然忍不住打断了李克强的讲话。在向李克强致谢后，川普起身结束了这次会议。

巴里特听到这儿马上说，"我有点不信呢，中国的总理李克强怎么会这么说？是不是翻译错了？如果公开宣称不需要美国，那中国的国家主席习近平，对总统川普一行人为何提供帝王级的招待，那不白费了吗？难道他们之间没沟通，各说各的？"

爱丽丝说："这个不清楚。"

巴里特又问："是中国总理李克强的原话吗？"

爱丽丝回答："这是美方归纳的结果，基本上应该是原话，因为中方领导人对外讲话的特点是照稿念的。"

巴里特"哦"了一声又问："你有中国官方的评论吗？"

"有。"

爱丽丝回答后，从文件袋里找出 5 页复印件。她继续介绍说：

报道一，中国经济规模有望在 2030 年前超过美国，《时代》周刊甚至高呼"中国赢了"。中国要迈向社会主义现代化强国，还有 30 多年的路要走，现在切忌沾沾自喜，不过中美之间的权力天秤，的确不再倾斜向美国一边，两国关系趋向对等，领导人真正做到平起平坐。习近平力倡构建"新型大国关系"，关键正在于"平等尊重"，由中美以平等方式分担全球领导角色，打破新兴大国与老牌强国必起冲突的宿命。对中方来说，今次川普访华的最大成果和意义，也许就是为构建"新型大国关系"，奠下真正平等尊重的基础。

报道二，总理李克强在与川普会谈中指出，中美之间业已形成利益深度交融的经济合作格局。当前两国经济保持向好态势对中美和世界都是福音。中国作为最大的发展中国家有广阔的市场和丰富的人力资源，美国作为最大的发达国家有高新技术和先进经验，双方合作潜力巨大。当然，合作中难免会遇到分歧和摩擦，比如美方关心的贸易逆差问题。中国从来不追求对任何国家的贸易顺差，中美建交几十年来经贸关系快速发展的事实也充分表明，两国合作具有高度互补性和相对平衡性。中美要进一步相互扩大开放，为两国企业创造公平竞争的良好营商环境。欢迎美方拓展对华服务贸易，扩大高技术产品出口，通过更高层次的经贸合作、更充分地释放互补优势，更好实现互利共赢。

"好了，不用念了，时评的味道的确有点不对劲儿。"说完，巴里特伏向桌面拿起麦克马斯特、马修·波廷傑（博明）的简介说，"说说结论吧。"

“这里还有个插曲。”爱丽丝说。

巴里特抬头问：“什么插曲？”

爱丽丝介绍说，总统川普在离开北京前，与中国国家主席习近平共同举行了记者会。总统川普在记者会上再次谈到中国对美国的不公平贸易与经济做法，然后转头望着中国主席习近平说，“我不怪你，我怪我们自己。”

川普甩给习近平意味深长的一句话，被视为中国紫禁城“一夜决裂”的愤怒；而川普打断李克强长篇大论起身结束会谈，被认为是中国总理李克强搞砸了美中关系。

巴里特插话说，对中国总理李克强的说法，还是让人持怀疑的态度。可以说是以大国的态势接待大国的领导人，彰显一个国家的古老风俗，其礼节招待，是高规格，也是诚意，不能视为藩属国来朝。有那种想法的人，也太低估中国领导人的智慧了，所以有些媒体的解读太过了。当然，美中之间，冰冻三尺非一日之寒。最根本的区别点其实就两条：一是体制不同；二是政党特性。这本来就不是一条道上跑的车吗，即使中国总理李克强那样说也正常。

爱丽丝看总裁不再讲话就讲了结果。

从中国访问回到美国，国防助理麦克马斯特就中国问题，主持召开了 3 次研讨会。

马修·波廷杰（博明）认为，中国总理李克强在会谈中的长篇独白，以及中国外交官讲话的口气，可以说明中国已经完全背离了已故领导人邓小平在 90 年代改革开放期间韬光养晦，绝不当头的策略。而麦克马斯特认为，中国既不遵守经济规则，也不会走上真正自由改革的道路，美国必须停止为中国继续提供优惠贸易条件、先进科技与投资。

其他与会人员一致认为，中国加入国际组织，本应该转型走上自由市场经济，走向较自由化的小政府，但 30 多年来的实践结果是适得其反，崛起后的中国，首先想把美国势力赶出亚洲，建立一国独大的红色政权。

研讨会结论：中国的强大，对美国及其盟友具有生命价值观的威胁；美中之间的现状，建议美国总统采用逐步断开，逐步明朗美国政府态度的原则；禁止任何高科技产品，尤其是高科技芯片输入中国；美国与盟国携手，将全面无缝隙地扼制中国的发展。

美中贸易战，就在总统川普中国行的临别中，一句"我不怪你，我怪我们自己"意在言外的话，悄然无声地引爆了导火索，而美国人、中国人，除了观望，便是在欣赏领袖的智慧……

本章特别说明：关于中国国务院总理李克强与美国总统川普会晤的讲话，搞砸了美中关系的这段陈述，不是作者的虚构。这段历史，在时任美国国家安全助理麦克马斯特所著的《美国面对全球战场》一书中，有关中国部分有详细的表述。读者也可以在美国 Google 网站搜索查看，其实这已经不是新闻。本作者不是事件经历人，但本书描述这一情节的目的就是要告诉读者，美中之间，冰冻三尺非一日之寒。最根本的区别点其实就两条：一是体制不同；二是政党特性。这也是很多政治评论人的观点，因为中美两国本来就不是一条道上跑的车。所以，国内读者若看到这部书的这个章节，不要惊讶，不要有悖常理的解读。

　　本章警句："我不怪你，我怪我们自己。"川普甩给习近平意味深长的一句话，被视为中国紫禁城"一夜决裂"的愤怒；而川普打断李克强长篇大论起身结束会谈，被认为是中国总理李克强搞砸了美中关系。

第十三章　　春天的故事

转眼又是来年的春天。可这个春天，虽然轮回的万物复苏，却不能用生机勃勃来形容；虽然百花齐放，却不能用风景如画来描绘，因为在 2018 年 3 月，川普签署了总统备忘录，将对从中国进口的商品大规模加征关税，并对中国企业对美国的投资并购，采取了前所未有的限制措施。

美中的经济战打起来了，这对美国人和在美国生活的华人来说，是怎么看待这场和平时期的硝烟呢？

大周末，按照约好的日期星期六，大家在布莱恩父亲老布莱恩农场打猎野猪并会餐（party）。布莱恩邀请了狄克和他的妻子卡洛琳（Caroline）；律师凯利和她的丈夫比尔（Bill）；他的大学同学推特副总裁克拉克（Clark）和他的中国妻子王艳华；爱丽丝邀请了公司总裁巴里特和妻子波妮（Bonny），还有他们 15 岁的儿子巴里（Barry）。

这个季节，野猪出来觅食，农场是它们践踏的肥地。老布莱恩每天早上都得先到菜地附近放几枪。听说儿子布莱恩带同事前来打猎，他高兴得手舞足蹈，开始准备猎枪和子弹，还准备烧烤铁架和木碳用来烤肉。有野猪肉、野鹿肉，幸运的话，还可能打一只山羊和野兔。老人家备足了啤酒饮料，就等客人喜闹农场。

上午 11 点，客人全到齐了。

狄克、比尔、克拉克、各拿一把 Bolt Action 自动步枪，巴里特和儿子巴里共用一把枪，在老布莱恩划定的区域内出发了。布莱恩开敞篷车，负责拉运猎物。律师凯利和丈夫比尔因为星期天有约，晚上要赶回纽约，所以按事先的安排，只需要安扎 3 个帐篷，分别安排狄克夫妻、巴里特、克拉克一家。爱丽丝和王艳华一组；凯利帮忙和波妮一组安装。这些人准备痛痛快快的玩两天。

随着几声枪响，他们已经有了收获。布莱恩开着敞篷车拉回 3 只野猪，1 只野鹿。老布莱恩开始剥皮解肉准备烧烤。在帐篷即将安装完要摆设篷内物品时，爱丽丝和王艳华先闲聊收养孩子，又聊起了美国和中国的贸易战。

爱丽丝首先说，10 年前她和丈夫布莱恩去了中国，并收养了两个女儿。那时的中国很穷，但生活环境还可以。治安不错，应该说大多数的中国人都很守规矩，不像美国，总有枪击案。

王艳华接话，说她先生在美国也收养了一个孩子，花费了 5 万多美金呢，在中国收养孩子，费用相对少一些。爱丽丝接着说，国际收养孩子的费用大约在 5 万美金左右，他们去中国收养孩子，并没想钱的多少。但中国福利院的问题是，明明是收养中心合理的收费，却非得换了名称，说是捐款或是赞助，也不知是为了避税，还是为了名声，不知道。反正当时他们怎么要求，她和先生照办。他们签订了协议，收养两个女孩，名义上的捐款 5 万美金再加上其它费用，大约 7 万美金。

王艳华说，她查过，美国政府相关收养管理机构统计数据显示，美国是领养中国孤儿最多的国家，从 1999 年到 2010 年，美国共收养中国孤儿 64，000 余名。而在 2014 年，就有 2，040 位中国孤儿被美国家庭收养。

爱丽丝手拿一个毛毯说，其实两国挺友好的，现在搞的关系太僵了，市场上中国制的商品也越来越少了。

　　王艳华是中国人，她当然站在中国的立场讲话，她说，中国不想打这个贸易战，但川普上台非得制裁中国，从新闻报道上看，中国是被动的。

　　这时爱丽丝看了一眼王艳华，没讲话。将毛毯送进帐篷里出来后，她看王艳华还站在原位想着心事，就接着说，这么多年，说实话，是美国帮助中国加入了世贸组织，中国才有了发展，赚了很多钱，百姓也富了，但中国仿制品太多了，放开了之后，除了抄袭还是抄袭，这对美国来说是侵权，美国迟早都会制裁的。

　　王艳华马上附和说，关于知识产权的争议一直存在，但贸易战的结果，很可能是两败俱伤。

　　爱丽丝笑笑又说，是的。但我认为，川普重构中美关系的重点是重新打造中美关系的框架与内涵，以经贸关系为突破口，同时在外交、安全、政治、人文等领域全面发力。以谋求基于"公平、互惠"和"以结果为导向"的中美关系为目的，调整美国对华政策的框架和互动方式。

　　王艳华一听爱丽丝的讲话带有外交辞令的说法，她马上不客气地辩说，但美国的手段涉及面广、颠覆性强，而且有点不讲规矩，甚至可以说刁钻凶狠、不计后果。这样做，明显加剧了两国关系的紧张、摩擦与动荡，很可能使中美走向全面对抗与冲突，这很不友好。

　　"就是为了不让中国强大，必须得制裁！"在旁边的律师凯利走过来接过了话题，"如果中国是民选总统的国家，美国绝不会限制中国的发展，但现在的中国太强大了，瞧瞧你们的外长杨洁篪，在越南河内举行的东南亚国家协会的会议中告诉与会国外长，说中国是大国，你们是小国。他竟公然挑衅世界秩序，狂妄到什么程度。"

　　本来王艳华与爱丽丝聊的挺好的，突然冒出个愣头青，这让王艳华不知说什么好，她笑笑没接话茬。

　　"还有就是美国制造业规模和全球供应链回流的问题，目前的美国人失业率上升，而制造业的工厂都在中国。"爱丽丝又补充说。

　　王艳华不再忍了，她说，"可惜晚了。中国已经成为世界第二大经济体，贸易战就能让中国回到30年前？这恐怕是不可能的尝试。"

　　凯利像是律师在出庭辩护，她说，"川普政府采取的是先强硬，再温水煮青蛙的政策，我相信这是暂时的，一旦限制高科技领域，中国即使不倒退，也会停止不前。"

　　王艳华面带微笑地说："你那么确定？"

　　凯利不屑地讲，"美国在过去几十年帮助中国，向中国投资、帮助培养人才、打开世贸大门等等。过去的30年，是美国重建了中国，可是中国却对美国不但不感恩，却种种挑衅，所以，必须被打回原形。"

　　王艳华感觉出凯利的加入有了火药味，她不想和这位律师争辩，突然她想和她们开个玩笑。于是她笑呵呵的说，"没事的，中国有34个省级行政区，23个省，5个自治区，4个直辖市，2个特别行政区。5个省就是一个东南亚，6个省就是一个亚洲，12个省外加自治区就是一个欧盟。一个深圳的GDP就赶超了俄罗斯。直辖市和特别行政区还没用呢。有资源，有互补。这就是一个局部的世界，虽然没有美国富裕，但中国人吃苦耐劳，过得去，所以，制裁不能从根本上解决问题。"

　　凯利律师马上敏感惊疑地问："王小姐在哪儿高就？"

　　"我吗，退休了。每天炒股票。"王艳华仍然笑着。

"这么年轻就退休了？"凯利又歪头问。

"我 45 岁了，全职太太，在家照顾丈夫克拉克。"说完王艳华拿着一个尚未吹起的气垫床走进帐篷里。不知为何，她有点讨厌这个凯利。

这时布莱恩又运回一车猎物，清一色全是野猪。老布莱恩告诉儿子，快让打猎的客人回来吃烤肉。

打猎的爷们都回来了，巴里特和巴里父子俩是最后回来的，巴里的手里拎了两只很大的野兔子。

一阵风过，肉香味飘向农场的周围。

男人们在讲述着围猎野猪的心得，女人们在吃着肉串，话起了这迷人的春色。王艳华因不喜欢吃野猪肉，她想到处走走。她看见布莱恩、爱丽丝收养的两个中国女孩伊娃、爱娃，上前用国语打招呼，可两个孩子已经不会讲中文。不知不觉中，她漫步走到了池塘水边。

马上过了 3 月 ，这春天是真的飘然而至了，渐渐泛绿的山丘，松软的泥土，燃起了生命的春色。农场大片土地，所有沉睡的种子，灼穿了冬日的寒意和冷，破土而出的幼苗苗壮成长。这是大自然赋予生命的一种变换的姿态，春夏秋冬，四季轮回，有播种，就有收获……

是啊，王艳华想，不论美国人还是中国人，生命都有自我特定的形态，这形态包含着特定的生命信息。身在地球村的人，是和平共处，而不是敌对和残杀。不论你是黑人、白人，还是黄皮肤人，都要经历有生也有死的历程，改变不了时令轨迹，都有稚气和成熟的时节。生命的壮举应该是世界大同，万疆同乐。

王艳华这位曾在中国传媒大学任教的老师，今天在异国他乡的美国，终于领教了这春天里的故事，是如此的残酷，令她不寒而栗。她在心里叹道：即使你美国夺回了在中国落户的企业，大多懒惰的美国人，会去工厂做小工吗？

她的心里由欢快的，暖暖的，惬意的，开始变的不可思议的冰冷。

突然，一位男士高喊："亲爱的艳华，你爱吃的野兔肉给你烤好了……"

王艳华笑了，这是丈夫克拉克在呼唤她。接下来发生的故事，便是撞上枪口的狼。

本章警句：人改变不了时令轨迹，生命的壮举应该是世界大同，万疆同乐。

第十四章　枪口上的狼

天色渐渐暗了下来，傍晚的农场并不阴暗，绿色的周围有一种明丽的蓝，很美。群山在夕阳光的散射下，染上了一层微薄的红。农场靠近房舍的大院中，装有一根十几米高的灯，亮起来格外的眨眼，老布莱恩养的两条黑贝狗拴在农场一处空房的柱子上，时不时狂吠几声，勤快的布莱恩在拾取一些干树枝，堆砌起来，狄克用打火机点燃一块纸巾扔进树枝中，火苗忽闪忽闪地亮起来，激动人心的篝火晚会就在这火的燃烧中开始了。

克拉克携手王艳华首先跳起了双人舞。之后，狄克和他的妻子卡洛琳，巴里特和妻子波妮，还有他们 15 岁的儿子巴里也加入。爱丽丝在添加树枝，布莱恩搬来一箱啤酒后，放起了音乐。这时他们的儿子布尔和女儿吉利恩，还有收养的两个中国女孩伊娃、爱娃也跑过来加入，大家开始手牵着手，欢快地跳起了踢踏舞。

一曲结束，又放了一曲。这时巴里特到帐篷里取来了吉他。弹着吉他，布莱恩、狄克、克拉克围着篝火，共同唱起了《亚瑟·摩根的欢乐时光》。

唱完了，大家哄笑。

接下来，克拉克主动报幕说："由我的太太王艳华女士为大家献上一首歌：淹没夜晚。"

大家鼓起掌来。

王艳华微笑着站起来，拿起麦克风用英语开唱：我们一起筑起篝火，将你包围，将我包围，等待海边日出，潮汐海水倒退，邂逅树下当蝉的听众，搭配汽水享受夏日轻风，我们一起筑起篝火，将你包围，将我包围……

歌声将围坐在篝火旁的人，带入一种无忧无虑的幸福之中，大家彼此敞开心扉，畅谈未来。唱的跳的有些累了，大家围坐在篝火旁开始聊天。

少言少语的巴里特怀抱着吉他，或许与他的职业有关，他一直在听狄克讲他与布莱恩在阿富汗战斗的故事。那段日子，令狄克一生难忘。每次执行任务，他都和布莱恩一组，他俩互相掩护，多少次死里逃生。他讨厌塔利班圣战者的愚昧和无耻，他们残害妇女，禁止妇女接受教育，让妇女终生成为男人的玩物。他盛赞布莱恩机智勇敢，和他一起击退圣战者后，他俩背靠背地保护彼此安全撤离。在一次战斗中，布莱恩为了救狄克，左肩中了一枪。在那个战争岁月中，他和布莱恩结下了深厚的战友情，他们俩成了生死之交的朋友。现在，他在布莱恩的推荐下就职美国联邦调查局FBI情报分析师。巴里特为狄克和布莱恩的生死之情而感动，他们喝着啤酒，谈话内容无所顾忌。坐在旁边的波妮和卡洛琳也相聊甚欢。

克拉克在和布莱恩边喝啤酒边聊推特。克拉克说，很多CIA和FBI退休的人员充实进推特，使推特的职工素质成为美国媒体中的一流。布莱恩提起了变性人和同性恋。因为他知道推特某一重要部门的主管是同性恋。尽管布莱恩不反对同性婚姻，但对这方面媒体的宣传，尤其是大媒体的把控，他还是持保守的理念。聪明的克拉克自然明白布莱恩的暗示，只是，有些背景在左右推特上层一些人员的安排，他也无能为力。

爱丽丝和王艳华不再聊美中贸易战了，王艳华讲起她第一个男友强，因喜欢探险，在攀登喜马拉雅山时遇到雪崩而冻死在冰雪里，至今没有找到尸体。她说，男友恐怕长眠在雪山上了。爱情，古今中外都是一样的，一寸相思，万头千绪。每个故事都是一段让人津津乐道，乐而不烦的传说。无数的痴男怨女，偷吃了那个爱情果，便生成"酒入愁肠，化作相思泪。"然后呢？或缠绵，或悲怆，或甜蜜，或感伤，或忘却，或远走他乡。

王艳华属于哪一类？"生当复来归，天涯伴新郎。"自从强遇难以后，她一直没找男朋友。她在传媒大学任教，每天忙着讲课，她每天不管当天有课没课都备课，实在没有备课内容了，她就背英语单词。久而久之，她也无暇去想婚事，直到克拉克的出现改变了她的生活。

王艳华说克拉克来了中国，最幸运的是朋友推荐她给克拉克当导游，当翻译。三天的时间，在克拉克的追求下，她动心了，但没答应。后来又有了几次接触，一年以后，克拉克又来中国，临别时克拉克给了她一个纸条，只见纸条上歪歪斜斜地写着："多情自古伤离别，更那堪冷落清秋节！"王艳华哭笑不得，因为克拉克邀请她秋天到旧金山过中国的中秋节，她没答应，克拉克就抄写了这句诗。当时王艳华也是现搜索才查到出自柳永《雨霖铃·寒蝉凄切》。克拉克的执着和真诚打动了王艳华，最后她同意嫁给了克拉克。现在她已经辞职，定居在美国旧金山。

爱丽丝为王艳华的爱情而感动，想想她与布莱恩，未经风雨恩爱如初，她多么幸运。

夜深了，篝火已经变成了碳火。农场的四周非常安静。克拉克多喝了几杯酒，有些小醉，在王艳华的搀扶下进了帐篷。狄克和妻也回了帐篷，巴里特让妻带上他的吉他和儿子先进帐篷，他帮忙用水浇灭碳火。

　　布莱恩先把野猪骨和野猪皮用车拉到距离帐篷 30 米左右的地方堆了几堆，然后他开始给每个帐篷里发枪。布莱恩特别交待说，野猪肉烧烤的肉香以及外边堆放的骨头，没准夜里会引来野狼，所以他告诫大家要小心野狼来袭。一旦有狼来，黑贝狗会叫，大家不要怕，在帐篷门里端枪射击即可，非常好玩。安排妥当，布莱恩和妻爱丽丝回到农场他俩的房舍休息。

　　放眼看远处城边的灯光，就像远飞的萤火虫，忽闪忽闪地跳跃着，大地越来越昏暗，整个农场笼罩在梦幻中。

　　凌晨，一群闪着灰绿亮眼睛的狼，真的出现在农场菜地的小路上。老布莱恩的狗开始狂吠起来。

　　布莱恩第一个起来在房舍内打开了窗户，架起了枪。

　　巴里特的帐篷里没动静。

　　狄克已经持枪在瞄准野狼。

　　克拉克因饮酒过量还在睡梦中，但王艳华因为担心狼来，一直没有睡意。所以黑贝狗一叫，她已经透过门帘的缝隙举起了枪。当年在学校教书时，每年都有军训，所以王艳华会用枪。

　　两只狼胆子真大，竟然向黑贝狗棚跑了过来。王艳华毫不客气，她第一个开火。"砰"的响了一声枪响，随后又一声，两头狼倒地。同时开枪的人是布莱恩。狄克也开枪了，被惊醒的巴里特连枪都没碰着，他儿子巴里在向野狼射击。

　　克拉克被枪声惊醒，他以为遇到了恐怖袭击，他一跃而起，拽过妻王艳华，喊到"亲爱的，我来。"他接过枪准备射击，王艳华笑着说，"是野狼。"克拉克一愣神，然后掀开门缝往外看，他只看到了两只灰绿的眼睛，而且已经跑到百米开外。

外面安静了下来。布莱恩第一个走出来，他的妻爱丽丝跟在他身旁。狄克和妻卡洛琳也走出了帐篷。巴里特和儿子巴里也出来了，最后出来的是克拉克和王艳华，但克拉克说，"这么好的机会没过着枪瘾，真是太遗憾了。"

布莱恩和狄克哈哈大笑。

爱丽丝说："我听到的第一声枪声是从你的帐篷里打出来的，肯定是你太太王艳华开的枪，太准了，一枪就把那狼打死了，厉害，太厉害了。"

克拉克转头看看太太王艳华，举起了右手的大拇指。

王艳华笑着说："枪一响野狼毙命，真过瘾。"呵呵，那美丽的笑容里隐藏着更深的一层含义，那就是她心中永远不能忘的潜台词，"朋友来了有好酒，豺狼来了有猎枪。"

这一闹腾，天就蒙蒙亮了。不管夜晚多么黑暗，黎明总是如期到来。天光告诉醒来的人，去看黑夜变为白昼的动人奇迹；去看太阳还没有升起，空气里却已弥漫着破晓时的寒气；去看农场原原离上草，掩盖了多少灰色的露水；早起的云雀，在那朦朦胧胧半明半暗的云空中，高啭着歌喉……，而在遥远的、遥远的天际边，你会看到有着一颗硕大的最后的晨星，她正凝视着充满朝气的人类说："我将为你们揭去夜幕的面纱，让晨光吐出灿烂，让希望带给你们好运。"

刚才出来的人都回帐篷睡回笼觉了，布莱恩和爱丽丝看到老布莱恩已经起床在外边用车装被击毙的野狼，他俩也回房休息了，只有王艳华劝回了丈夫克拉克，她开玩笑地说她要看黎明升起的东方，她还要持枪守卫帐篷，击毙野狼。

这农场清晨的青草太香了，王艳华闻着草香，走到水池旁。她突然看到池旁边处一棵老树下，一片绿色的青草中，孤独的一朵红花，开的格外艳丽，她高兴地跑过去，想要摘取，却又停住了。她心想，不能摘。这是树下的"枯朵"，就好比她王艳华，在这农场里，成年华人独一个。

她来了灵感，有了诗意，随口咏赞：

枯朵

老树苍冷，黑夜藏尽了鸟鸣
等待花开，眼见撕裂的花蕾在哭
但见花瓣在挣扎中掀开夜的一角
当晨阳用她的胸膛暖化了寒噤的锋利时
醒来你只见昂首的一朵
昨晚开的……

本章警句：在遥远的、遥远的天际边，你会看到有着一颗硕大的最后的晨星，她正凝视着充满朝气的人类说：我将为你们揭去夜幕的面纱，让晨光吐出灿烂，让希望带给你们好运来。

第十五章　　阿片类药物

爱娃摔伤了，在农场玩耍时不小心摔倒，头撞在石头上，起了包，一寸左右长的伤口流了血。简单包扎后，爱丽丝带着爱娃去看医生。

在医院大厅候诊时，爱丽丝遇到了小时候的邻居，小她3 岁的琴妮（Ginny）。多年不见，琴妮苍老了许多。她带了一个男孩，和爱娃差不多大，十多岁的样子。寒暄几句后，爱丽丝得知，琴妮怀孕 5 个多月时正是冬天，她在自家门前行走不小心摔倒，左小腿骨折。肚子里的孩子是保住了，但她必须每天吃医生开的口服氢吗啡酮，后改吃氢考酮镇痛药，来缓解她受伤的小腿在恢复期的重度疼痛。可是，她没有想到，氢考酮导致了胎儿药物成瘾。她儿子出生后，由于母体的药物供应中断，出现了过度啼哭、异常烦躁的症状，后来经医生给诊治，确诊她儿子患上了新生儿戒断综合症。产后，她也对药有了依赖，不吃药就浑身难受。她花了很长时间才恢复。现在她儿子虽然好了，但仍然需要每年做两次检查。

爱丽丝长知识了，她根本不知道女人在怀孕期间意外受伤吃镇痛药会给胎儿带来这样的后果。

或许是职业的敏感性，爱丽丝从医院回来，安顿好爱娃，她开始查"阿片类药物"的相关信息。术语"阿片类药物"，是包括从罂粟籽中提取的化合物以及具有类似性质的半合成和合成化合物，这种药物可以与大脑中的阿片受体相互作用。通常用于镇痛，包括吗啡、芬太尼和曲马多等药物。由于其药理作用，阿片类药物可导致呼吸困难，使用过量可导致死亡。一些常用的处方阿片类药物包括：氢可酮（Vicodin®），羟考酮（Percocet，Oxycontin®），他喷他多（Nucynta®），氢吗啡酮（Dilaudid®），吗啡（Duramorph），芬太尼贴剂（Duragesic），丁丙诺啡，可待因（硫酸可待因），曲马多（Ultram®），美沙酮（Dolophine®），哌替啶（Demerol®）等。

没有医生的处方，在合法的市场上买不到这些药。阿片类药物是一种强效止痛药，用于缓解中度至重度疼痛，也被称为麻醉剂。每年在全球范围内约有 50 万人死于吸毒，其中，超过 70%的死亡与阿片类药物有关，超过 30%的死亡由药物过量引起。如果给药及时，纳洛酮可以防止阿片类药物过量引起的死亡。

爱丽丝看到这儿，她用鼠标往下划时，突然她看到这样一个标题：美国麦罕希公司曝出丑闻。

她仔细看，报道说有大约 45 万美国人死于滥用奥施康定（盐酸羟考酮缓释片），该药适应症为用于缓解持续的中度到重度疼痛。背后的黑手是麦罕希公司。最典型的病例出现在 2002 年拉斯维加斯，BE.STONE 公司一位单亲妈妈 Jill（吉儿），因为背部疼痛，医生为她开处方用了一种名为奥施康定的止痛药。谁也没想到，这药竟然造成了这个家庭的悲剧。开始，奥施康定的确能缓解吉儿的疼痛。随着时间推移，吉儿需要更大剂量才能缓解疼痛。而一旦她停止服用这种药，就会出现全身剧烈疼痛、恶心、焦虑、暴躁，甚至陷入昏迷、失去意识等等。吉儿只能不断的要求医生加大药量，最后的结果是，在五个月后的一个晚上，她在睡眠中停止了呼吸，留下了六岁的儿子成为孤儿。

可是，阿片类药物滥用与麦罕希公司有什么关系呢？这种药是医生的处方药，怎么能说是滥用呢？带着疑问，爱丽丝继续看下去。

奥施康定药是普渡制药公司生产，而普渡制药的管理咨询方是麦罕希公司。

根据美国疾控中心的数据，1999 年至 2018 年间，将近 45 万美国人因滥用阿片类药物死亡，其中大部分都是服用奥施康定。这些惨剧背后不是天灾，而是人祸。药企的虚假营销、监管机构的缺位、医生的失德是死难者的祸根，因为奥施康定属于处方药，要想销量上去，还得靠医生多开处方。

这种极具成瘾性的阿片类药物，被普渡制药包装成人畜无害的样子，加之强势营销，从 1996 年到 2000 年，奥施康定的销售额从 4800 万美元攀升至 11 亿美元，到了 2017 年累计达 350 亿美元，其药效虚假宣传已经登峰造极。2007 年普渡制药被告上了法庭。在法庭上普渡制药和三名主管在法庭承认进行虚假宣传，没有对公众坦诚宣布奥施康定的易致上瘾性。最终，普渡制药被判支付 6.3 亿美元的民事和刑事罚款，赛克勒家族同意支付 60 亿美元，换来达成阿片类药物的和解协议。

美国知名时报最新爆料称，作为普渡制药的管理咨询方，麦罕希公司竟然提出过多条恶劣建议，想办法让普渡制药在美国的阿片类药物滥用严重的情况下继续增加"奥施康定"的销量。其中一条最恶劣的建议是，如果普渡制药的分销商卖出的奥施康定导致购买者出现上瘾情况，普渡制药就会给分销商提供折扣奖励，每出现一起药物上瘾事件，就奖励分销商 14810 美元，约合 9.7 万元人民币。这种营销造成美国成千上万个家庭因滥用奥施康定酿成悲剧。可是，助纣为虐的麦罕希公司却从未因此事件上过法庭。

爱丽丝看到这些，想复制下来作为下期播报的内容，这时一个巧克力冰淇淋出现在她的眼前，她一惊，转头一看是丈夫布莱恩。她接过，连声笑着说谢谢。

布莱恩只看了一眼电脑画面就说，"亲爱的，别操心麦罕希的虚假宣传了，我的助理已经帮我拟好了提案，这类违法的案例，只能通过立法来解决。"

爱丽丝边吃冰淇淋边说，"这件事你早就知道？"

"当然，美国司法部都做出决定了，如果不管，将会有更多的家庭支离破碎。"布莱恩说着坐下来。

"可是……"爱丽丝欲言又止。

布莱恩说："你是要说麦罕希没被制裁是吧？"

爱丽丝点头后说："尤其是，如果普渡制药的分销商卖出的奥施康定导致购买者出现上瘾情况，普渡制药就会给分销商提供折扣奖励这一条，如果属实，简直太过份了，这会害了多少家庭啊。"

布莱恩笑了，他慢条斯理地说，"这需要证据证明。不过，放心吧，跑不了。他们可能已经在做销毁证据的事，但司法部已经在展开调查。"

爱丽丝关闭了电脑后说，"我领爱娃急诊，看到小时候的邻居琴妮了，她就是口服奥施康定药的受害者。她怀孕时腿部受伤，医生先给她开药方先是口服氢吗啡酮，后改吃氢考酮，也就是奥施康定药，不旦她自己受害，还连累了她儿子，都 10 年了，每年都在做检查。"

“她可以告普渡制药呀？当然也可以告麦罕希。”布莱恩讲完回头看，因为这时女儿爱娃开门出来了。爱娃的手里也拿着冰淇淋。

爱丽丝马上迎上去问：“爱娃，头还疼吗？”爱娃晃头说：“不疼了，有一点胀鼓鼓的。”

爱丽丝轻轻地摸一下爱娃头部的白纱布，又嘱咐爱娃小心走路就向后院走去。

大约 5 分钟，爱丽丝从后院回到大厅，她看到丈夫布莱恩正在看手机信息就问，“亲爱的，琴妮该怎样起诉普渡制药呢？”

布莱恩头也没抬地说：“这需要她去问律师。”

爱丽丝一刻没停，她先让爱娃回自己的房间，之后她又走向后院打电话给琴妮。她告诉琴妮，她的情况适合通过打官司来解决，只要她去找一位知名的律师帮助她诉讼。

琴妮非常高兴，因为她和丈夫小本经营一家咖啡厅，虽然没赔钱，但每个月赚得很少，得知可以到法院起诉，她顿时轻松了很多。

爱丽丝打完电话，走回大厅问丈夫，听说纽约金钱区一位共和党的立法委员后选人德怀特（Dwight）曾就职于普渡制药，布莱恩有些诧然地问，“德怀特？”愣怔了一会儿，他又说，“那个德怀特不是花旗银行纽约分行的总裁吗？”

爱丽丝晃晃头，停顿了一会儿说，“如果他就职普渡制药，说什么也不能选他，害了这么多人，难道他不知道虚假的宣传是最大的帮凶？”

布莱恩微微一笑地说：“先别这样下结论，马上进入 10 月了，中期选举马上开始了，看结果再说。”

　　爱丽丝走到布莱恩身边小声说："亲爱的，带上爱娃，我们去中国城吃中餐好吗？"

　　布莱恩高兴的回应，"好啊，去中国城吃北京烤鸭。"

　　爱丽丝进屋帮爱娃换上外出的衣服，一家三口往外走时爱丽丝念叨，"布尔、吉利恩、伊娃在家就好了。"

　　布莱恩说："多叫一只北京鸭，明天我送过去。"爱丽丝看着丈夫脸上露出了幸福的微笑。

　　本章警句：阿片类药物，如果给药及时，纳洛酮可以防止阿片类药物过量引起的死亡。

第十六章　十月的惊奇

爱丽丝上午出去采访，刚回总部就被总裁巴里特叫到会议室开会。进到会议室内，爱丽丝看到已经有三位记者就座。他们是：鲍里斯（Boris），白莎（Bertha），记者兼办公室主任克莱尔（Clare）。

巴里特开门见山的讲了如下内容：

今天是 2018 年 10 月 29 日，星期一。会议的内容是即将过去的 10 月，新闻界是否还会有"惊奇"，因为美国各州马上进入中期选举了。

今天美国的政治环境很糟。有评论人认为，美国已经不是人类文明和民主自由的灯塔了。为了在选举中吸引选民的注意力，尤其是为了让选民失去判断力，非得弄出个"十月惊奇"不可。而且最早可以追溯到 1972 年的总统选举，也有一些资料认为它来自 1980 年的竞选活动，当时的《纽约时报》在那一年，第一次使用了这个词。

大家都知道，就是参选的一方特意安排好时间点去爆出令人惊愕的新闻。这则新闻作为导向，可以改变投票者的想法，其选举结果对自己有利。顺其自然发生的事件，作为媒体人去报道，无可厚非，问题是被故意制造或曝光的虚假新闻。比如近期的知名时报文章《关于美国中期选举，你需要知道的一切》中，作者就谈及总统川普的"通俄门"事件，并放风说，由特别检察官罗伯特·S·穆勒三世领导的调查（或其他对总统及其身边人的调查）取得的重大突破，可能会成为今年的"十月惊奇"；

　　再比如，2016 年的"十月惊奇"，当美国选民在川普和希拉里之间摇摆不定时，知名邮报曝光了川普 11 年前侮辱女性的言论。不久后，联邦调查局局长詹姆斯·科米，决定重启对希拉里"邮件门"的调查。这些"惊奇"，都成为了竞选人双方最大的政治武器，也都被认为最终影响了大选结果。

　　就选举而言，美国的政治环境越来越烂，很多选民说，作假、欺诈，快烂透了。

　　所以，不论今年的十月出现什么"惊奇"，我们都要公正客观，保持中立的报道。有的明显假消息，不论报料人是谁，绝对不可以报，这是原则。

　　昨天看了克莱尔（Clare）给我的消息简报，第一条是，10 月 10 日美中贸易争端。总统川普表示，如果中国对美国采取报复措施，美国百分之百准备好对中国课征更多关税；第二条是 10 月 12 日，美军在索马里中部哈拉尔代雷附近，针对恐怖组织青年党的一次空袭，打死了大约 60 名武装分子，是 2017 年 11 月以来打死青年党成员最多的一次空袭；第三条是，10 月 17 日，FBI 发现，有 14 枚装有炸弹的包裹被陆续寄给多名一直受到保守派攻击的的知名人士，包括希拉里、奥巴马、拜登等新民主党政客；最后一条是，10 月 27 日，美国宾夕法尼亚州，匹兹堡生命之树犹太教堂发生枪击案，造成 11 人死亡。对匹兹堡血案，一些媒体评论人，非得加油添醋地和种族歧视联系在一起，由此进一步激化了少数族裔对总统川普的不满，甚至下结论说，许多人认为该事件是受到川普种族言论的鼓动。

　　现在来看，今年的"十月惊奇"虽然没有缺席，但这些"惊奇"并没有对民意与选情造成巨大的影响。到目前为

止，马上进入 11 月了，按惯例应该不会再有爆炸性"十月惊奇"的新闻了

巴里特刚讲到这儿，突然，爱丽丝的手机提醒服务响起。那是她设置的特殊新闻通道，只要有特殊新闻，她会在第一时间收到。爱丽丝习惯性的按下查看，她马上说，"总裁，俄克拉荷马城市中心的政府大楼被炸，而且伤亡巨大。"

总裁巴里特顿时瞪大了眼睛，他惊骇地说，"什么时候发生的事？"

爱丽丝回答："刚刚得到消息。"

巴里特在嗓子里"哼"了一下说，"刚说完，就上眼药。散会吧。白莎（Bertha），你马上订机票去现场。"

记者白莎点头，起身拿起文件夹。巴里特又叫住爱丽丝说，"你留下，从明天起的每日播报，重点播出《世界经济展望》。"

爱丽丝从总裁巴里特手中接过一个 U 盘，便回办公室查阅 U 盘里的资料。

U 盘放入电脑，爱丽丝看了一会儿，突然手机提醒服务再次响起。特殊新闻通道显示两条新闻：一条是，刚报出川普在 2005 年的时候创办的川普大学，以网络授课，开始课程免费，后又带学生出入奢华酒店会议室进阶课程。已经查实，所谓的川普大学，不过是一个公司，因为没有获得大学办学认证，违反纽约州教育法，被州教育部要求取消使用"大学"的字眼之后，川普仍然非法操办。且教授的课程，既非由川普制定，更没有传授任何经商秘诀。整个办学过程完全是欺诈。

这个事件爱丽丝知道，确有此事。结局是川普同意支付 2500 万美元，就已经注销的川普大学涉及所谓的欺诈集体诉讼进行了和解。

在这个即将过去的十月又翻出来，什么意思，是要制造十月惊奇吗？

第二条是，神秘组织 Q 举着"我们是 Q (We Are Q)"标语和身穿印有"QAnon"字样 T 恤的人声称：川普之前、里根之后的历任美国总统都属于一个与银行家、各国首脑有所勾结的犯罪团伙。

这个 Q 组织被川普认可，尤其是 2017 年 10 月，川普在白宫与记者谈话时提到了一场"风暴前的宁静 (the calm before the storm)"的暗示，当时有记者追问，"你说的是什么风暴？"川普语焉不详地回应："你会知道的。"

现在这个爆炸性新闻已经揭晓，匿名者 Q 组织，就是川普的后备力量，是川普的"勤王之师"。如果川普连任失败，这个 Q 组织将在全美国发起暴动。

爱丽丝看完新闻坐在椅子上发呆，她在想，"我就是 Q 会员之一，暴动一说，我怎么不知道。真是胡说八道，阴谋论甚嚣尘上。"

美利坚现在已经开始分裂了，政党之争染指了种族间心里的隔阂；当下的美国，甚至在未来的几年，都会处于风暴眼的中心，假新闻满天飞，人心不稳。如果美国倒下，那这个世界将会是万劫不复啊！

爱丽丝抬头看墙上的挂钟已经是下班的时间，她关闭电脑，疲倦的站起身走出办公楼，她不想把这两则新闻报告总裁，她不认为这旧账和过时的消息会是十月的惊奇。

深秋的风，像把锋利的刀，从爱丽丝俊俏的脸庞刮过，

　　她脚下半绿半黄的树叶，飘起又落下。她打开车门，坐进车里。她的思维不是在刚刚得到信息爆炸的火光里，也不是刚收到的那两条消息，而是漫步在美国人要夺回曾经自傲于世界的经济实力。

　　可是，就这么难吗？

　　因为明日需要播报，爱丽丝的思维又在世界经济展望的路上奔腾……

　　2016 年中期以来，美国经济仍在继续稳步扩张，预计 2018-2019 年的全球增长率仍将保持在 2017 年的水平。可称赞的是，2019 年的全球增长率初步预计为 3.7%，前两年的预测值与年初比，应该低于 0.2 个百分点。而在美国，随着财政刺激继续扩大，经济增长势头仍然强劲。贸易壁垒增加，基本面较弱和政治风险较高的新兴市场经济体的资本流入出现逆转——已变得更为显著，已在一定程度上变为现实。

　　美国经济处于高于充分就业的状态，但市场预期的加息路径比美联储预计的更为平缓。美国经济复苏促进提高了就业和收入，使资产负债表得以增强，为重建缓冲提供了机会。

　　川普总统这几天多次宣称，要给美国中产阶级 10% 的减税，这需要美国国会的同意，可国会已经休会了……等等，等等……这便是明天要播出的世界经济展望么？

　　美国人应该在博弈中夺回属于自己的辉煌。

　　爱丽丝不再想了，她感到很累，大脑胀胀的。她启动车，刚想驶离，突然她的电话铃声响起，这个时间，是谁呢？

　　她看来电显示号，是总裁巴里特打来的，她马上接听，只听总裁在电话里说，据可靠情报，推特已经将总统川普的推特帐号设置了机器人，跟踪总统的推文并加以限制。

　　爱丽丝马上说："这么大胆，有证据证明吗？"

　　总裁在电话里没有回答，爱丽丝接着说，"如果不能曝光消息来源，不能播出，如果播出，社会很可能乱的。"

　　总裁巴里特说："好吧，让我再考虑考虑，明天早会时再做决定。"

　　爱丽丝在忧虑中，开车消失在夜幕之中……

　　本章警句：深秋的风，像把锋利的刀，从爱丽丝俊俏的脸庞刮过，她脚下半绿半黄的树叶，飘起又落下。她打开车门，坐进车里。她的思维不是在刚刚得到信息爆炸的火光里，也不是刚收到的那两条消息，而是漫步在美国人要夺回曾经自傲于世界的经济实力。

第十七章　诚信与谎言

纽约州金钱区国会第 3 选区，一位共和党的国会议员候选人，34 岁的德怀特（Dwight）还真的当选了，而且得票数是压倒性的胜利。

爱丽丝之所以关注这位德怀特，是因为在普渡制药的分销商卖出的奥施康定药导致购买者出现上瘾情况的那个事件中，有一位营销人的名字也叫德怀特。所以，在德怀特竞选国会议员的一次演讲中，爱丽丝专门去倾听，而且认为这个德怀特确有可圈可点之处。

可是，刚当选的德怀特便被媒体爆出他的履历造假，其丑闻发酵，被指说谎，欺骗选民，伪造关键简历。面对舆论压力，德怀特日前接受美国媒体采访时承认他自己编造和粉饰了个人履历，并为此"感到抱歉"，但他辩称"我不是骗子"，仅仅"美化了简历"而已。他还表示，舆论争议"不会妨碍我当好国会议员"。

爱丽丝是一位眼里不能揉沙子的人，做实了德怀特说谎、欺诈，他却名为道歉，实为冠冕堂皇的狡辩。这样下去美国的诚信还有吗？

"管你是哪个党，共和党的议员我也一样曝光你。"爱丽丝开始调查德怀特在竞选议员时演讲的每一个重要环节。她先从网上德怀特竞选演讲查起。

以下便是德怀特的演讲：

"噢，大家好！我的名字叫德怀特。为了服务于美国人民，服务于纽约州金钱区的所有人，我站在这里演讲我过去的战绩，并通过你们的认可而成为国会议员。我和你们一样，都非常勤奋的努力让今年成为每一个人最美好的一年。

要想做到这一点，我们必须同心合力地铲除破坏美国最人性化的阻力。我看到了你们的努力，你们炽热的眼光，对我来说是超级激动人心的，所以，当我当选了以后，我要回报你们，终生为你们服务。

"我是犹太裔第一代美国人，现在也是共和党人。同时我要真诚地坦白我是一位同性恋者，这也是我为什么一再强调人性化的性取向，美国作为民主自由的国家，不能歧视同性恋者，他们和所有的美国人一样，享有追求生幸福的权利。

"我父母是从巴西移民到美国，很多年以前，我的父母作为犹太裔的难民留在德国，为了逃避追杀而逃离德国到乌克兰，后经磨难到巴西后又辗转来到美国。我曾在纽约市立大学巴鲁克学院读本科并取得经济学和金融学学位，在校期间，我是学院排球队的"明星"，并率领球队获得了"联赛冠军"。我曾供职华尔街金融巨头花旗集团和高盛集团，是一位经验丰富的华尔街金融家。我的家族，经过父母和家人的创业和努力奋斗，已经拥有十几处房地产。这次竞选，我自己出资 70 万美元的竞选经费。我有充沛的精力服务于美国人民。

"这是在场的每一个人的时代，这也是我的时代！是我们——是我们美国人的时代！我们可以为了彼此幸福的明天站在一起，因为明天更美好。如果我们的认同是一致的，如果我们的价值观在一个平台上闪光，那请跟随我，组成一个团队，像支浩大的队伍开始行动。我们有太多的工作要做。当战绩属于我们，那欢庆的泪水，让我们喜泣而拥抱，并为此而雀跃不已。

"我们美国人生来成就美好，创造未来，而且不分肤色，不论种族，团结一心。只有美利坚合众国才能给这个世界带来犹如灯塔的光芒，给千百万在水深火热之中受煎熬的人带来光明和希望。那是欢乐的黎明啊，而在迎接这黎明的队伍中，有我，更有在场的每一位……"

"我靠……"

爱丽丝听完德怀特这演讲，差一点走上街头，举起美国的国旗，去参加抗议种族歧视的游行。

可是，衡量一个真诚、善良人的标准，是好看的脸蛋吗？或是，能言善辩的口才？

为了博取各方选民支持，德怀特竞选期间想方设法凸显身份多元化，给他自己打上了一系列"引流标签"，还宣称个人经历"充分体现美国梦"，诸如取得经济学和金融学学位、曾供职华尔街金融巨头花旗集团和高盛集团、家族拥有十几处产业等等。

爱丽丝开始核实：

1，犹太裔。经核实，德怀特为拉丁裔。（说谎）

2，纽约市立大学巴鲁克学院读本科并取得经济学和金融学学位。（不实）。说他自己是巴鲁克学院（Baruch College）的排球队"明星"，并率领他的球队获得了"联赛冠军"。（谎言）

3，曾供职华尔街金融巨头花旗集团和高盛集团，是一位经验丰富的华尔街金融家。（无记录）。

4，德怀特自己出资 70 万美元的竞选经费。（报税记录显示无生意收入，没有发现他声称的拥有家族财富的记录）。

5，信誉。（德怀特曾两次因为不付房租而被赶出门）。

爱丽丝反复核实后，又让同事白莎再核对无误后，她非常气愤，调查结果显示，德怀特既没有上过巴鲁克学院，也没有在花旗集团和高盛集团的就职记录。德怀特的竞选公开财务报表上也没有列出任何在美国的产业。此外，德怀特有关宗教信仰、性取向等事项的说法也均受到质疑，可是，仅凭他这谎话连篇的一系列"引流标签"，竟然让他高票当选了？这美国人也太好骗了。

爱丽丝整理完毕送总裁巴里特审批播报。德怀特的履历造假丑闻再次播出后，在纽约及美国各地造成了极坏的不良影响，一些主流媒体，尤其是主线偏左的媒体，质疑侯任国会议员德怀特简历中的关键部分造假，提出众议院道德委员会和联邦检察官应该对德怀特造假行为应该进行全面调查。

而德怀特的新民主党竞选对手盖布瑞尔（Gabriel）则希望他用真实的过去面对选民，不要说谎，并要求他回答有关在国外犯罪的历史问题。

更有趣的媒体嘲讽美国新一届国会，说新当选众议员德怀特近日被媒体曝光其履历上不少"光鲜"内容纯属造假之后，在媒体追问之下，德怀特一边承认撒谎，一边又诡辩称，这不妨碍他当好国会议员。如此"神逻辑"很适合华盛顿众多议员多年一贯的两面性。

爱丽丝一直跟踪报道，并记录了近期所有媒体的不同曝光和知名政治分析人的评论。其中著名学者巴兹尔·斯米克尔（Basil Smikle）说，从来没有听说过如此令人震惊的事情，从来就没有听说过有任何候选人向选民歪曲他一生的事实。在简历上添油加醋或撒谎不一定会剥夺资格。在这种情况下，或许不会令德怀特失去众议院议员的席位，尤其是在共和党控制的众议院，但是，当选后的德怀特，你该如何去面对你的选民呢？

再请看德怀特的律师约瑟夫·默里（Joseph Murray）针对知名时报的报道发表的声明：德怀特是一位同性恋、拉丁裔第一代美国人，他是共和党人，他以压倒性的优势赢得了新民主党选区，向日常选民表明，比起新民主党违背承诺和失败的政策，还有更好的选择。在公众视野中生活了四年之后，在即将宣誓成为共和党领导的第 118 届国会的议员之际，知名时报发起了这次霰弹枪式的攻击，毫不奇怪，这只能说明候选国会议员德怀特，在知名时报有敌人。他们试图用这些诽谤，指控抹黑他的好名声。正如丘吉尔的名言："你有敌人，这很好。这意味着在你生命中的某个时刻，你曾为某件事挺身而出。"

面对舆论压力，在福克斯一档专访节目中，德怀特对话客座主持人、前美国国会众议员图尔西·加巴德时，甚至大言不惭给自己贴上"有勇气"的标签。德怀特说，"我认为人都有缺点，都会犯错……我不得不在媒体镜头前承认这一点，让全美国人都看到我有勇气认错，为了成为一名有影响力的国会议员，我必须面对我的错误。"

而客座主持人则对德怀特发出灵魂拷问："难道你不羞愧吗？对选民及其家人不感到羞愧吗？"

德怀特非但没有悔意，反而抱怨所有人对他"吹毛求疵"，反击称，新民主党人也会犯这样的错，并举例说新民主党政客"拜登过去 40 年一直对美国人说谎"，比如，拜登说他上大学时是全额奖学金，实际是一半奖学金，一半助学金。说他学习成绩前几名，实际是倒数第 10 名。说他当过兵，可是他当过兵吗？还有拜登在副总统任上，他对文件没有解密权，但他却把国家的机密文件带到了一个什么"宾夕法尼亚大学中心"，且忘的一干二净，这妨碍拜登他继续当美国副总统了吗？现在被曝光了，你能说拜登为当选总统隐瞒不报挂上不诚实的标签吗？

别说，天才就是天才，德怀特的狡辩没错。任何美国人都不能说德怀特是一个彻头彻尾的骗子，因为媒体人的这些调查、这些质疑不足以影响德怀特就职，众议院只能在候任者违反美国宪法对年龄、公民身份和州居住地要求的情况下，才能阻止他们就职。而共和党如果在国会占多数席位，百分之百会提出：真正能决定德怀特国会议员资格去留的不应该是国会，而是两年后的选举，只有德怀特所在区的选民才有权罢免他。

有意思吧，这个时候又有谁会提出散布不实信息是犯罪呢？当你质疑被认证的选举结果，而且你纠缠不休，你的言论就是不实信息！

不要说制度性更深层次的腐烂，在美国竞选活动中，为了立人设、博同情、求上位，类似德怀特这样用尽心机的候选人屡见不鲜，其套路包括但不限于履历造假，对政治主张夸大其词等等太多了。

比如，佛罗里达州参议员、共和党人科林（Colin）多年前曾四处宣称自己父母是所谓来自古巴的流亡者，以打造个人政治形象，但事后被知名邮报等媒体拆穿真相"打脸"。

再如，几年前的一次中期选举，佐治亚州国会参议院席位共和党候选人伊诺克（Enoch）宣称其政治纲领之一是"反堕胎"，却被爆料出曾付钱让至少两位女友堕胎。

　　还有，马萨诸塞州参议员卡嫚（Carmen）是新民主党"进步派"代表人物之一，曾竞选美国总统。她公布一项DNA 检测结果，宣称自己拥有美洲原住民血统，后来不得不在广泛质疑声中公开道歉。

　　像德怀特这种人品到美国国会工作应该"很合适"，甚至算得上"当总统的料"。美国政客为了政治私利"满嘴跑火车"已经习以为常了，这算什么呀？多年存在的选举舞弊，肆意透支广大选民的信任，那些虚伪的、又和蔼可亲的面孔，多么熟悉的面孔啊，想想，每个选民都想想，显露无疑的呀，这不仅仅反映出竞选者个人的不诚实和说谎，还有欺诈，充分暴露了一个更严峻的问题，那就是：美国政治系统存在着更深层次的腐烂。

　　爱丽丝看完上述评论，她把手里的笔很重地摔在了电脑桌上……

　　本章警句：灵魂拷问，"难道你不羞愧吗？对选民及其家人不感到羞愧吗？"

第十八章　博弈中夺回

中国人下围棋没人会感到惊讶，日本人韩国人下围棋也实属正常，但美国人闲时下围棋，就会让人觉得绝对是凤毛麟角的顶级人才。

圣诞刚过，美国人还沉浸在节日之中。晚饭后，孩子们都回到自己的房间，布莱恩看完一些文件后，却提出要和妻爱丽丝下一盘围棋。爱丽丝笑盈盈地答应，而且很自信地说，"你还是会输。"

窗外飘零着雪花，屋内温暖如春，楼上楼下静悄悄。

过了大约半个小时的时间，瞧瞧，白子是爱丽丝，黑子是布莱恩。再看双方的布局，白子占了大半地盘，只需再放一只，黑子便投降。布莱恩知道自己输了，他调皮地说，"老婆，不论是下棋还是斗智，为什么我就没赢过你呢？"

"哈哈，"爱丽丝笑着说，"你的心思不在这儿，可我的心思却在你身上，不论你热衷的党派是否正确，我从来就没有阻止过你。"

"所以我才深爱着你呀。"布莱恩一往深情的说。

其实并不是布莱恩赢不了爱丽丝，而是他让着爱丽丝。

听到丈夫的表白，爱丽丝诡笑地瞪了一眼布莱恩说，"你知道什么是君子博弈吗？"

她看布莱恩愣神，就解释说，"就如同下围棋，是一种游戏的规则。它的引申义是在一定的条件下，按规则，组成两个拥有绝对理性思维的团队，允许各自选择的行为或策略，加以实施自己的决策，并从中各自取得相应的结果，或收益的过程。"

"你是指当下美国和中国的贸易战吗？"布莱恩在联系现实的发问。

"也不全是。"爱丽丝接着说，"因为贸易战，美国是强势的一方，美国是在夺回，不是一个阵营的人似乎会认为有失公平，但美国必须得这么做。"

布莱恩起身走到冰箱处取出一瓶可乐打开喝了一口后说，"新民主党绝对支持川普政府对中国的制裁，但温水煮青蛙力度不够。"他停了一下又问，"那你说的那个博弈，究竟指的是什么呢？"

"我是指……"爱丽丝停住又给了布莱恩一个媚眼说，"先说好，不论对错，不准吵？"

"不吵不吵，绝对不吵。"布莱恩边说边走回座位坐下。

爱丽丝说，就好比新民主党和共和党，都有自己的决策，这已经是百年形成的规矩，尽管追求的价值观有了那么一点点的分歧，政治理念影响了选民的站队，但宪政的基本原则没有改变，为什么搞得这么敌对呢？你听一下川普任总统以来的战绩：

第一点，马上进入 2019 年了。从 2016 到 2018 年，美国不仅重振经济，政治与社会亦进一步回归传统，同时也在重塑了美国的国际领袖风范。

川普的"美国优先"政策深入民心，同时他的硬汉做派也打破了很多成规，在让美国社会走回传统回归的路上，也令各国重拾对美国的尊重。

第二点，美国退出人权理事会与万国邮联的理由：川普上任第二年，即 2017 年，美国退出了《跨太平洋伙伴关系协定》（TPP）、《巴黎气候变化协定》、联合国教科文组织、《伊朗核问题全面协议》；到 2018 年，美国再接连宣布退出联合国人权理事会，随后，美宣布启动退出有 144 年历史的万国邮政联盟（Universal Postal Union）的计划。因为一只在中国生产、免邮费邮寄到美国的陶瓷马克杯只需 5.69 美元，而美国本地产的马克杯仅送过一条街的运费就要 6.3 美元。穿越万里的运费低于美国本土运费，这与邮联使用的邮费规定有关。美国正式退出邮联后，中国出口美国的商品，尤其是中国电商业务，如阿里巴巴、京东等企业将受影响。美国白宫随后宣布，马上启动退出万国邮政联盟的程序，并在一年内进行国际邮费的双边及多边谈判。若谈判不成功，美国确定，将于 2020 年 1 月 1 日实施自己的终端费率。（Justin Sullivan/Getty Images）同时，白宫也表示，在为期一年的退出过程中，美国将与邮联进行规则条款谈判，若谈判成功，美国将撤回退出通知，继续留在邮联。

第三点，美国总统川普、加拿大总理特鲁多和墨西哥总统涅托于 11 月 30 日在阿根廷 G20 峰会期间签署了新的北美自由贸易协定——美墨加协议（USMCA）。新的美墨加协定开启了美国日后签署自贸区协定的范例，其框架具有广泛意义。最后一步就是等待美国国会的审核与批准。

例举上述 3 点后，爱丽丝说，"这仅仅是三个方面，耶路撒冷的定位，是几任美国总统都没敢碰的刺猬，川普碰了，兑现了他大选时的承诺。还有很多很多。川普政府所做的这些，都是前几任政府没能做到的，你们能不能少一点的攻击，多一点的理解呢。"

因为有言在先，布莱恩没再反驳。但他像是说给爱丽丝听的喃喃自语道："贸易战，国与国之间的经济摩擦，其结局就是两败俱伤，美国利益将会严重受损，甚至，打败不了中国，相反，美国的损失要大于中国，因价值观不同产生的决裂后果，受苦受难的永远是老百姓，比如中国不生产出口民用服装了，美国人就买不到廉价的衣服。至于耶路撒冷，中东这场戏，百年难解。而动不动就退群，这将涉及到盟国的利益。瞧吧，好戏在后头呢。"

爱丽丝说："你看过川普的助理，经济顾问纳瓦罗著的《致命中国》一书吗？它用事实、数字和洞察力描述了美国同中国的诸多问题。"

"没看过，但你说的没错，在对待中国的贸易问题上，纳瓦罗是强硬派，但他的力量太小了，他左右不了川普身边的一些人。"布莱恩想说，"川普的近臣仍然在与中国人做生意呢"，但他没说，停顿了一下，他看着发呆的爱丽丝却说，"任何一位当选总统，他都不可能什么都不做，最起码的要兑现大选时的承诺，给选民一个交待。"

爱丽丝刚想说，"所以你们不要设置太多的阻力"，但话没出口就被布莱恩又打断了。

布莱恩说，"我的认知，和很多层面人物的共识是：川普眼里的对手并不全是新民主党的精英层，而是共和党。在共和党的重量级人物中，有一多半是不赞成川普的理政方式，或者说，他的唯我独尊的家族企业老板式的经营白宫的理念。不信你看吧，不需多长时间，川普的团队，将有很多人背叛川普。"

爱丽丝一直崇拜丈夫布莱恩的学识，和对任何问题、事件精明的判断，当她听到布莱恩亲口说，总统川普的团队将有很多人背叛总统时，她还是感到震惊了，但丈夫布莱恩平和的分析让她感到欣慰。她半信半疑地说，

"那么可怕？"

　　布莱恩讲完，拿起桌子上的一个文件袋准备上楼休息，在他走向楼梯时回头和妻=爱丽丝说，"你记住我今天讲的话，打败川普的对手，不仅仅是新民主党，主力恰恰是共和党的精英政客。他们认可让新民主党推举的任何一位候选人当选美国总统，也不会让川普连任！"

　　爱丽丝一脸懵懂，她不知该怎么回答丈夫布莱恩的说法。她不再说话，满腹狐疑地开始收拾围棋。

　　窗外的雪花还在下着，那一片片的雪花，在灯光下格外的晶莹剔透，如同小精灵在飞舞。

　　爱丽丝走到窗前，她的眸子里又多了一些醉意，因为她深爱的丈夫布莱恩，能听进她讲的话了，而且语气温和。只是对川普终局的判断她还不能认同。但她又无法反驳丈夫布莱恩对总统川普上任以后施政的分析和判断，只是她感觉丈夫布莱恩讲话的语气多了些诚恳和信任。她甚至认为，被改变的是她，而不是布莱恩。

　　有一点爱丽丝她非常肯定，那就是与丈夫布莱恩之间，过往政治观点上的分歧，由争吵变成了温和的对话和探讨，甚至可以说，如今有了从来就没有过的默契。

　　一丝笑意浮现在爱丽丝的脸庞，那缀在眼角淡淡的惊喜，让她的心情格外的清爽。

　　本章警句：君子博弈的引申义是在一定的条件下，按规则，组成两个拥有绝对理性思维的团队，允许各自选择的行为或策略，加以实施自己的决策，并从中各自取得相应的结果，或收益的过程。"

第十九章　　除罪化之治

在大自然的怀抱，在春天的季节里，一颗种子就是一个生命，只要这个种子掉进泥土里，或者是把这个种子放进相适应的环境里，那么，奇迹发生了，种子在发芽生长。人呢？人又何尝不是如此！

人们对自己生命认识的理解，就是生老病死，这本来就是一个自然规律，每个人都不能抗拒。可是生命的意义，又有谁懂得更多。人们每天忙碌着，为工作，为生活，更直白的说，为了自由的、安全的、好好的活着。但你懂不懂，如果生命的意义是以自由的、好好的活着来定义，那请你记住：自由，是以约束为前提的自由；活着，是以法律为准则的活着。

可是，在美国有很多人对生命的意义有着不一样的解读，这个加双引号的"很多人"，便是生命群体里的另类，而且竟然是被除罪化的另类，他们对生命意义的解读就是不劳而获，能偷则偷，能抢则抢，而且纵容这些人的混蛋，却是那些心灵扭曲的政客，常常打着人人平等的豪言壮语设计规则，不让这些另类承担刑责。

爱丽丝上午播报完审稿，发现一个特殊的稿件，稿件来源，信封上写的是联合太平洋铁路公司承包商。打开信封，先跑出一大堆照片，在一张白纸上直白的写道：帮我们呼吁一下，管管这些人渣，管管这些另类的盗窃犯。

照片中，铁路两旁全是破烂的包裹、砸碎的空木箱、成堆的纸盒、纸袋。这是怎么回事呢？

爱丽丝马上回到办公室在电脑上搜索，她查到了，看得她触目惊心。

　　标题就是：除罪化的加州地区沦为盗窃的天堂，且政府为这些偷盗者开绿灯。

　　美国加州洛杉矶盗窃犯罪猖獗，2018 年感恩节前后，多处商场、精品店遭遇打劫，包括苹果店、珠宝店都难以幸免。80 名蒙面抢匪闯进旧金山核桃溪市区的百货公司，快闪打劫，分别跳上 25 辆车离开。最近又发现有犯罪团伙，多人成帮的专门抢劫载运货物的火车，抢劫后把大批被偷空的包裹箱丢弃在铁轨两边。

　　加州之所以沦为盗窃天堂，其根源被认为是 2014 年的第 47 号除罪化法案，当年以安全社区和学校法案的名称包装这个法案，结果获得 59.61%支持通过。这项法案说，只要是偷来的商品不超过 950 美金，就属于轻罪。持有毒品、伪造支票等重罪也改成轻罪。即使多次犯罪也无需入狱，嫌疑犯的 DNA 也不会被采集。很多窃贼光明正大盗取商品，居然可以不用面临任何刑罚。

　　如果你去事发地，火车铁轨两边仿佛就是灾难电影中的场景一样，这些东倒西歪的数千个箱子可不是拍电影的道具，而是美国人的包裹，全部在铁路运输过程中，途经洛杉矶遭到洗劫。这些窃贼完全不在乎火车是否在移动，

　　他们跳上火车打开锁，然后开始抓住他们看到的任何东西就往车箱外扔。有趣的是，即使这些窃贼被抓了，最快 24 小时内就被无罪释放了。

　　爱丽丝看到这儿气愤地骂道，“还有王法吗？这是什么样的生存环境啊！道德沦丧，侵害他人利益，却光明正大理直气壮，简直荒唐！”

　　除罪法案让爱丽丝想起了美国俄勒冈州毒品合法化。她马上查这类新闻。

美国俄勒冈州和华盛顿州宣布，少量持有可卡因、海洛因等硬性毒品将被合法化。亚利桑那州、蒙大拿州、南达科他州、新泽西州和密西西比州也先后宣布大麻合法化。美国仅有 15 个州规定，持有大麻违法。

支持者称，毒品合法化使"惩罚性"毒品政策向更"人道、健康"方向转变，真是这样的吗？

爱丽丝走到窗前，在 38 层办公室俯望纽约，这个多少人梦想要来的城市，陷入了沉沉的思考……

爱丽丝在大学毕业的那年，遇到人生第一个男朋友查克（Chuck），大她 10 岁，是美国 USbank 银行某分行的经理。大个儿，风度翩翩，一表人才。可是有一天她去查克住的公寓，看到查克蜷缩在床上颤抖。她吓坏了，以为查克病了。她想叫救护车，可是查克用手比划着阻止她，并颤抖抖地说，"别叫……救护车，我……我是一个有……有可卡因毒瘾的人。"

爱丽丝跑了出去，从此与查克断绝了一切往来。

往事怎么会忘呢。前些年，爱丽丝住在皇后区有一个邻居，不讲他是黑人还是白人。他叫汤米（Tommy）。他在一个小赌场上班，收入很好，买了房子，有三个孩子。可是他染上了毒品，先是大麻，后是可卡因，结果最后负债累累，丢了工作，卖了房子，妻子带孩子靠政府救助租房。现在的汤米，每天站在十字路口乞讨为生。

还有总裁巴里特的弟弟巴士尔（Basil），自家经营小型车行，收购旧车，修理翻新，买进卖出。红火的生意因巴士尔吸食可卡因，最后欠债倒闭。

　　类似这样的例子，太多太多，不胜枚举。有多少闲人，拿政府救助的钱买毒品，没钱了，就去偷、去抢。毒品合法化，真的是更人道和健康吗？

　　爱丽丝的思维在不停的转动着，发生过的事情一幕一幕从眼前闪过。她怎么都想不明白，在美国的很多州，近年来许多法案备受争议，什么同性婚姻，大麻合法化，中性厕所，艾滋病问题、枪支问题等等，等等，这些争议的法案几乎撕裂了美国社会。

　　不错，抛开可卡因、海洛因等硬性毒品，过去的百年来，大麻一直是被误解为荼毒人类的一种毒品。不可否认，这东西在医疗上确实有用武之地。在美国，当下大麻合法化的州，有超过 2 亿美国人，生活在药用大麻和休闲用的大麻那种昏昏迷迷的受用之中，而这些人中的很多靠政府救助，当救助的钱花光了，他们只有两项选择：一是乞讨；二是盗窃抢劫。否则，这些人怎么生存？

　　爱丽丝继续查看近年来加州备受争议的立法。她习惯性的把一支笔在右手的食指间转了两圈，在心里有些怀疑地质问：加州的新法规定，明知自己携带艾滋病病毒，还进行性行为，将病毒传染他人者，将从过去的重罪改为轻罪，最长监禁时间不超过 6 个月，同时免去明知自己是艾滋病携带者还进行器官捐献等的处罚，这也太奇葩了吧？更可笑的是，洛杉矶一家报纸竟然刊出，加州将携带艾滋病病毒，当做一项公共卫生事件，而不是将携带者当做罪犯是一种进步。如此明目张胆的偷换概念令人咋舌。

　　另一法案，爱丽丝看到法案提起人的理由，气得她将笔再一次地扔到办公桌上。法案说，学校高中毕业考试对能通过考试的学生没有帮助，但对那些通不过考试的人却造成心理伤害，且很可能在求学和找工作时造成障碍。提起人甚至举例说，无法毕业的学生，退学后会在社会上无所事事，这就会增加全社会的犯罪率。更有可能影响学校招生，最后没有学生愿意来上学那可怎么办。

爱丽丝不看了，她气的站起身走到窗前，望着窗外蓝色的天空，陷入了几乎让人憋气的深思。

自由民主的社会，是人类社会环境中，详和、平等、宽松、自由和人性化的一种社会形式，绝大多数人体现出极强的自我约束力，这是生命品质特征的具体化。如果为了可怜和迎合少数罪犯生存需要的心理要求，而违背大多数人的民意，搞包装式立法，是失责，脱离了对生命的认知；是败落的、是自我的、是贪婪的、是自私的，是对这个国家极其不负责任的腐败。

夺回美国，惩罚罪犯！

一股暖流涌来，爱丽丝决定了明日播报的主题，她回到办公桌前坐下，拿起她扔在办公桌上的那支笔，在工作日志页面写道：让生命不再迷误，让美国再次伟大！

2019 年 5 月 15 日，星期三。

爱丽丝刚写完，总裁巴里特便敲门而入。出于礼节，爱丽丝站起来，不等她讲话，巴里特就把一份播报稿交给爱丽丝说，明天播报内容是：川普总统刚刚签署的行政命令，宣布进入国家紧急状态。允许美国禁止"外国对手"拥有或掌控的公司提供电信设备和服务。

爱丽丝接过播报稿，还看到了下列文字：美国总统川普移民讲话摘要：多元性，积分选择制度，有价值的技能等。让美国更强大，更安全，更好……

可是，播报的爱丽丝并不知道，让川普无名火起的事件是，美国众议院议长南希·佩洛西（Nancy Patricia D'Alesandro Pelosi），因川普针对乔·拜登儿子亨特，与乌克兰政府的商务活动电话门事件，明确表示：总统川普滥用行政特权，他莽撞的行为让弹劾成为必须，让我们不得不引入弹劾条款——坚决弹劾川普。

本章警句：如果生命的意义是以自由的、好好的活着来定义，那请你记住：自由，是以约束为前提的自由；活着，是以法律为准则的活着。

第二十章　弹劾川普

　　川普总统本来就有好的幕僚，但幕僚只建议方针和政策，现场发表讲话时川普不让他们管，所以他仍然一意孤行。当上总统了不分场合，大嘴巴还是想说什么就说什么。在当下的美国政坛环境，作为备受世界瞩目的政治人物，川普这样不拘小节，随意有感而发，恐怕他会遇到很大的麻烦。但没办法，特立独行的川普不听那一套啊，"我就胡说八道了，你能把我咋地？"。

　　你别笑，这就是川普，真实感受后，怎么想的就怎么说，爱谁谁，"我就说了"爱咋地咋地？幕僚却举例说，你瞧老拜，人家在麦克风开的时候因为说错话而向记者解释，"那句话不是说你呢"，麦克风一关，马上就说，"狗娘养的，说的就是你。"

　　这就是两面人的政客。可川普却说，"我即不是政客，也不是完美的人，我就是我。"幕僚没招，只好顺其自然的让川普因言获罪。

　　CIA 特工阿贝按长老安布鲁斯（Ambrose）的吩咐，搜集了很多国内政客在国外的活动情报，不是因为有了"维基解密"，情报不再走邮件，而是因为长老安布鲁斯突然病逝而打乱了原有的安排。阿贝是长老安插在 CIA 的一个钉子，按规矩在情况有变时，他必需通过 FBI 特工艾碧尔将情报上报爱国者同盟总部，然后总部放出消息，让总统川普在第一时间能看到。可艾碧尔回复阿贝说，马上是美国独立纪念日了，只要情报不涉及到美国的国家安全，为了别出差错，还是过了节日再报为好。

2019 年 7 月 4 日，是美国 243 岁的生日。周四晚上，川普总统在华盛顿主持了盛大活动，庆祝美国独立日，纪念 1776 年 7 月 4 日，大陆会议在费城通过的《独立宣言》，该宣言宣告了北美 13 个英属殖民地正式脱离英国独立。

在美国首都华盛顿，今年独立日活动的主题是：向美国致敬。除了游行、施放烟火等传统庆祝活动外，总统川普将在美东时间下午 6 点 30 分，在林肯纪念堂前发表独立日演说。酷热的天气，暴风雨随时可能来临，但川普不惧，仍然以他独特的风格，逐一介绍凌空飞过的军用喷气式飞机，还有坦克展示，爱国乐队音乐演出等，并稍后在林肯纪念堂发表了长篇演讲，凸显了 243 年以来的美国历史。

"一个伟大国家的史诗故事，国民为他们心目中的正义和真理甘于冒一切风险。"

川普没有提到政治、明年的总统选举，以及二十几名新民主党候选人希望阻止他连任总统。相反，川普避免谈论那些可能会分裂国家的事情，而是谈论那些将美国所有族群统一起来的事情。

"当我们今晚聚集在自由的快乐之中，我们记得我们都拥有真正非凡的传统。我们一起构成有史以来最伟大的故事之一。"

"美国人热爱我们的自由，没有人能剥夺我们的自由……我们的国家今天比以往任何时候都强大。"

这便是充满传奇色彩，备受争议的总统川普的演讲。

两个月以后，一份新民主党总统后选人乔·拜登的儿子亨特境外收入及酬金概况报告，飞进了白宫川普的办公桌上。

请看下列摘要：

在拜登不再担任副总统的两个月后，曾向拜登总统的儿子亨特支付 100 万美元年薪的乌克兰能源公司，将亨特·拜登每月报酬削减了一半。收据显示从 2014 年 5 月起，布利斯马控股有限公司（Burisma Holdings Ltd.），每月向亨特支付 83，333 美元，聘他担任董事会成员。

2015 年 12 月，拜登飞往基辅，强行要求乌克兰政府解雇当时正在调查波扎尔斯基的最高检察官维克多·肖金（Viktor Shokin），包括扣押属于该公司老板米科拉·兹洛切夫斯基（Mykola Zlochevsky）的四座大房子和一辆劳斯莱斯幻影车。三个月后，肖金被迫离职。九个月后，针对布利斯马的所有法律程序被撤销。

在一次外交关系委员会的演讲中，拜登副总统曾吹嘘说，他曾威胁要扣留美国对乌克兰的 10 亿美元贷款担保，除非肖金被解职。

拜登还说："我六小时后就走了。如果检察官不被解雇，你们就拿不到钱。"

当拜登知道肖金被解职后骂道："好吧，狗娘养的。他被解雇了。"

在乔·拜登担任副总统期间，他在华盛顿特区的一次晚宴上会见了他儿子的商业伙伴：乌克兰、俄罗斯和哈萨克斯坦的代理人。这场晚宴于 2015 年 4 月 16 日在米兰咖啡馆（Café Milano）的私人花园厅举行。米兰咖啡馆是乔治城（Georgetown）的一家机构。其口号是：世界上最有权势的人去的地方。第二天，亨特收到了乌克兰能源公司布利斯马高管瓦迪姆·波扎尔斯基的电子邮件，感谢他将自己介绍给他的父亲乔·拜登。

2016 年，亨特从布利斯马的总收入为 999，996 美元。2017 年下降到 66.5 万美元，然后在 2018 年下降到 49.8 万美元。

在 2017 年 3 月 19 日的一封电子邮件中，布利斯马高管瓦迪姆·波扎尔斯基（Vadym Pozharskyi）要求亨特签署一份新的董事协议，并告知他：唯一修改的是报酬。而且注明："我们非常希望紧密合作。你（亨特）的报酬仍然是公司最高的，也高于标准的任何一位董事报酬。我相信你会发现它既公平又合理。"

理由：乔·拜登已经不再担任美国副总统。

在这封电子邮件之后，亨特每月的布利斯马公司酬金上所列的金额被减少到 41，500 美元。从 2017 年 5 月开始生效。该金额以欧元支付，根据当时的货币波动情况，每月支付 35，000 欧元至 36，100 欧元。

亨特在 2019 年 4 月辞去了布利斯马董事会的职务，因为他有争议的商业交易，威胁着他父亲乔·拜登的再次总统竞选。

此外，亨特在俄罗斯的帐户有几百万美金进帐；短短 1 年的时间里，他还在中国的商业伙伴那里收取近 1100 万美金，大部分以月薪的名义转入亨特及其家人的手中。

川普看完上述简报气愤的骂道："败类，这么腐败，出卖国家利益换取个人财富，这还了得！"

川普握紧拳头在心里吼道："拜登这个家伙是个意图毁掉民选政府的破坏者，腐败的乌克兰政府某些官僚，亨特贪腐的丑闻，必须追查到底才符合美国的国家利益。"

急性子的川普很快就电话施压乌克兰政府，要求调查新民主党总统候选人，乔·拜登，其儿子亨特·拜登在乌克兰一间公司任职的薪酬事件。

可是，在 9 月 27 日，有消息爆出，川普也与沙特阿拉伯和俄罗斯进行过类似的通话。

美国众议院议长南茜·佩洛西，她恨川普恨得咬牙切齿，曾当众撕了川普的国情报告，又曾多次公开扬言：宁可坐牢也要扇川普的耳光。川普的这个电话门，不是正好撞到了她的枪口上吗？议长佩洛西马上指示众议院的六位委员长参与调查，发起弹劾案，要求川普下台。

结果呢？很多读者都知道了。

不论真假，本来就是让其他属下做的事，川普非得自己做，可是人家乌克兰政府官员理都不理，摆上你桌面上的证据能证明吗？到头来你川普被"阴谋论"了，以滥用权力的罪名惨遭美国众议院弹劾。

川普是继安德鲁·约翰逊、尼克松、比尔·克林顿之后，第四位遭到众议院提案弹劾的美国总统。

时间显示：2019 年 12 月 18 日。

结果弹劾议案在众议院表决中获通过，在参议院流产。

美国首席大法官约翰·罗伯茨宣布："弹劾指控未得在座与会参议员 2/3 人数通过，本席宣布就该款指控，唐纳德·川普总统无罪。"

弹劾虽然未获参议院多数通过，但这个教训足以令人深思，尤其是因"胡说八道"，或被认为是"胡说八道"被调查，被弹劾，唯川普是也……

这一章翻页了，美国在疫情中迎来了新的一年！

　　本章警句：美国人热爱我们的自由，没有人能剥夺我们的自由，我们的国家今天比以往任何时候都强大。

第二十一章　　人性的考验

　　元旦对普通中国百姓来说，就是一个热身，因为他们期待的是春节。但美国人的新年风俗却正好相反，新年元旦就是最热闹的除夕，是全美各州一致庆祝的主要节日。以往的新年前夜，美国人聚集在教堂、街头或广场，唱诗、祈祷、祝福、忏悔，并一同迎候那除旧迎新的一瞬间。在午夜12点，全国各地的教堂钟声齐鸣，有的州乐队高奏著名的怀旧歌曲《一路平安》，这时烟花齐放。在乐曲中，激动的人们拥抱在一起，怀着感恩的激动和惜别的感伤，还有对新生活的向往，共同来迎接这新的一年。尤其是纽约时报广场的新年庆祝，更是众所周知的标志性的庆祝活动。这个带有传统色彩的活动，起始于1904年。最引人注目的场景是一个大水晶球沿着高杆缓缓落下，在新年钟声响起的时刻落在高杆的基座。这对千百万围观的民众而言，是跨年夜一定要观看的水晶球落地庆典。

　　在这个繁华的世界十字路口，除了电视前的观众，现场估计约有100万人将涌上街头，在2019年12月31日的最后几秒倒计时，看标志性的落球。

　　沃特福德水晶大师工匠汤姆·布伦南说：今年的主题和设计是亲善的礼物，善意就是仁慈的感觉，慷慨感。几个世纪以来，善意和好客的象征对几代人来说是菠萝。因此，你可以在大街两侧看到这些像菠萝一样精心切割的装饰物。

　　新的十年即将开始，这是一个内外反思的时刻。

　　可是，很多美国人并没有意识到，由于COVID-19冠状病毒的传染，到时代广场集会观看庆典是一件非常危险的事。

　　午饭后，爱丽丝和布莱恩到 Costco 商场买了 10 个烤鸡，一些熟食品，3 箱矿泉水。庆典结束后的午夜，他俩开车到美国的金融中心华尔街（Wall Street），去救助那些无家可归的人。这条街从纽约市曼哈顿区南部到百老汇路，又延伸到东河，全长仅三分之一英里，宽仅为 11 米。街道窄而短，从百老汇到东河仅有 7 个街区。夜幕降临，常有很多流浪者栖宿街头，对闻名于世的"美国金融中心"真是莫大的讽刺。

　　布莱恩开车，爱丽丝坐在副驾驶，沿街慢行。遇到需要救助的流浪者，爱丽丝就下车把分好的食品和矿泉水，交给流浪者的手中。一个又一个，直到走完，发现车里还剩余 6 份。布莱恩转向另一条街，爱丽丝把食物发完，按事先的安排，准备去农场与孩子们团聚。

　　分完食品已经下半夜了，他们由南至北路过帝国大厦。在洛克菲勒中心附近的圣帕特里克教堂前，透过大的玻璃窗，闪出一个耀眼的大屏幕，一个红色大公鸡显耀登场后，随之出现蓝色、绿色、黄色和粉色的图案，非常眩目，很远就能看到。突然间图案变了，又出现了现代卡通人物的蜘蛛侠、粉红猪小妹等等。爱丽丝敏感地意识到，这个场所里的人，是在举行带有宗教色彩的礼仪过新年。她让丈夫布莱恩在临近靠右边停车。布莱恩摸不着头脑，有些愕然，他转头问妻，"什么事，有什么不对吗？"

　　爱丽丝右手指向屏幕眩目的图案和布莱恩说，"我的感觉应该没有错，如果红色鸡头的标识是换妻俱乐部，不应该在曼哈顿的中心地带，我曾经做过这方面的报道，这应该是一个对未成年人洗脑的地方，因为他们教导儿童和未成年人用的颜色必定是洗脑五色：红、蓝、绿、黄、粉。"

　　布莱恩马上惊疑地开始观看，前后放出的顺序果然和妻爱丽丝说的一样。可是单凭这些感观的判断并不能证明这是一个邪教控制中心，所以不能报警，更何况纽约地区已经有了疫情，这个时候发生这种事，FBI 也不一定出警到现场。正当布莱恩思考未决时，突然图案出现了一群身穿节日盛装的孩子们在唱：《神已来到神已作王》，布莱恩和爱丽丝呆怔怔地听着，一会儿他们又唱起《背叛肉体才能满足神》……

　　爱丽丝惊叫道，"你听啊，这种伴着音乐的歌曲，通常节奏强劲，夹杂着声嘶力竭的喊声，有一股诡异又吓人的恐怖气氛，给人带来黑暗、绝望的感受。"

　　布莱恩脸色苍白，他看着妻爱丽丝说，"你判断的没错，这是洗脑歌曲。狄克(Dick)曾经和我交流过，他说邪教徒常唱的歌曲还有女子组合 S.H.E 的《神话》，其中部分引用了原歌词：你是电，你是光，你是唯一的神话……等等。"

　　爱丽丝说，"那怎么办呀？要尽快解救这些孩子们。"

　　布莱恩晃晃头，"报警没用的，没证据，还是让就职 FBI 的狄克去办吧。"他说完开始拨打了狄克的电话。

　　布莱恩边打电话边和爱丽丝说，"以狄克的智慧，相信他会处理的很好。"

　　电话通了，布莱恩讲了他和爱丽丝看到的场景，并提出了自己的分析和担忧。狄克回答，马上安排当地警局出警。

　　打左转向灯，车开动了，布莱恩边开车边看了一眼妻爱丽丝，他知道妻仍然在纠结之中。

　　是的，爱丽丝一心想着该如何解救那些正在被洗脑的孩子们。纽约因为大量非法移民涌入，治安环境极度恶化，吸毒、抢劫每天都发生，现在又冒出了邪教徒，伤天害理，还在残害着未成年的孩子，这不管还了得。

皓月当空，一路非常安静。

当车行至惠特尼美术馆，临近所罗门时，一个亮眼的麦当劳外卖窗口又引起了爱丽丝的注意。她急切地和丈夫布莱恩说，"开进麦当劳外卖窗口边的停车场，我想看看那位客人与服务员因为什么在发生争执？"

布莱恩问："又怎么了，那不就是一个客人在买个汉堡包吗？"

爱丽丝说："不对。你没看到那个服务员在哭吗？尽管她戴着口罩，但我还是能看到她在抹眼泪。"

布莱恩专注的看了看，他心想，也是啊，服务员为何要哭呢？

他们拐进停车场，把车停好，位置离外卖窗口很近，客人和服务员的对话布莱恩和爱丽丝都能听到。只见窗口里边有三个人围着。那位客人带着感恩的语气说，"我要代表这个地区所有的美国人感谢你们，感谢你们在这病毒泛滥的时期，在这除夕之夜所做的一切！因为，所有的餐饮业都关门了，只有你们明知开门的风险，却仍然开窗口营业，服务饥饿的人们。这3万美金，分给你们每一位在岗的员工。美国因为有你们这种热心的服务而自豪；美国因为有你们这些坚强的卫士而伟大！"

原来哭的这位女服务员，是被这位客人慷慨奉献3万美金而感动的流泪了。多好的美国人啊，爱丽丝被这位献爱心的客人，被这温情的窗口顿时感动的热泪盈眶，她举着手机，真实的记下了这感人的一幕。作为记者，爱丽丝她当之无愧。

在回农场的路上，爱丽丝感慨地对丈夫布莱恩说，"我深深地爱着这个大家庭，不仅仅因为美国是一个法治、民主和自由的国家，更因为它的人性化而让生活在这片土地的人民幸福和快乐，这也是我每天忘我工作的动力之所在。"

布莱恩转头微笑的看了一眼妻爱丽丝，又用右手拍了下妻的左臂。他在用肢体语言告诉爱丽丝，"我的心和你的心是相通的，我们彼此心照不宣地为这个国家奋斗不息！"

突然电话铃声响起，来电号码是狄克。爱丽丝紧张地看着丈夫布莱恩接听电话。狄克在电话里说，FBI 已经包围了这个场所，并以非法聚众为由，逮捕了教头及 5 个嫌犯。其孩子们已经被家长领回家。初步查明：这是一个邪教组织，里面裹挟 100 多名信徒，大多是未成年的少年。可悲的是，这些少年都是在家长的引领下入会。最后狄克顽皮地和布莱恩说："请兄转告，我代表美国人感谢慧眼识嫌犯的嫂夫人！"

爱丽丝听到丈夫布莱恩的转告露出了天真的微笑，但她不知道，在布莱恩转告爱丽丝的瞬间，布莱恩又收到了律师凯利发来的信息，凯利通知他节日后，尽快与推特副总裁克拉克取得联系，阻止川普推特治国……

本章警句：我的心和你的心是相通的，我们彼此心照不宣地为这个国家奋斗不息！

第二十二章　　圈外的素人

布莱恩在上午 11 点 30 分抵达旧金山机场，克拉克携夫人王艳华准时到机场迎接。

克拉克并没有把布莱恩带回推特（Twitter）总部，而是直接去了中餐馆御食园的包间。因为王艳华是中国人，正好再过两天就是 1 月 24 日，正值中国 2020 年春节除夕夜，所以王艳华和丈夫克拉克说请布莱恩去中国城吃中餐。

她非常喜欢御食园的美食：北京烤鸭、毛血旺、水煮鱼、辣子鸡、碳烤全鱼等等，都好吃，堪称中餐一绝。

包间无人打扰，说话方便。喝过一杯红酒后话入正题，但聪明的布莱恩以聊天方式在议论，在暗示，而不是交待克拉克怎么做。

布莱恩说，"这总统川普的推特治国真够可以的了，所发贴极具煽动性。现在的民调显示，国内族群，尤其是白人与非裔明显分裂，这老头，没人能管得了。"

克拉克知道布莱恩的意思，但他只是笑笑不语。他太太王艳华却接话说了起来。

维吉尼亚州长杨金，只讲了一句不赞成川普的话，川普知道后，马上带有讥讽的口吻攻击杨金取了一个中国人的名字。问题是川普讲话的语气，带有明显的种族歧视。中国人的名字怎么啦，难道中国人比你美国人的川普矮一等吗？川普白人至上的思想伤害了太多人。

克拉克接过话说，"也不能怪他，川普就是一个圈外的素人，他还不懂政界讲话的规矩。"

布莱恩接着说，"没错，川普是真的不懂政治人物讲话的轻重所带来的后果。他最大的敌人就是他自己，大嘴巴子小心眼，缺少一个领袖人物的胸怀。他做的有些事，给人印象是心胸狭隘，妒忌心强，生怕任何人超过他。这样下去，他的敌人会越来越多。"

　　克拉克在倾听布莱恩和老婆王艳华评论总统川普，他不再插话，因为他的心里早就有数了。推特几乎所有的员工都反对川普，前不久推特高层开会已经做出了决定，逐次的封杀川普，直到禁止他在推特发贴，即使没有外部压力推特也会这么做。但克拉克他不能说，必须保密。他只能以微笑和表情暗示布莱恩，一切的可能都会发生。

　　吃完饭布莱恩马上返回机场。他要乘坐下午 4 点的航班返回纽约。临别前克拉克低声告诉布莱恩，"你马上会看到结果。"是什么结果，布莱恩当然会意。

　　晚上 10 点布莱恩到家。因为疫情，学生在家上网课，孩子们还都在农场。若大的房间只有布莱恩和爱丽丝。布莱恩进屋爱丽丝就讥诮地说，"纽约至旧金山，单程 6 小时，来回 12 小时，就为了见你的同学？"

　　"也不全是。有人和我说推特的总裁另有高就，我探路问问克拉克是否能再上一个台阶。"布莱恩在妻爱丽丝面前一点也不回避去见了克拉克。

　　爱丽丝从厨柜里取出饭菜，准备热给布莱恩吃晚饭，又关心地说，"疫情加重了，你别再乱走了。这两天死了很多人，纽约所有的医院都住满了感染者，尤其老年人，染上几乎没有活的可能，太恐怖了。"

　　"我知道。应对战争用的大型救护船都启用了，你不要再去现场采访了，非常危险。"布莱恩说完去了卫生间。

　　爱丽丝看着丈夫的背影，在心里说，"明天我就去纽约最大的医院长老会医院去做义工了。"

布莱恩从卫生间出来坐下吃饭，爱丽丝坐在一旁陪着丈夫，她的手里拿着一份传媒公司的简报在看。布莱恩瞄了一眼，很随便地说，"你是在看总统川普主要的敌人吗？"

爱丽丝不屑地说："你眼睛有穿透力呀，这也能看见。"

布莱恩噗嗤一笑说："看到一句，一小撮全球化分子、特殊利益集团……这是总统川普说的。"

爱丽丝也不隐瞒地说，"这疫情都这么严重了，新民主党的有些重量级的议员，却在谩骂总统川普，这似乎有些过份。"

"说说都是怎么骂的？"布莱恩说完头也没抬。

爱丽丝拿着简报照念道：参议院新民主党领袖查克·舒默说，美国历史上没有任何一位总统像川普那样支持美国的敌人。川普与俄罗斯的普京合作，而不是与美国司法、国防和情报部门站在一边。川普自私、危险、软弱的行为，是把他自己的利益置于国家的利益之上。

美国众议院议长南希·佩洛西说：总统川普莽撞的行为是滥用行政职权，必须弹劾，让他下台。

新民主党议员吉姆·克莱伯恩（Jim Clyburn）说：今时今日，我们的总统川普似乎认为自己是国王，或者高居法律之上。

川普内阁国防部长埃斯珀（Mark Esper）说，川普"缺乏诚信"，不会"把美国利益置于个人利益前"。

美国参谋长联席会议副主席约翰·海顿（John E.Hyten）说：川普只是一个商人，对他来说一切都是商业交易，赚钱是唯一重要的事情。

爱丽丝念到这儿，啧啧叹道："这总统简直没法干！"

布莱恩已经吃完饭了，听后哈哈地笑起来。他先说，"这些都是过去式了"，接着又赞同地说道，"不仅新民主党，共和党内重量级人物也在说呀。"

爱丽丝说，"你说对了。其中，共和党参议员卢比奥（Marco Rubio）在接受 CNN 采访时曾说，唐纳德·川普也许是最粗俗的人——不，他就是有史以来最粗俗的总统候选人。共和党参议员格雷厄姆（Lindsey Graham）也曾说过：川普是个种族迫害、排外、宗教偏见者……他不能代表我们党，他不能代表穿着制服的人们为之奋斗的价值观。"

"瞧瞧，这种声音并不只是在新民主党内。"布莱恩说完起身把碗和刀叉放进水池里。

"可是，"爱丽丝接话说，"每个人都有缺点。川普并不完美，但他为美国的贡献有目共睹，说他的私利大于国家的利益很不公平。"

布莱恩很诚恳地说，"公平？这个世界不论是过去还是现在，从来就没有绝对的公平。问题是引火上身后，聚焦的公平往往不是以引火者的利益为转移的。从党派的利益出发，我承认我对川普没有好感，这是因为一个民选总统的诚信和原则，必须能够跨越党派间的界限，从而团结全体美国人民，可是川普没有达到这些标准，他的有些行为举止太有点白人的高大上了。"

"那得怎样做才能达到你们要求的标准？"爱丽丝觉得新民主党人，太过于苛刻的要求一位素人上位就得变成政客。

布莱恩列举了一些川普身上的特点。他认为美国人不能为共和党创造一个神的人物，川普可以是王，但他不是神。他性格孤僻，待人刻薄，而且行事张扬，出言无忌。更令人无法接受的是，川普不能容忍别人的价值观，有时极不理性，更不能包容与他意见不同的人共事，这样的胸怀怎么可能带领美国人让美国再伟大！

爱丽丝却有着不同于丈夫布莱恩的理解，她认为一个记者必须走在证据的前面，她从未想过自己会一心一意为唐纳德·川普辩护。美国人民看到的是总统川普将把美国的繁荣与安全摆在优先。比起美国很多其他各届总统，川普实际上是大致言行一致的商人，也可以说是圈外的素人，而不是政客。从他所说的到他所做的，其实他都已经有言在先。问题在于所有的共和党人，新民主党人如何来听、来理解、来解读、来和总统共商国家大事。

"铃……"

一阵电话铃声结束了俩人的争论，布莱恩走过去拿起电话，说了声"Hello"，只听电话里传来克拉克的声音。

"你手机一直关机，所以打到你家里。"

"哦，下飞机回家忘开机了。"

"关于亨特·拜登电脑门事件，我部法律顾问正在评估，应该不会扩大。"

"是贝克在评估吗？"

"没错。"

"好的，我知道了。"

"还有，总统川普抗疫迟缓无力，美国将有几十万，甚至上百万人死亡。"

"我注意到了，纽约已经开始了，尤其是老年人。"

"保重！"

"你也多保重！"

克拉克和布莱恩通话结束。布莱恩转身看，爱丽丝已经不在大厅。

在这病毒瘟疫时期，关于总统川普的种种争议，布莱恩和爱丽丝这对夫妻，一直争论，互不相让……

本章警句：一个民选总统的诚信和原则，必须能够跨越党派间的界限，从而团结全体美国人民。

第二十三章　新冠状病毒

以下章节我是真的不想写。因为这疫情，死了太多人，那些魂灵每天都在冤叫，"真的是禽类飞跃人间吗？上帝呀，你管管。"可是，这部书本来写的就是从川普当选美国第 45 任总统，到他连任被落败的故事。这期间，新型冠状病毒来袭，是绝对不能跃过的人类灾难，不写"死亡"怎能成书。

但我必须提示读者，假如你是这个时代的人，你不会怀疑人染了病毒死亡情节的真实性。但我还是要说明，我写的是小说，是带有虚构成份的长篇小说，你要当小说来阅读。

根据世界卫生组织发布的文件确认， SARS-CoV-2 最早于 2019 年 10 月至 11 月进入人类社会生活并开始传播。首宗感染个案于 2019 年 12 月 1 日在中国湖北省会武汉市发生。 2020 年 1 月 13 日起，疫情陆续蔓延到泰国、日本及韩国等相邻国家。1 月 21 日起，则波及到亚洲以外的欧洲、美国西雅图、纽约等世界各地，从而引发了全球大流行。

按本作者写稿的时间综合数据，现已导致全球约 660 万人死亡，真正的死亡人数可能还要高得多，而且大多数是老年人。全球近 2 亿多人确诊阳性并且对全球经济造成了很难修复的破坏，全球经济似乎正在走向深度衰退。

从美国公布第一例新冠确诊病例，到总统川普宣布自己也感染新冠病毒，总共用了 255 天。美国的新冠确诊人数累计 730 多万病例，死亡人数 21 万多例，世界排名第一。美国最终死亡人数是 100 多万人，而美国的纽约州是重灾区。

在最初爆发疫情时，尤其是养老院的老人们，就像走进了"人间地狱"。

布莱恩与克拉克通完电话的第二天，他到办公大楼就发现一切都乱了套了，甚至同事间谈病毒而色变。走廊里已经没有那么多人行走，每个人都戴着口罩呆在房间里接电话，上报下答。这个区需要口罩，另一个区需要大量检测试剂，假如这时有人推门进入，大家的眼睛里都会流露出对死亡的恐惧，因为每次推门进来的人，大多都是说张三死了，李四染病不行了，搞得大家很紧张。

布莱恩进办公室刚坐下，助理就送过来一份电话记录。

布莱恩议员：

我们以感恩的心情告诉您，纽约州众院新民主党议员锡德里克（Cedric）先生因染新冠病毒安详辞世，享年 47 岁。将于 2020 年 1 月 24 日中午 12 时举行告别奠仪，本着自愿的原则，期待您前来追思。

州办 2020 年 1 月 22 日下午 3 时许。

讣告记录的不是沉痛，而是感恩。病毒死的还"安详辞世"，说明死者不痛苦，既没有发烧，也没有咳嗽，那算新冠病毒吗？如果国家有规定，只要是因新冠病毒死的公民，有一个算一个，医院可以向国家申请经费，那议员锡德里克的死，肯定算一个；如果死亡数据太多，有防疫不力之嫌，大点说影响国家形象，那议员锡德里克的死不能算，应属于其它基础类疾病离世。加了个"本着自愿的原则"，应该是疫情期间不提倡搞"奠仪"的提示了。

因为前一天布莱恩去了旧金山，州办的通知助理在 22 日下午记下了，所以布莱恩今天一上班就看到这令人悲痛的消息。

　　锡德里克（拉丁裔）是一位美国新民主党新星，尚不具备政治人物资历，2018 年在纽约州的皇后郡胜选州议员。他是同性恋者，主张大麻合法化，尤其赞同加利福尼亚州除罪法案，认同盗窃不过 1000 美金属于轻罪，多次呼吁总统特赦非法移民。因其主张与众不同而引起皇后郡选民关注。

　　布莱恩并不喜欢锡德里克，在新民主党的议员里布莱恩的理念相对保守些。但布莱恩非常精明，因为他知道，每一位议员的背后都有一群选民在支持他，所以，布莱恩不放过任何给选民留下印象的机会和场面。他处理完一些急件，按助理提示的地址准时赶到，在现场见到了凯利律师。

　　凯利把布莱恩叫到一边。她气愤地抱怨在总统川普的领导下，政府对新冠病毒的处理糟糕到家了。她说川普治国无方，对新冠病毒全无章法。刚刚说把病毒搞定了，说病毒会很快自己消失，可是现在感染人数每天在上升，要什么没什么。可是总统却一直不戴口罩，不起表率作用，导致很多公民效仿总统川普不戴口罩。总统真的既蠢又笨，不尊重科学，迷信小道消息，相信不靠谱的"神药"羟氯喹，还说他每天吃。世界各国的研究都指明此药对新冠根本无效，他这样说不是骗人吗。美国国家卫生研究院官员里克·布莱特（Rick Bright）拒绝将羟氯喹用于治疗新冠病毒，结果呢？里克·布莱特被调职了。现在布莱特抖出了内幕，控诉川普政府忽视科学专业知识，推翻公共卫生指导意见、不尊重科学家，导致大量美国人感染新冠病毒或因此死亡。可总统和联邦政府却将防疫责任推给了各州，这也太不象话了，没见过这样的总统。

　　布莱恩一直在听，偶尔说一句"川普有点发懵，他不知道怎么办了"。凯利一听更是找到了共识，"是的呀，这突如其来的病毒把川普吓懵了，他甚至搞笑到说民众可以注射消毒剂来解除病毒，愚蠢极了。"布莱恩小声地笑了笑。这时布莱恩看到来参加奠仪的人都在往屋里进时，他知道奠仪开始了。他示意凯利后，两人走进大厅。

参加完锡德里克的奠仪，布莱恩没有跟随他人去墓地，他先回州办公室处理了几件事，便去了 COSTCO 买了一些水和食物，之后他打电话给爱丽丝，说他到家接上爱丽丝去农场和孩子们过周末。

还没等布莱恩进家，爱丽丝已经在门口等候了。

爱丽丝坐上车，布莱恩就驶出了家门。可爱丽丝发现丈夫布莱恩的表情不对，她斜身用手摸了摸布莱恩的头。她担心丈夫染病。布莱恩苦笑了一下说，"我没事，刚刚参加完州议员锡德里克奠仪，看到他那个（男的）妻，戴着口罩还在笑，我的心里有一种很不是滋味也说不出的感觉。"

"什么？那个同性恋的锡德里克死了。"爱丽丝有些惊讶，因为她知道锡德里克还不到 50 岁。

"是呀，他的那个'妻'和来宾握手，时不时的还转头咳嗽。"布莱恩说这话时，显得很焦虑。

"你没过去和他握手吧？"爱丽丝有些怕地问。

布莱恩说："我很远发现后，就去卫生间了。我没靠前。都这个时候了，疫情这么严重，他和锡德里克是密切接触者，办什么奠仪呢。这如果要传染了，州里很多议员都有麻烦。"

"去的人多吗？"爱丽丝问。

"不多，20 多人。州里的主要头儿都没去。共和党人就去了一位。"布莱恩说完踩了刹车。爱丽丝抬头看是红灯。

布莱恩忧思地谈起疫情，谈起律师凯利对总统川普的嘲笑。当绿灯亮起，他踩着油门走时，爱丽丝插话说她也关注了这段时间的防疫，总统川普和联邦政府确实存在着很多问题。年初，当川普总统开始公开谈论新冠肺炎时，他似乎对疫情威胁认识不足，这令一些专业科学家感到震惊。现在是美国死亡人数世界第一，可川普却总说中国更多，这根本不存在可比性，现在要做的是储备更多的医疗资源如何救人。美国无法阻断外国传染，你可以阻断中国的航空进入，但你不能阻断盟国进入，这个瘟疫躲不过去，可以通过空气传播，你怎么防？一般的口罩都不管用。真的没想到会这样的要人命，老年人染上了几乎没有存活的可能。总统川普还是低估了疫情，所以没有及时储备足够的防疫物资，错过抗疫最佳的前 70 天。

布莱恩接着说，"现在很多媒体在说总统川普，他是故意以一种对人类健康极其危险并直接导致美国人大量死亡的方式，在科学问题上撒谎。这或许是美国科学政策史上最可耻的时刻。比如川普说，羟氯喹药管用，还可以注射消毒剂来解除病毒。这笑死人了。"

爱丽丝马上说，"这个说法我绝不赞同。我查过，口服羟氯喹，有的人用了还真管事，已经有好几个案例了，个别患者服用会有些反应，但不会死人的。至于说注射消毒剂，那就是被扩大化了的断章取义，最后理解成一句笑话。"

布莱恩显然查过资料，他说，"据相关专家介绍，服用氯喹类药物后，可能会出现一些不良反应，比如腹泻；皮疹、皮肤瘙痒；神经肌肉反应，骨骼肌瘫痪或肌病等；损害眼睛，复视、角膜炎、视网膜病等；血液系统损害像再生障碍性贫血、溶血性贫血、血小板减少症等等。氯喹类药物还会伤害中枢神经系统和心血管系统，令服用者出现头痛、易怒、神经质、失眠、精神病、心律失常等不良反应。这些症状，是专业科学家普遍的共识。"

"哇，我丈夫这么专业。"爱丽丝听完布莱恩的介绍，只有赞赏，无法反驳，她不再强调自己的知识点。

布莱恩转头看了看爱丽丝微微一笑，没再讲话。

爱丽丝接下来说，关于"注射消毒剂"这件事，恰恰是你们本家兄弟威廉·布莱恩引起的。在一次白宫疫情通报会上，美国国土安全部科学技术理事会代理主任威廉·布莱恩公布了关于新冠病毒的最新研究结果，包括阳光和高温有助于抑制新冠病毒；消毒剂可以在 5 分钟内杀死唾液或呼吸道黏液中的新冠病毒；异丙醇甚至可以在 30 秒左右杀死新冠病毒等。

川普听完介绍后，随即建议在这方面做进一步研究，并说，"假设我们用强光或紫外线照射人体……消毒剂能在 1 分钟之内消灭新冠病毒……那有没有一种方法，我们可以做类似的事情，通过注射或彻底清洁洗肺检验一下，这会很有趣。"

这本来就是"讽刺"说，被媒体曲解了。

爱丽丝讲完，她自己也为"注射消毒剂来解除病毒"的说法哈哈地笑起来。笑完了，爱丽丝说，"川普那大嘴巴，总是能在第一时间引发世界最大的惊奇。之后他还一再解释，那不是注射，而是对某个部位清洁消毒。"

"哈哈哈哈哈……"爱丽丝又笑起来。

尽管爱丽丝解释了"注射消毒剂来解除病毒"的源头，但布莱恩心情仍然很沉重。因为近期新民主党经过全球调查发现，由于川普政府应对疫情的不力表现，美国国家形象和总统川普的个人形象从差劲跌至糟糕透顶。西方各国对美国的评价降到历史最低点。在英国只有 41% 民众对美国有正面评价，法国只有 31%，德国只有 26%。在接受调查的 13 个国家中，八成以上的受访者认为美国应对疫情不力，半数以上的受访者认为美国对疫情的处理非常差劲。川普更是被评为最不值得信赖的美国领导人。

爱丽丝知道丈夫布莱恩在想事情，也知道丈夫持有不同于她的认知和观点。但她认为新冠病毒作为突发事件，防疫出现问题很正常，但如果戴着有色眼镜去挑毛病，是敌意而不是善意，更不是合作。就像刚才，她也批评了总统川普，但她没有把一件事曲解的太离谱。

农场到了，爱丽丝闻到了山里的草香。太阳终究是要被黑暗淹埋在梦幻的夜里，当残留的暗红发出微弱的光时，黄昏就登场了。那淡淡的云，受了夜的嘱托，温馨提示：在那朦胧飘虚的暮烟中，栖息在枯树上的那个暮鸦，它的嘴里衔着一个蝙蝠……

本章警句：假如你是这个时代的人，你不会怀疑人染病毒死亡情节的真实性。但我还是要说明，我写的是小说，是带有虚构成份的长篇小说，你要当小说来阅读。

第二十四章 ICU 里的凯利

凯利律师染新冠病毒，被送进 ICU 重症监护室。

爱丽丝在长老医院做义工，今天被安排在 ICU 重症监护病房观察室，工作是察看仪表、病人的呼吸及心跳频率。她怎么也没想到，她察看的第一个病人竟然是大律师凯利，而且看医疗记录，凯利已经住进 ICU 两天了。

不久前丈夫布莱恩还和她讲，说凯利对川普政府抗疫不力在发牢骚，怎么二十多天的时间凯利律师就被传染了，而且还住进了 ICU 重症病房。这令爱丽丝感觉非常惊恐，叹人生无常。如果病毒能够通过空气传染，那这个世界真的是再平等再公平不过了，谁也躲不过这个"鬼门关"，结局只能看自身的免疫力了。

突然荧屏上显示凯利起身又躺下，重复好几次。爱丽丝向护士报告这个情况。一位西班牙裔女护士穿着防护服赶忙过去查看。爱丽丝要跟随，被护士禁止。因为义工不可以进入危险区。

护士打开 ICU 门到床边，凯利气喘喘地拽住护士的胳臂大声喊："快救我，总统川普打了我一个耳光，他还要撕我的头发，你们快点阻止他这个疯子。"

护士忙说："好，我马上撵走他。你放心，我们会保护你的。你现在住在医院，你不要害怕。"

护士给凯利打了一针镇静剂，安抚了她的情绪，只见凯利慢慢地躺了回去，但她的眼睛仍然睁着，看着棚顶的一角，那呆滞的眼光充满了恐惧。

护士把凯利呼吸机上的管子整理了一下就回到了观察室。爱丽丝上前问，"她怎么样了，没事吧？"

护士说：“这个患者，她患上了 ICU 谵妄症。”

“ICU 谵妄症？”爱丽丝重复。

“是的，”护士接着说，“她刚才和我说总统川普打了她耳光，还撕她头发。”

“天那，怎么会这样？”爱丽丝瞪大了眼睛。

护士介绍说，“进 ICU 的患者，有这种症状的很多。简单来说，谵妄症，就是患者的精神状态会突然变化，幻想和人打架，或突然陷入困惑，持续时间由数小时至数天，大多是患者平时常常想的一种执念，太投入。染上了新冠病毒，住进 ICU，有恐惧心理，之后就发作。相当于和做噩梦差不多，但病人在产生幻觉时并没有睡着，幻觉的骚扰常常使患者难以控制情绪，这会影响患者的恢复，不是好事。”

“那……用药能好吗？”爱丽丝有些心疼凯利，毕竟凯利和布莱恩都是很要好的朋友。

护士一笑说：“除了镇静药，没什么好办法。”

这时又有两个病房同时亮起求助灯，护士赶忙出去，爱丽丝做好记录。

突然，爱丽丝在荧屏上看到凯利的嘴不停地在讲话，有时两只手还在比划着不停的动作。

大律师凯利究竟是什么情况呢？

这时的凯利，她正在和总统川普吵架呢。一个幻觉在凯利的脑海里闪过。总统川普对凯利大声吼道：“你学过法律，是律师，却总以法律的名义偷换概念。明明是要通过一个租赁授权法案的延续，可你却出主意掏空这个法案的内容，换上你们想要过关的自由投票法案，想在参众两院搞虚假包装蒙混过关。偷梁换柱，你他妈的为什么这么做，而且还明目张胆？”

凯利大声回击道，"为了选举的自由，为了美国的明天更美好，为了打败像你这样的疯子当选美国总统！"

川普哈哈大笑，他讥讽道，"你们提出的《自由投票法案》，是什么样的自由选举啊？不允许验证选民身份；非法移民可以投票，而且投票无罪；冒名顶替投票无罪；网上注册，随便什么人签名都行，最终的目的就是选举作假不能追究法律责任。这就是你们要蒙混过关的法案吗？你们是在保护美国公民的合法权益吗？不是！你们是在保护窃选的政客！难道这就是你们要追求的民主和自由吗？这就是你们的理念和价值观吗？你们想把美国引向何方？毁了美国吗？休想！只要我川普还活着，你们休想！我会用我的老命和你们战斗到底！"

"你就是个疯子，你让美国人注射消毒剂来解除病毒，你害死了成千上万的美国人，我们这么做，就是为了把你选下去，再踏上一万只新移民的脚！"凯利喊着举起了双手。

"哈哈，还新移民呢，全是非法移民。谁笑到最后谁才是真正的笑。我活得好好的，身体健康，阳了，又阴了，现在啥事没有了。可你阳了，进去了，在 ICU 好受吗？"川普说完拂袖而去。

"气死我了，你个疯老头，你给我回来，我和你还没吵完呢，你不能走。"凯利上气不接下气地吵着，突然，她拔掉呼吸管坐了起来，面目狰狞，脸色铁青。这时医生护士都跑了过去抢救。

爱丽丝坐在观察室看的一清二楚，她不住地说，"怎么会这样呢，怎么会这样呢？即使你恨一个人，也不至于自己搭台和一个你仇恨的影子对骂呀？"

护士进来说：“这就是典型的 ICU 谵妄症，她会在想象中自己吵翻天，如不及时抢救，这个患者就没了，所以必须重点看护。”

爱丽丝忙说：“我知道了。”

护士走出去又转身回来，她和爱丽丝说，“你该下班了吧，你每天做义工不就 3 个小时吗？”

“没事，今天我多做 2 个小时，我看你们太忙了。”因为凯利，爱丽丝想多做一会儿。

护士说：“那可太好了，谢谢你。”

观察室又安静了下来，爱丽丝不停地记录求助灯亮她好通知护士前去处理。 ICU 病房的每个医生和护士都忙的不可开交。他们连坐下喝口水的时间都没有，穿着防护服，把自己包裹的严严的，因为接触的都是重症，稍微不小心，就有可能染上病毒。

突然间，爱丽丝在荧屏上看到凯利又坐起来了，而且嘴上不住地喊着。爱丽丝按了急救灯，医生护士又都赶了过去。

这次过了很长时间，护士才回来和爱丽丝说，“这个患者够呛，很难恢复。”

爱丽丝没讲话，她不知道还讲什么。

护士说，“这个患者也不知道怎么回事，她非常恨总统川普，她说她建议包装了一个法案被总统发现了，骂她作为律师把鹿变成了马，不是改头换面，而是留脸换心，非得把她送到日本东京法院去审判她，而且那些日本法官不懂英语，最后判了她死刑，还把她的身体锯成了两半。她要上诉到美国的最高法院讨回公道。她思维严重混乱，烦躁、困

惑、恐惧和妄想。怎么劝都不行，只好打镇静剂她才躺
下。"

　　"总打镇静剂，会不会留下后遗症？"爱丽丝问。

　　护士说："我们有很多这方面的病例。我们原先以为，
打镇静剂让患者进入诱导性昏迷是在帮他们安静下来，不要
在妄想中恐惧不安，以为这样医疗，患者就不会记得 ICU 中
不愉快的经历，但不幸的是，患者还是会有记忆，而且是虚
假的记忆。患者会接受真实世界的刺激，然后把它们转变成
非常恐怖的幻觉，那些幻觉非常真实，它们不像噩梦，而是
人生经历中的记忆。"

　　爱丽丝敏感地说，"会不会精神失常？"．

　　护士看爱丽丝有些紧张就问："你认识这个患者吗？"
爱丽丝先是愣神，接着马上说，"是的，患者是知名律师，
也是我丈夫的朋友。"

　　护士"哦"了一声说，"患者被打了镇定剂后，并不是
自然人正常的在睡觉，她还是会有一定程度的意识。表面上
看，患者的表情好像很安静，很平和，外人以为他们在休息
在放松，实际上，医生护士都知道，患者的大脑仍然在运
作。问题是患者大脑的细胞无法正常运转，脑细胞没有得到
足够的氧气、血压或营养，患者的精神状况就会出现谵妄，
但不会精神失常。"

　　爱丽丝又问："那……那不会有生命危险吧？"

　　护士回答："那可没准。谵妄、幻听幻视、行为动作异
常、意识思维混乱，在这个患者身上全都表现出来了。她的
症状很重。这些所谓的超自然事件，自己搭台吵架，幻觉有
一个敌人，这对病人来说仿佛她在亲身经历和总统川普真的
吵架一样。从视觉、感觉甚至触觉上都可能呈现得栩栩如

生，像真事似的。其实全是幻觉。如果她再拔掉呼吸管，一旦救助不当，她就死了。"

爱丽丝吓的不再讲话。

从荧屏上看，凯利已经进入睡眠状态，爱丽丝做义工的时间已经到了，她脱下防护服，戴严实口罩下班回家。

爱丽丝到家看到丈夫布莱恩，她马上告诉丈夫布莱恩凯利染病毒住进 ICU 的情况。

布莱恩先是一惊，接着布莱恩说，"是预料中的事，锡德里克奠仪那天，我亲眼见到锡德里克同性妻与凯利拥抱，锡德里克同性的妻都染病毒死两天了，凯利她能没事？"

爱丽丝瞪大眼睛看着丈夫布莱恩小声说，"人生无常，太可怕了。"

第二天爱丽丝上午回传媒公司播报，下午她又到长老医院 ICU 重症病房观察室做义工，护士告诉她，凯利在凌晨焦虑抑郁，她自己拔掉呼吸管，感染性休克死亡。

一个念头在爱丽丝脑海里显现，凯利不仅仅是感染性休克死亡这么简单，她应该是无法忍受这种极具恐怖的折磨，最后选择了自杀……

本章警句：患者会接受真实世界的刺激，然后把它们转变成非常恐怖的幻觉，那些幻觉非常真实，它们不像噩梦，而是人生经历中的记忆。

第二十五章　川普疫苗

　　自新冠病毒疫情爆发以来，疫苗的研发就一直备受全球各个国家的高度关注，而美国总统川普更是在本国确诊病例和死亡病例高居全球第一的情况下，多次要求 CDC 疾病控制与预防中心，督促两家美国疫苗制造商辉瑞公司和强生公司加速疫苗的研发。

　　先说业内反应。川普要求在短期研发疫苗，被业内专家嘲讽为"总统的疯狂"。而疾控预防中心发言人则声称：疫苗研发通常需要 4 到 25 年，短期半年或一年研发根本就不可能，也不科学。尤其被称为疫情专家的福奇，公开批评川普政府不听防疫专家的建议。他以专家的身份讲，疫苗研发最少需要一年或一年半的时间。他的讲话被认为是政治站队。疫情初期，福奇曾说不用戴口罩，如果听从这个建议将有更多人死于病毒感染。

　　川普得知美国疾控中心的回话后，马上回应，毫不客气地指出，"疾控中心"的说法是不正确的资讯。川普坚持疫苗可能最快在 2020 年 11 月或 12 月推向市场，且最少 1 亿剂疫苗供应，并优先高危的患者注射。

　　为了兑现承诺，也是为了证明自己说出去的"大话"不是吹牛，川普也是真的豁出去了。他亲自召集疫苗制造商辉瑞公司和强生公司的专业负责人和科学家，成立疫苗研发小组，命名为神速行动，又名神速任务，要求 6 个月或年底前完成疫苗研发，并生产 3 亿剂疫苗，且美国人优先。

　　这真是个神速任务，可是钱呢？研发失败了谁负责？总统川普大声地告诉他们，"我川普负责！给你们研发疫苗的钱，研发不成，不用还了。"

有研发项目，又有政府拨的经费，一旦研发成功又赚钱，这是一个"何乐而不为呢"的生意大单，疫苗制造商当然拼命研发，一刻也不停地投入疫苗研发中。

这本来就是一个特殊的历史时期。每个人，尤其是政治人物和专业科学家，都应该站在正义一边，为防护和根除病毒而齐心合力，换成其他人，或许是一呼百应，但偏偏这个领袖人物是川普，不论他的主张是对还是错，只要是川普说的，是他提倡的，那百分之百的遭到众多的反对。新民主党领袖的人物首先声明：川普主持研发的疫苗坚决不用。防疫专家公开批评总统川普不懂装懂，野心太大。

但是，川普疫苗得到了来自史丹佛大学辖下胡佛研究所的医学专家阿特拉斯（Scott Atlas）的支持。现在阿特拉斯已经就任白宫防疫顾问。这位被川普看好的新官，在疫苗何时面世，何时为美国人接种与总统川普的意见相当一致。

瞧瞧主流媒体对总统川普疫苗说的谴责：

"总统川普向卫生官员施压，要求在本年 11 月总统大选前加快审批疫苗，令人忧虑疫苗不够完善不够安全，强推研发疫苗是处于政治目的，因为川普要竞选连任总统。

"川普狂热地开发 COVID-19 疫苗，引起了世界各国对疫苗研发竞赛的加剧，同时不科学的研发，加深了人们对接种疫苗安全性的担扰。

"众院新民主党人提出议案，要求 FDA 与一个专家小组（学术界、工业界和政府的专家）协商，确保疫苗研发不能因总统的要求而仓促进行研发，不要因为速度而牺牲质量，其重量级议员公开声明：坚决不打川普疫苗。

"总统川普就是一个疯子，最后关头他突然干了票大的：川普疫苗！第二次世界大战时，短时间内研发了原子弹，堪称世界最伟大的工程，而川普的神速行动，促成新疫苗问世，这叫最伟大的任务，鬼才相信疫苗的安全性。"

以上媒体对川普疫苗说的评论和谴责，在美国社会上引起了强大反响，尤其新民主党领袖人物"坚决不打川普疫苗"的讲话，具有导向性作用，并由此导致后期疫苗上市很多人坚持不打疫苗，致使美国 2021 年染上新冠病毒的死亡人数高于 2020 年。

爱丽丝为了参加川普主持召开的记者会，她头一天就从纽约飞到了华盛顿。

美国总统川普就疫苗的研发举行了首场新闻发布会，在这场新闻发布会上，川普赞扬了他的政府在应对新冠疫情过程中的表现，并将美国的经济下滑归因于关闭措施，他还表示，经济会逐渐恢复，本届政府不会再允许关闭措施的出现。

川普补充称，他的政府已经向抗新冠病毒药物的研发提供了投资，死亡率已经得到了控制并大幅下降，他希望辉瑞公司生产的新冠病毒疫苗将很快获得批准。同时他还透露，其他的疫苗也正在研发中。

记者开始发问。

爱丽丝：总统先生，当你承诺会研制出 3 亿支疫苗时，这么短时间是否能完成？

川普：我们将竭尽所能、不遗余力。我希望我们能研制出一种疫苗，我们将以你们从未见过的速度研发。

爱丽丝：那么，是谁在负责这件事儿？

川普：我们……你想知道是谁在负责它吗？事关全体美国人，老实说，是我，是我在负责！

　　爱丽丝：总统先生，可以把疫苗说成是"川普疫苗"吗？

　　川普舒展一下眉毛，微微一笑地回避了这个问题。

　　这时另一位记者问：总统先生，政府推行的是强制打疫苗吗？

　　川普：你可以选择不，但我建议你打疫苗，这不仅仅是为了你的安全防护，也为了你的家人。

　　记者：那你会在第一时间打疫苗吗？

　　川普：我会打疫苗！

　　结束记者会，爱丽丝先把现场采访录像传回公司，之后她着急打车去机场，因为她要赶下午一点的航班飞回纽约。可她一出会场就看到了在场外等她的艾碧尔。她知道艾碧尔就职 FBI，但她和艾碧尔并不是很熟，只是通过总裁巴里特见过两面。艾碧尔在场外等她，让她很吃惊。上车后她才知道，因为疫情，为安全起见，是总裁巴里特打电话给艾碧尔送她去机场。

　　爱丽丝真的很感谢。一路上谈起疫苗，艾碧尔的知识面还是让爱丽丝刮目相看。艾碧尔说，疫苗包含特定生物体的抗原。打疫苗后，身体将产生抗原，可在体内引发免疫反应。这对于那些不仅不能接种疫苗，而且很容易感染疫苗可预防疾病的人来说尤其重要。世界上没有一种疫苗能提供 100% 的保护，群体免疫也不能为那些不能安全接种疫苗的人提供充分保护。但是打疫苗的这些人，获得免疫接种后，对群体免疫发生作用。总统川普这么做是对的。

　　爱丽丝说，"传统的疫苗研发都是 4 年或最长 25 年，所以总统川普这么快推出疫苗，很多人不信。"

　　艾碧尔又说，抛开病毒不说，日常生活中病菌无处不在，生存的环境以及人们的体内都有病菌存在。一个容易感染病菌的人，说明免疫力系统有问题。如果他遇到有害的细菌或者病毒，像这次的新冠病毒，很可能染上就不治死亡。"

　　爱丽丝说："是的，太可怕了。"

　　艾碧尔很专业地接着说，病原体是一种细菌、病毒、寄生虫或真菌，可在体内引起疾病，而人体内有成千上万种不同的抗体，当抗体减弱不敌病菌时，人体就需要增加抗原，所增加的抗原，调整免疫系统做出反应并产生针对该抗原的抗体，这就是疫苗的作用。

　　爱丽丝又充当了一次记者提问："那你怎么看这些反对的声音？"

　　艾碧尔说，"防疫专家的有些担忧可以理解，毕竟传统的疫苗都是几年才完成研发。但有些政客的阻挠不是科学上的争议，而是带有歧视性的观点在反对，只要是川普提倡的，不论对错全部反对，很少考虑这涉及到美国人自身的利益，简直可以说是混蛋逻辑。"

　　爱丽丝不知道艾碧尔是医学博士、病毒分析师，她认为自己终于遇到了一位知己，认知、价值观一致。她高兴地说："你说的太好了，认识你真高兴。"

　　爱丽丝回到纽约机场已是傍晚。她的车就在机场停车场，她匆忙开车回家。丈夫布莱恩叫了中餐外卖，在家正等她一起吃晚饭。

　　幽默的布莱恩不等爱丽丝开口就说，"亲爱的，你真棒，竟然在总统面前命名'川普疫苗'，历史会记录这非常有意义的一天。"

爱丽丝知道丈夫布莱恩看了播报，她呵呵一笑说，"美国人会记住川普，因为疫苗会挽救更多人的生命。"

布莱恩笑着说："记住川普没错，疫苗管用，美国人会记住他，疫苗致死，美国人也会记住他。"

"你们新民主党人就那么恨川普吗？川普怎么做都不对，为什么川普做的对也不能得到你们的支持呢？"爱丽丝放下碗筷，明显对丈夫布莱恩讲的话不满。

"哈哈哈哈哈……"布莱恩笑着，他止住笑时看爱丽丝真有点生气了，就说，"专业性的东西我也不懂，但一位医学博士讲，疫苗的研发，必须要有千人以上的人做试验观察抗体的反应，否则，真会死人的，这不是开玩笑。"

爱丽丝也认真起来，她问："你是说短时间的研发不可以应用？"

布莱恩接着说："我是服了川普了，他的胆太大。昨天州长请了有关专家来州办研判疫苗，我参加了，专家建议川普疫苗不可用。"

爱丽丝瞪大眼睛问："即使疫苗研发成功，州长也不让纽约州的居民接种疫苗吗？"

"是的。"布莱恩肯定地回答。

爱丽丝不再讲话，但在她的心里，有一个声音宏亮地响起：谁能挽救美国人的生命，哪怕他是素人，必将载入史册！

本章后记：在 2020 年 10 月，川普推文道，"现在就批准那该死的疫苗，别再玩游戏，该救命了！他还称，药管局是一只老大笨重的乌龟。"哈哈，在川普的笑骂中，美国第一批疫苗进入最后测试阶段，预计 11 月分发疫苗。

2020 年 11 月 14 日，川普在总统大选后举行的首场新闻发布会。

这位美国总统指出，"我们已经提供了 2 万张床位来治疗新冠病毒感染者，但是随着疫苗的上市，感染人数将会大幅下降"，他强调称，"在美国，为提供一切防护措施和呼吸辅助设备的投资出现了增长"。

川普补充称，"除纽约州以外，其他所有州都将提供生产数百万剂疫苗。而纽约州的例外是由于其州长对疫苗缺乏信心而拒绝了疫苗。"

川普强调，"在未来几周内，还将陆续公布其他的疫苗，并且将在创纪录的时间内完成分配，我的政府将协调疫苗的分配工作，我们希望这些疫苗能够尽快获得批准。"

晚些时候，川普在白宫表示，他对在那个日期前后研制出新冠疫苗持乐观态度。当被问及这是否会帮助他竞选时，他说，"不会有坏处。但我这么做，不是为了竞选，我希望拯救很多人的生命……"

川普领导了疫苗研发，拜登政府重量级人物公开声明坚决不打"川普疫苗"，但当无情的病毒夺去更多美国人生命的时候，当选总统拜登公开感谢川普政府短期内促成疫苗的研发及应用，做出了强制美国人打"川普疫苗"的决定。此后，关于疫苗的阴谋论再起。

川普疫苗挽救了成千上万个美国人的生命……

本章警句：谁能挽救美国人的生命，哪怕他是素人，必将载入史册！

第二十六章　谁是 Q 的王

　　爱丽丝一直在写一部传奇的文学作品"Q的王"。为了避开争议，她以虚构的记叙方式书写所有的真实事件。

　　主人公的原型便是总统川普。其实懂文的人都知道，小说，除了时间上的错位，其情节都是真的，只不过把过去发生的事搬到了现在，把现在发生的事写进了正在写的那个年代，这应该就是读者认为的作品真实性。

　　周末，上午爱丽丝去长老会医院做义工 3 个小时，回家后她点了外卖，吃过午饭她便开始坐在书房里写作。可是，不论她怎么调整思维，她落笔写下的内容都偏离了她原来的构思，她想写出总统川普的伟大，可又总是想起丈夫布莱恩对川普的评价。她知道，近期受丈夫的影响太大，以至于她塑造的 Q 的王，与现实中的总统川普有着格格不入的差距。

　　爱丽丝在想，在总统川普的世界里，为什么有那么多人说他好像是正在进行着把朋友变成敌人，把敌人变成朋友的重组呢？比如，那个赵小兰的夫婿麦康奈尔，不论川普怎么讨好他都没用。如果不是为了得到参议院少数党（共和党）领袖麦康奈尔的支持，川普为何要提名赵小兰为运输部长？不就是为了合作吗？更何况赵小兰又不是第一次被提名担任部长。但不管怎么说，川普已经低头了，可是结果呢？结果是川普与麦康奈尔，在美国的一些大的政策上存在着重大分歧。多数人认为川普是典型的民粹主义代表，而麦康奈尔却认为川普的选择会失去中间选民。

　　有人说，麦康奈尔的政党利益高于国家利益，这是一些保守的共和党人对他的评价。又有人说麦康奈尔是个狡猾的政客，属于深层政府里的资深元老。在他担任参议院多数党领袖期间，硬是扣下了近百个奥巴马提名的联邦法官提名人，一个也不让过，这让一些新民主党人非常地恨他。可是，川普和麦康奈尔政见不合，或者说麦康奈尔不支持川普，那川普就骂麦康奈尔是老乌鸦，这实在是缺点口德。这种习惯性的玩笑，在无形之中让川普失分很多。

是啊，爱丽丝想的头疼，她该怎样地塑造Q的王呢？

爱丽丝想起不久前丈夫布莱恩对她说过的话：你心中的那个"王"，曾公开说，"哪怕我川普站在第五大道上开枪杀人，我也不会失去选民。"

这是美国政治人物应该讲的话吗？

言犹在耳，川普的口无遮拦，给他带来了诸多无法挽救的损失，增加了太多的麻烦，甚至被形容傲慢粗俗，就喜欢打嘴仗。

这些负面的新闻困扰着爱丽丝，使她不知道如何下笔来写"Q的王"，就在这时，丈夫布莱恩回来了。她起身走出房门下楼梯，她发现丈夫布莱恩在大厅取了一个文件袋，还准备出去。她上前制止说，"外面每秒钟都在死人，可去可不去的话请你别去，留在家陪我好吗？"

布莱恩看了一眼爱丽丝，犹豫了一下，没说话，但他把那个文件袋放下了。他在大厅坐在沙发上问，"亲爱的，你写书卡住了，不知道怎么写Q的王了？"

爱丽丝呵呵地笑起来，她调侃道："知妻莫如夫啊，就是，真不知道怎么写了。"

她走到布莱恩的身后，伸出双手抓住布莱恩的双肩掐了起来。她就喜欢用这种方式给丈夫按摩肩。

布莱恩眯眼享受着，只听爱丽丝问，"你说，2020，川普和拜登的总统竞选谁会赢？"

布莱恩仍然闭着眼说，"我保证，拜登会百分之百地赢川普，而且会赢很多票。"

“你就这么有把握？”爱丽丝边说边用力。

布莱恩说：“我们有雄厚的资金来源，光 Facebook（脸书）就可以为我们投入几个亿，还有苹果、微软等大公司的资助。2000 美金一张选票怎么样？我们的义工，可以挨家挨户的去拉选票，去送钱。”

“我的天哪，你们在买选票？”爱丽丝显得惊讶的故意说。

“是啊，”布莱恩睁开眼继续说，“这有什么大惊小怪的，那些从来就不投票的选民，由我们的义工为他们填写选票。这类选民收到钱，不会在意是选川普还是选拜登。”

“假如那个选民已经死了，你们也帮他填写吗？”爱丽丝提出了一个直戳肺管子的问题。

布莱恩一点也不感到意外，他慢声细语地说，“养老院里的老人，生前投票，投票后人死了，这便是死人也会投票。谁管呢，不惜一切代价搞掉川普。”

“你们这样做，是明显的作假，这会重创选民的信心的！”爱丽丝的语气开始加重份量。

布莱恩转过身看着爱丽丝说，“为了国家利益，只要推翻川普政权，不论采取什么手段都不为过。”

“你们这样操作是违规的，竟然说成是为了国家利益？”爱丽丝简直无法用语言来形容布莱恩的诡辩。

布莱恩却认真地回答：“没错，是为了国家利益，只不过川粉者迷。”

“可是，假如你们达不到这个目的呢？”爱丽丝在套话。

布莱恩说，“和你开句玩笑，如果选票川普领先，我们选定的州，在点票时会马上停下来，等待大批的邮寄选票进来，或者把事先存放进去的选票，让我们的人取出来放进去计票，直到拜登领先为止。”

“怎么可能，有监票员的。”爱丽丝有点不屑。

“那还不好说吗，找个理由把监票员撵出去，比如去拉一下电闸，或者马桶露水了，借口多去了。”布莱恩仍然闭着眼睛说。

“可是这个州没有这么多选民，比如 100 万人口，最后计票结果是 150 万，多出 50 万张选票，你们怎么收场？”爱丽丝摆出一副要审计的样子说。

布莱恩定了定神，他沉稳地说道，“这很有可能啊，那只能说搬离外州的一些选民又回来投票了，更何况没有任何人会过问这件事，尤其是共和党人掌控的州，那些官员比新民主党人还听话。”

停顿了一下爱丽丝问了另外一个话题，“你是否听说过，有组织的运输盗窃集团，和有组织的零售犯罪？”

布莱恩晃头说：“没听说。”

“那你听说过，有的州，非法移民获得公民身份的前提是终生投票给新民主党？”爱丽丝又问。

布莱恩回答：“这有点太扯了，不可能。”

“那有组织的邮寄选票作弊你总该知道吧？”爱丽丝问到了正题。

布莱恩哈哈哈地笑起来。

“难道……难道你们真的不怕被查被告吗？”爱丽丝穷追不舍。

布莱恩收住笑容，胸有成竹地说，“要做，就要做的天衣无缝，不论谁来审查，都不会有他们想要的结果。我保证。”

“好吧，就算你们布局严密，但你们无法决定中间选民的决定权，这个队伍的力量远胜你们作弊的数量。”

爱丽丝以中间选民的话题想点醒布莱恩。

可布莱恩却胸中有数地说道，“我们会打妇女堕胎牌。共和党不是反对妇女堕胎吗，那我们就支持，为了选举胜选的支持。”

“你们还有什么招？”爱丽丝有点没话问了。

“我可以全告诉你，也可以开玩笑地说，对我有利，点票机器正常，对我不利，点票机肯定故障。疫情，哼，这次的疫情……是天助拜登胜选。”

“你们这样做，”爱丽丝有些气愤地说，“很明显的是通过某些政治人物的个人力量，在左右美国公民一人一票选举的个人意愿，这是典型的政治游戏，更违反了宪法规定的公民选举。”

布莱恩却说，“我仍然在和你开玩笑呀，你别当真，你可以写进你的小说。怎么说呢，你可以理解成党派间的政治行为，但我相信这一次的选举，主要是针对川普，以后若干年，因为邮寄选票发生争议可能还会有，但应该是个案。”

爱丽丝有点懵了，她都不知道还问啥，就试探性地替川普着想地问：“那要是川普想争取中间选民应该怎么做？”

布莱恩哈哈一笑说，“在你的小说里你这样写：川普为了竞选总统，免除学生的所有贷款，成功争取了这些年轻人的选票。”

“开什么玩笑啊？”爱丽丝惊愕地说，“每个学生以 2 万美金计，约耗资 1 万亿美金啊，这根本就不可能，更何况总统没这个权力，需要国会的批准。”

布莱恩阴冷地笑了笑后说，"如果拜登是总统，他就会听幕僚的，这么做，而且能做成。"

"你在讲虚构的故事吗？"爱丽丝坚持不可能做成。

布莱恩看着单纯的妻很温和地笑了，他睿智的眼光露出操盘手的神秘，政客的多疑、严谨、少言，往往在心爱的人面前常常忘乎所以的显露心机，而布莱恩在爱妻面前更是无所顾虑。他告诉了爱丽丝操作的暗规则，那就是国家处于非常时期的紧急状态，总统有这个权利。

"什么？"爱丽丝恍然明白，她讨厌地骂道："你们这些政客，也太狡猾了。"

布莱恩接着说，"没错。当然不可能各个州都会执行，或许有的州会被国会或联邦法院阻止，可是你知道，一场诉讼官司要几年才能打到最高法院，假如法院判决阻止了，但贷款申请免除的学生会按教育部的批文，已经停止还款了，这部分的选民铁板成了基本盘。这就是政治，这就是政客的手段，你懂了。"

爱丽丝瞪着眼睛一声不吭。

布莱恩说完又补充说，"此外，我们有共和党无法撼动的宣传阵地，几乎所有的主流媒体都是替新民主党说话的，对新民主党不利的新闻，主流媒体都不会登出和播出。一些自媒体和不团结的共和党，不过是秋后的蚂蚱，没有战斗力。"

爱丽丝大悟了，难怪新民主党的党魁们这么自信，原来他们有这么多认可宁愿坐牢也去卖选票的义工，一张选票2000美金，但必须选乙，再加上主流媒体的护航。那这个社会的诚信还会有吗？都这么做，道德沦丧，美国不完了吗？

爱丽丝刚想强调说美国的民主选票不是用钱买的，而是选民基于国家利益按宪法履行自主选举权，但布莱恩一个手势，用另一个话题打断了爱丽丝的发问。

布莱恩说，"我刚得到消息，推特已经做出决定，永远禁止川普在推特发贴。应该很快，总统川普不可以再推特治国了。"

"什么？推特竟敢禁止总统川普发贴？"爱丽丝惊骇地瞪视丈夫布莱恩不知该如何评说。

布莱恩躺向了沙发，他慢声细语地说，"川普是位商人，他是按需要做事，不是按逻辑思维做事，所以，他执政的这三年多，总出差错。"

过了一会儿，爱丽丝突然带着哭腔说，"总统既是国家的荣誉，也是国家的尊严，可美国的总统川普竟然被一个私企媒体平台禁声，这该怎样理解民主国家的自由话语权呢？太过份了，你们不可以这样对待川普！"

布莱恩看不了妻爱丽丝的眼泪，他赶忙起身哄妻说，"我和你开玩笑呢，你可别当真啊？"

"真的么？"爱丽丝像个孩子期待着布莱恩所讲的都是谎话。

但这一次和往常一样，布莱恩没有说谎，他把爱丽丝抱在怀里一声不吭……

本章警句：懂文的人都知道，小说，除了时间上的错位，其情节都是真的，只不过把过去发生的事搬到了现在，把现在发生的事写进了正在写的那个年代。

第二十七章　为理念站队

布莱恩和爱丽丝围绕总统川普的得失，在辩论中不知不觉的到了傍晚。外面的天空并不阴暗，仍然是一种明丽的蓝色，富人区的别墅在夕阳的照射下，染上了一层薄薄的光彩。春夜微凉，屋外没有温柔的风，屋内，爱丽丝的肉身却感到从未有过的冰冷。她有些伤心，为新民主党等众多政客对川普的不公平感到伤心。她立在沙发前，一声不吭。

布莱恩最不设防的人便是他的爱妻爱丽丝，所以，有时他在爱丽丝面前显得很笨，其实布莱恩非常精明。

当他看到爱丽丝在为川普辩护没胜算而心灰意冷时，他又有点心疼爱丽丝了。他从沙发上站起来，用慈爱的眼神看着爱丽丝说，"你的投入太深了，一个记者要置身事外，不可以感情多于理智，否则，你会身陷其中而不明厉害。"

"可是……"爱丽丝欲言又止。

"你是想说政治的残酷，还是手段的卑劣？"布莱恩直接点题。

爱丽丝担忧地说，"不论谁当这个总统，不都是为这个国家服务吗，为何要搞成你死我活呢？更何况疫情夺走了那么多美国人的生命，这个时候仍然不忘攻击川普！"

布莱恩上前把爱丽丝拉近并让爱丽丝坐在沙发上，之后他开始讲起他们这么做的理由，并首先阐明，他只是综合这些观点的陈述者，他知道很多，但不能因为他知道的多，讲出来而归责他本人。

川普的人生经历，的确无人能复制。他先后破产六次，是一个信用完全破产的房地产商人。他的整个从政生涯，是在一个接一个的丑闻中幸存下来的。尽管有些绯闻讲的是他的过去，但那是他无法回避和否认的履历。从他筹办非法的川普大学，到他授权向一名色情电影女演员支付封口费令其噤声，或者当他向贷方银行提供对其财产的虚假估值，以及在俄罗斯胡闹的举办环球小姐大赛等等，真可谓精彩纷呈。

在川普执政的这三年多，他的敌人无数。他眼中以麦康奈尔为代表的所谓共和党建制派，几乎全是他的对立派，而新民主党则无一幸免，全是他的敌人。凡是不合他意的，或是他无法左右的，他就归罪于那个无中生有的美国国家机构里有个"深层政府"（deep state）。在川普的心中，他的敌人究竟是谁呢？从世界层面上说，不是俄罗斯，而是中国。但中国并没有危及世界安全，只要不去触碰台湾。但俄罗斯的普京却随时可能危害欧盟。

川普为了美国很小的利益可以舍弃欧盟，这简直匪夷所思。他上来就针对美国在日本、韩国和德国的军费开销斤斤计较。之后就退群（退出各种国际组织），大喊什么美国优先。除了和中国的贸易战外，他又和盟国也打起了贸易战。其实他的意图大家看的很清楚：美国不能吃亏。但事实是这样吗？

这个世界秩序是在美国的主导下建立的，难道你川普上台就要推翻重来吗？

共和党人罗纳德·里根，曾有著名的第十一条诫命，那就是"你不得说任何共和党同胞的坏话"。可是川普却违反了这条诫命。共和党内，谁不服从他的意志他就骂谁，而且保证在第一时间发声。而对新民主党人士，他更是不屑一理。就连新民主党众议院领袖，议长南希·佩洛西伸手友好的要和他握手，他竟然傲慢地拒绝，这哪里是美国总统的风范？

　　我们找不到川普思维逻辑的正确值，简单地说，川普太高估了他自己；他是一个多变、善变、易变；然后……一言以蔽之的特殊人物。

　　我们不否认在川普执政这三年多，他也有诸多成就，其中包括经济的复苏，耶路撒冷外交的成果，有争议的能源独立，以及有力地遏制了非法移民等等。但这些，不足以证明他具有领袖的胸怀，去带领美国两党让美国更富强，更辉煌。所以，必须让川普下台，哪怕付出更大的代价。而且，不能再给他任何翻身的机会，否则，新民主党将会一败涂地。

　　布莱恩讲完，看爱丽丝不说话，情绪还有些低落。他放慢语气温和地说，"放下吧，亲爱的，别太投入。有些事，尤其是涉及到国家的政治层面，不是你我能阻止的，该来的一定会来，我们只能面对，顺其自然。"

　　布莱恩的劝说，爱丽丝并没有听进去，在她的眼前又出现了一个方脸，有金色的头发，明亮的大额头，略带阴郁却坚定的眼神，正在电视新闻连线直播中大声地吼道："这是政治迫害！"

　　"的确是太残酷了。川普那胸怀大志，满腔的热血就这么被你们给残废了，甚至连机会都不给。什么逻辑呀，大卫还杀过人呢，上帝不也原谅他了吗，可你们，为何就不能放过川普呢？"爱丽丝说话的声音像是喃喃自语，只有她自己能听到。

　　布莱恩并没理会爱丽丝说了什么，他想让妻自己消化。只见他走向冰箱开门取出了牛排，并转头招呼着爱丽丝说，"我到后院烤牛排，一会儿你拿瓶调味料过来。"

　　爱丽丝没吭声，她想起了她花费大半个晚上的时间整理出川普上任总统后的国内业绩：新冠肺炎病毒大流行之前，美国实现了前所未有的经济繁荣，为中产阶级减税，并创造了投资机会，放松了管制，支持了 100 多万美国人就业，建造了超过 450 英里的新边境墙，利用超过 2.2 万亿美金的军费开支彻底重建美军，并成立太空部队等。而在国际层面，川普政府还成功地与世界许多国家谈判，达成五十多项协议，促进了中东和平进展，有效的放宽了美国农产品的出口，并成功击败 ISIS 等恐怖组织；此外，川普还重建了美国的司法系统，任命了历史上数量较多的联邦法官。在共和党掌控参议院的优势情况下，川普成功地将三名保守派大法官送入最高法院，并提名和确认了 230 多名联邦法官，以及确认 54 名法官到美国上诉法院任职，占整个上诉法院法官人数的近三分之一。

　　说川普为美国没有贡献，谁信啊？

　　有来自政府的统计资料显示，近两年，美国的中产阶级的家庭收入增加了近 6,000 美金，是整个上届政府期间收益的 5 倍多。失业率低到了 3.5%，为半个世纪以来最低点。连续 40 个月职位空缺数量多于新雇用数量。报告就业的美国人比以往任何时候都多，估算近 1.6 亿人，申请失业保险的人数占人口的比例也创下历史最低，美国每一个大都市地区的收入都在近 30 年来首次上升。是经济昌盛还是通货膨胀，只有美国人民才有发言权。所有这些成就，难道被你们这些政客一笔勾销吗？

　　"妈的，如果是这样，那记者我也不干了！"

　　哈哈，爱丽丝对着空无一人的房间开始爆粗。

　　"亲爱的，你在干嘛？快点出来。"屋外布莱恩在叫，爱丽丝恍然清醒，她忙去拿调味料走进后院……

　　本章警句：太残酷了，川普那胸怀大志，满腔的热血就这么被你们给残废了，甚至连机会都不给？什么逻辑呀，大卫还杀过人呢，上帝不也原谅他了吗，可你们，为何就不能放过川普呢？

第二十八章　相伴最难得

　　纽约曼哈顿富人区，也称上东区，弥漫着由资本和时间锤炼出来的时尚文化与艺术沉淀出来的魅力，一直被美国人看作是曼哈顿傲慢的贵族脸。这里的千万豪宅稀松平常，住在这个区的人，多是贵族，或是贵族的后代。

　　布莱恩和爱丽丝搬到这个区也有7个年头了。当初看房时，爱丽丝最相中的就是亮眼的后院，尤其是水景设计，简直太美了。泳池分上下游，以水景的形式、形态、平面及立体尺度，构成主景。池边间距一米多的墙体，下部水泥砖，上部是黑色方型铁花栏。墙边有4处玫瑰花树，左右两侧是植落羽松，池的造型转弯处设有花台，摆放着池松和小叶榕为辅景。东边的一角，配以花灌木和变色鸢尾的藤本植物。西侧一羽松旁放有烧烤炉。在近门处放有六人座位的木制长桌，间距一米远还放有黑色真牛皮长沙发。傍晚坐在沙发上，可观看万家灯火。水流声声，明朗、宁静、祥和，协调一致的环境，形成了雅致和谐的美。

　　周末布莱恩有时不在家，爱丽丝就和孩子们在后庭院吃饭、观景。夏季孩子们在泳池里游泳，一家人其乐融融。如今疫情来了，孩子们都去了农场。

　　今晚，布莱恩和爱丽丝吃过晚饭在庭院沙发上观看夜景。爱丽丝头枕着布莱恩的大腿，躺在沙发上，想着心事。

　　皎洁的月光装饰了春天的夜空，却不能装饰喧闹的纽约城。没有风，但无边无际的夜空，却流动着一股透明没有任何味道的气体，这股气体在悄悄地浸染人们，无数人在安静中等待着命运的捉弄。

　　"唉，亲爱的，我会死吗？"爱丽丝仰头问丈夫。

布莱恩柔和地说，"不会的，你死了，我怎么办。"

爱丽丝忧虑地说，"我公司记者白莎（Bertha）昨晚死了，她才 30 岁。从被感染到进 ICU，才 3 天时间，太可怕了。公司已经通知在家工作，不准去公司。"

"那你还每天往外跑？"布莱恩关心的问。

爱丽丝想说，"我每天去长老会医院做义工"，但话到嘴边，她却说了另外的话题，"记者嘛，总要在风险地区出现。"

其实布莱恩知道爱丽丝每天去长老会医院做义工。他太了解爱丽丝了，所以他不说。记得他和爱丽丝确立了恋爱关系的那个月，他父亲老布莱恩在农场干活不小心摔伤腿住院治疗，爱丽丝几乎承担了所有的护理工作，除早上、中午他父亲在医院吃饭，晚餐爱丽丝一定到中国城中餐馆买可口的饭菜送给他父亲老布莱恩吃。布莱恩的妈妈在前几年病逝了，他有个姐姐远嫁加拿大多伦多，平时很少回来。老布莱恩非常喜欢爱丽丝，把爱丽丝当女儿一样。是的，爱丽丝的善良，乐于助人，比她的美丽更吸引布莱恩。有一天爱丽丝在午睡，布莱恩就坐在床边默默地欣赏她的睡姿，她的呼吸，她温和的鼾声。如果不爱到心里，哪个男人会这样守着睡梦中的老婆没有一点烦倦，而是喜在心头。

爱丽丝看布莱恩半天不说话就问："想什么呢？"

布莱恩想逗爱丽丝说，"我想你呢"，但他知道妻就躺在他的腿上，他没法说。他先是傻笑了下，之后他又心情很沉重地"唉"的叹了一口气说，"被这疫情搞的，每个人都没心情，每天压抑着情绪，什么都没做，却精疲力尽。"

"你没去长老会医院，如果去了，更是什么心情都没有。平均 5 分钟抬走一个。"爱丽丝说出了她做义工看到的一切场面。

"老婆，我们多久没做爱了？"布莱恩突然问了这个话题。

爱丽丝柔声地说，"有半个月了吧？"

"以前我们每个星期最少两次，现在连做爱的心情都没有了，这哪里是正常的生活。"布莱恩有些沮丧。

"你想做？"爱丽丝仰头问。

布莱恩没说话，他低头亲了一下爱丽丝的唇。

俩人起身回到房里二楼的房间。好像是习惯性的，爱丽丝去卫生间洗浴，布莱恩去另一个卫生间洗浴，大约 30 分钟，俩人都赤裸着身体坐到了床上。

可是，布莱恩感到那激情又没了，尽管爱丽丝百般柔情地爱抚着布莱恩，但他仍然进入不了状态。

布莱恩说："我才 55 岁，怎么会这样？"

爱丽丝安慰布莱恩说，"这一个时期，你工作太忙太累，看见的都是与死神打交道的人和事，这么大的压力，身体出现状况很正常。"

布莱恩大爱丽丝 15 岁，他非常珍惜她。他与爱丽丝相遇相识到结婚，并生有两个孩子，又收养了两个中国女孩。这不仅仅因为爱丽丝有一张漂亮撩人的脸，更是因为爱丽丝天性就乐于助人善解人意的懂事，和她对布莱恩无微不至的关怀。以布莱恩的实力，他可以抗拒和不理会生活中发生的任何事，但他从来没有拒绝老婆爱丽丝向他提出的任何要求，他深深地爱着爱丽丝，甚至胜过爱他自己。

　　此时此刻，他抱着爱丽丝，因为自己生理上的障碍，他不知道说什么好。

　　突然爱丽丝想起了一个 Porn xxx 性爱网站，她和布莱恩说，"下床把手提电脑拿来，查一下那个网站，因为少儿不宜，我们做过这方面的报道，审查片时感觉满刺激的。"

　　其实布莱恩早就知道这个网站，只是因为他的身份是公众人物而从不在爱丽丝面前提起。现在妻说了要看，他马上照做。

　　这真是开胃的菜。他俩选了一个不太生猛的片，而且有故事有情节。当剧情进入到少儿不宜的时候，那女人的身体刺激让布莱恩有了反应。爱丽丝马上进入状态，爱抚着布莱恩每一寸肌肤，直到丈夫冲天勃起。她爬上去，压在丈夫的身上。然后，她略抬起臀部，把丈夫又粗又硬的东西放进她的身体……她的身体瞬间变得既柔软又潮湿，她大脑的中枢像睡莲卷曲了起来，她的脸贴向丈夫的脖颈，两手抱紧，上下动着。突然，布莱恩像个睡醒的雄狮，猛然把爱丽丝翻在下面，紧紧地抱着，他不停地揉动着身体，喘着粗气。十几分钟的揉动，爱丽丝感觉一股热流在她身体里涌起奔腾，她知道，那个令她颤抖的一刻要来了。她喃声道，"别停、别停……来了，来了，我……我不行了……噢……"

　　多么缠绵的陶醉，多么炽烈的欲火，这深埋心底里的暧昧欲望，只有在这一时刻才爆发了出来。

　　布莱恩知道爱丽丝先达到了高潮，在这个消魂醉人的一瞬间，是他最享受的时候，他起身抽离又送进，来回数次后冲刺，他终于射出去了，而且那个感觉在不断地蔓延，蔓延，蔓延，直到他瘫软在爱丽丝的身上。

这是一种什么样的爱情呢？自始至终，爱丽丝总是以仰望和膜拜的心态，把灵魂交给了布莱恩，依附却又独立，痴情却又显形个性。在布莱恩面前，她把自己一个卑微的躯体充盈地放开，满足丈夫布莱恩的生理需要，直抵女人最原始的光芒而唤醒丈夫的征服欲、占有欲，这是多么伟大的爱情，灵魂圣洁，高贵而令人仰慕。

爱丽丝双手抱着丈夫布莱恩的后背，她的眼睛里早已浸满了泪水。她在心里说，"你是我生命的全部，不论病毒多么无情，我都要你活下来。"

亲爱的读者，你看到了什么？这不是为了吸引眼球而描写的性爱画面，而是生活中夫妻间最圣洁的纯粹的美；最具想象中的幻梦美；最在特殊时期受压抑的忧情美。

从前每一次疯狂过后，爱丽丝都偎贴在布莱恩的怀里甜睡一会儿，但这次她却不想睡。她和丈夫说，"放个曲子吧，贝多芬的月光。"说完她起身下床。

布莱恩说，"好啊，安魂曲。"

如果你不知道什么叫纯爱，那我告诉你，像布莱恩、爱丽丝这对现代贵族，他们的爱情单纯的不带有任何杂质，不受经济、社会、党派和家庭因素等任何条件的限制，来自心灵的感觉：纯洁、纯情、纯净、唯美。就像月光安魂曲，很难用人类语言描述：沉着、朦胧、安心、恬荡，表达出激烈、跌宕的情感起伏和心灵共振。

可是，残酷的病毒在肆虐的人类每一个角落，布莱恩、爱丽丝这对恩爱的夫妻，和所有的普通人一样，正在经历着人生最痛苦的生离死别……

本章警句：就像月光安魂曲，很难用人类语言描述：沉着、朦胧、安心、恬荡，表达出激烈、跌宕的情感起伏和心灵共振。

第二十九章　根植的信仰

假如时光倒流，眼前的布莱恩最真实的写照便是他热爱生活最让人感动的画面。那种根植的信仰中所体验出生命的热情，总是感染着爱丽丝。

3 月 7 日，美国的复活节早上。

爱丽丝看着丈夫布莱恩在往鸡蛋上涂彩色，煮熟的鸡蛋逐渐变成彩蛋。爱丽丝忽然想起疫情前的复活节，那一天在教堂，牧师领着教友高唱"复活的圣子"之后，推举布莱恩敞开心怀赞美主。布莱恩有些羞涩的站起来，爱丽丝仰头看着丈夫，她用柔和而又兴奋的目光给布莱恩爱的鼓励。

布莱恩没有手稿，他张口就说：

耶稣，慈爱的天父，是对我有恩典的主！我们感谢赞美你，因为你是我们的救主。今天是主耶稣从死里复活的日子，我们的心向你敞开，口中的赞美，是我们的心声。谢谢天父在永恒里为我们安排了十架救恩，叫我们这些原本死在罪恶中的人，借着基督你的死而复活，被神的灵重生，并因信成为你的儿女。

亲爱的主，我们敬拜你，因为岁月静好；我们敬拜你，赞美你，感谢你；因你的复活，我们就有盼望；你的爱永不改变，你复活的大能永不改变；我们的赞美敬拜也永不改变。感谢主！我们的信仰，不是由死人建立、更不是建立在死人上面的信仰；赞美主！我们的信仰，是由死而复活的基督建立、且是建立在这位死而复活的基督之上的信仰。

我们坚信，除了耶稣基督，没有人能作这样的宣告："我就是复活，就是生命！"

　　我们坚信，正是这位基督，"按圣善的灵说，因从死里复活，以大能显明是神的儿子"。耶稣安祥的光普照世人，必将世世代代为王。阿门！

　　布莱恩讲完，所有人的目光都聚集在他的身上，爱丽丝热泪盈眶，她在心里祈祷：我们属于主，但你布莱恩属于我！她的手不听话地放在布莱恩的手上，布莱恩攥紧了她的手。

　　多快呀，又是一年的复活节。可这个复活节只能在家里以另一种形式在赞美主的复活。

　　爱丽丝和丈夫布莱恩在装饰着后院。爱丽丝手举起布莱恩刚刚涂上颜色的彩蛋说：把人生的美好、热情、感动、耐心、原谅、失望、韧性、宽容、包涵、郁闷、悲伤、无奈、尴尬、困窘，病痛等等这些爱的代名词，用珍珠串起来，然后，亲爱的，请跟我来……

　　说完，爱丽丝旋转半圈定住，来个自由女神的照型。

　　布莱恩看着妻眯起眼笑着说，"这要是孩子们在家就好了。"说完他继续在一个个煮熟的鸡蛋上涂抹着红色。传说涂上红色，代表天鹅泣血，也表示生命女神降生后的快乐。

　　爱丽丝摆放完新鲜的百合花后，她再把 3 个复制的复活节小兔子放在青草中，又把彩蛋放一边，这是具有象征意义的小兔子，原因是小兔子具有极强的繁殖能力，人们视它为新生命的创造者。节日中，成年人会形象生动地告诉孩子们复活节彩蛋会孵化成小兔子。许多家庭还会在花园草坪里放些彩蛋，让孩子们玩找彩蛋的游戏。复活节彩蛋和小兔子也成为节日期间抢手的商品。

　　可是，因为疫情不敢把孩子们接回家，所以用彩蛋作游戏的活动只好停了。布莱恩在故意逗爱丽丝。他拿一个彩蛋放在泳池边的水泥台上往下滚，当滚到爱丽丝身旁拐弯掉下来碎了，他喊道，"我赢了，哈哈哈"。

爱丽丝也拿一个从上往下滚，可彩蛋却滚到了泳池的水里。她在笑，布莱恩看后更是哈哈哈的笑起来。

游戏最后破裂者即为获胜。复活节这天，这个游戏非常流行，美国白宫每年都会在复活节期间组织这种游戏活动。所有的基督徒都相信，彩蛋在地上来回滚动可以使恶魔不断的惊颤，倍受煎熬。这种宗教风俗历史悠久，把彩蛋作为复活节的象征，是因为它预示着新生命的降临，人们相信新的生命一定会从中冲脱出世。

布莱恩和爱丽丝都是基督徒，复活节是庆祝耶稣基督在被钉十字架后死而复生的日子。在美国，复活节标志着一个充满希望的季节的开始。

可是，残酷的病毒感染，可怕的警告和悲惨的死人画面，早已经使人们无奈的脱离了复活节能复活富裕生活的希望。

布莱恩和爱丽丝因为孩子们不在家也无心思在后院玩下去。装饰完，打开线灯，他们便准备回房间午餐，这时，州办布莱恩的助理打来了电话。

助理在电话里向布莱恩汇报，说州长库莫决定，纽约州的 5 个地区（10 个地区中的 5 个地区）的商业在 10 日被允许重新开放营业。受纽约市疫情的影响，在近 8 万死于 COVID-19 的美国人当中，纽约州占了二分之一以上。州长库莫在他关于新冠病毒爆发的每日新闻发布会上说，"一个人被感染了，然后去了医院，或者这个人被感染了，然后回家传染了家里的其他人，"这种传染的态势和速度，导致全州每天新增病例数在 2100 到 2500 之间波动。

布莱恩说："把我提的那个议案重新整理一下，加上立即关闭学校、餐馆及大型娱乐场所。"

"好的。"助理又说，"州长库莫发了脾气，说感染病毒群主要来自那些不工作和在家的人，说这些人到处乱走，增加了感染病例。"

"养老院的情况怎么样？"布莱恩问。

"不好。"助理讲完提示布莱恩看新闻。

布莱恩放下电话走到大厅，他拿起摇控器打开了电视。电视画面中，总统川普语气的突然变化令所有人震惊。总统说：复活节不再是最黑暗后的日出，相反，这可能是黎明前最黑暗的时刻。预测是严峻的，即使美国继续做自己正在做的事情，保持经济封闭，大多数美国人待在家中，冠状病毒仍然可能使 10 万至 20 万人死亡，甚至数百万人会受到感染，其结果很难预测。如果美国这个国家重新开放，那被感染人的总数将会更加糟糕。

突然，电视画面出现纽约市一家医院里接二连三的尸体袋，还有大卡车拉运尸体袋的镜头，这些有如世界末日的镜头令所有看到这一画面的人心惊胆颤，悲痛不堪。

布莱恩知道，上周末纽约市的死亡人数激增，空旷街道上的寂静被救护车警报声打碎。中央公园里人们匆忙架起了临时医疗帐篷。距离皇后区布莱恩童年的家不远的地方，包括埃尔姆赫斯特医学中心在内的医院不堪重负，都超负荷超容量运转，病人躺在走廊上，尸体被存放在冷藏卡车中。

布莱恩无力地躺在沙发上，他预感到人生的不测随时会发生，除非你不作为的呆在家中。但选民之所以选你当议员，是让你服务于全体选民，而不是让你做缩头乌龟。

　　爱丽丝从屋外进来，她不知道丈夫布莱恩此时此刻的心理变化，她从冰箱取了一罐可乐饮料递给了布莱恩。然后她问：“亲爱的，你在想什么？”

　　布莱恩忧伤地说，“州长库莫以医院不堪重负为理由，下令养老院接收 9000 名新冠肺炎患者，我担心养老院疫情会升级。”

　　“怎么可以这样处理啊？那个地方是最弱势的群体呀，一旦传染，后果不堪设想！”爱丽丝紧皱眉头，认为这是不负责任的决定。

　　布莱恩说起了纽约州 620 多家养老院的现状。有数据称，2019 年 12 月居住在养老院的老人总数占美国总人口的 1%，即约 3280 万人，这是个庞大的群体。尤其是那些 8、90 岁的老人，绝对不能感染风寒，更不能有半点接触流行传染病的空间。可是养老院最原始的设计上，并没有做针对传染病隔离的各种准备。所以，传染病袭来，在医院无床位的情况下，按照州长的命令，这些老人就必须与 covid-19 的患者在一个共同的空间里生活，只不过不住在一个房间。因为养老院是群体共同居住的设施，空间共用。这就导致了感染了新冠肺炎的老人和未感染的老人混住在一起，造成了更多的老人被感染和死亡。更令人无法接受的是，养老院员工短缺，被检测出阳性的工作人员仍然被要求继续工作，由此导致病毒的加速传染和扩散，现在州长又做出这个决定，布莱恩担心会出大事。

　　“那怎么办呀？”爱丽丝坐在沙发上看着丈夫布莱恩。

　　布莱恩微微一笑地说：“忙过这几天，我要亲自调动资源去郊区最大的养老院查看。”

　　"我不管你去哪儿，我只要求你每天活着回来。"爱丽丝说着就坐下，头依向丈夫，布莱恩往沙发边移动了一下，他让爱丽丝躺在他的腿上。

　　布莱恩说："老婆，咱俩玩个游戏好不好？"

　　爱丽丝抬头瞪大眼睛："你说？"

　　"明天，你我都写一份遗嘱放保险柜里，疫情结束前谁也不准看，结束后对照一下，看看我俩对人生对后事，对所有的感悟认知是否一致。"

　　"你是认真的吗？"爱丽丝仍然仰着头问。

　　布莱恩说："当然，在这非常时期，每个人都应该有所预见，有所准备。"

　　爱丽丝右脸贴向布莱恩的胸，她一句话也没说，眼泪顺着脸颊流了出来……

　　本章警句：把人生的美好、热情、感动、耐心、原谅、失望、韧性、宽容、包涵、郁闷、悲伤、无奈、尴尬、困窘，病痛等等这些爱的代名词，用珍珠串起来，然后亲爱的，请跟我来……

第三十章　好人布莱恩

早起布莱恩喝了杯咖啡，吃了块早点就准备回州办，因为按照工作计划安排，他今天要去郊区的养老院。

布莱恩刚推开门就被爱丽丝叫住了，他回头问，"亲爱的，还有事吗？"

爱丽丝说，"离上班时间还有一个多小时呢，你干嘛走这么早？"

"我要到办公室看文件。"布莱恩左手推着门，右手还拿着最后一口的早点面包。

爱丽丝说："你先别走，我还有事问你。"

布莱恩回到了一楼大厅。他感觉得到，这段时期爱丽丝特别的恋他。从前晚上睡觉，虽然睡一张床，但他们各睡各的。可现在不行，每晚布莱恩必须得抱着她睡，否则爱丽丝睡不着。

这会儿，爱丽丝从楼上下来了，她看到丈夫布莱恩坐在沙发上，就走过去又掐布莱恩的肩，边掐边说，"亲爱的，听我一句好吗，别去养老院，你是议员，不要亲自去，那里的风险太大。"

布莱恩知道妻的担心，但在对待养老院的疫情处理上，他与州长产生了分歧，他无权阻止，但他必须亲自去看看才能掌握第一手资料。

爱丽丝她不敢说她昨晚做了梦，在梦里为布莱恩送葬。

她知道无法劝阻丈夫布莱恩去工作，但为了拖住丈夫她讲了另外一个话题。

"你知道弗兰纳里·奥康纳这个人吗？"爱丽丝问。

"不知道。"布莱恩的心思不在这儿。

　　爱丽丝说："我最近看了一本书《好人难寻》，就是奥康纳写的。"

　　布莱恩知道，这要是不把爱丽丝诓好，那爱丽丝不会让他出门。因为州里已经下了禁令，关闭了一切经营场所，布莱恩呆在家里什么毛病都没有。但他必须得出去呀，使命在身，不能做缩头乌龟。于是他说，"好吧，30 分钟，我听听你的读书心得。"

　　爱丽丝开始讲她的读书心得：

　　弗兰纳里·奥康纳，是美国南方著名文学作家。她在短篇小说《好人难寻》中生动地刻画了一个冷酷无情的世界。她笔下的人性是扭曲畸形的，宗教信仰也不再是人们的精神支柱。许多评论人认为奥康纳自身的人生观，善恶观也是极其扭曲变态。如果把奥康纳称之为邪恶的作家，那又该怎样理解现实生活中的人，是否能够正视自己内心的邪恶？比如，明明是男人，却自称自己是变性的女人，去女厕所把一个女生强奸了。再比如，一个基督徒，一个天主教徒，主张妇女堕胎，而且不论情况，这是否符合他的信仰理念？所以奥康纳她通过描写暴力的方式，警示人们不能麻木的生活在冷漠的世界中有错吗？如果面对虚伪邪恶的世界，人们用暴力的手段撕破冷漠的世界里的假面具，并将得到救赎不好吗？

　　布莱恩一点也没听进去，他的脑海里全是一片哭声，尸体袋遍地，可妻在和他谈文学，而且是伤痕文学。于是他就心不在焉地回答说：世界上没有两颗石头是一模一样的，你看咱家院前那棵树上的叶子，尽管是同一棵树上的叶子，你摘下来比一下，两片相同吗？人也一样吗，个性千差万别，有好人，有坏人；好人身上有缺点，坏人身上也不是完全一无是处，这就构成了茫茫人海和大千世界，俗话说，人一上百形形色色。你作为作家，不能总去揭露黑暗面，你不给读者带来前进的光明，那社会怎能变得更好？

你说布莱恩没听爱丽丝讲的心得吧，但他的回答还是令爱丽丝无话可说，她刚想再讲新的话题，这时布莱恩的手机电话铃声响了。

"Hello……"

"我已经到你家门口。"

"好，你等会儿，我马上下来。"

布莱恩起身和妻说，"助理达德来接我了，宝贝，等我晚上回来再和你探讨文学。"

爱丽丝一看丈夫布莱恩要走，她走过去一下子抱住布莱恩，眼泪唰地流了下来。她带着哭腔泣说："我想什么办法都留不住你。看你出去，我担心死了。"

"别怕，好好呆在家里等我回来。"布莱恩轻声说。

爱丽丝放手了，她无法阻止一个做议员的丈夫在这疫情中不去工作。

布莱恩一上车，助理就向他汇报说，病毒传播已经使众多人无力抗击，每天都在死人。甚至在马路上的一些病毒感染者，走着走着，突然倒地死去，令所有人都骇然失色，胆颤心惊。

"走，去郊区养老院。"布莱恩说完陷入了深思。

按照工作日程安排，上午 9 点布莱恩带助理前去郊区最大的养老院探视。

当布莱恩下车走进养老院的大院内，他傻眼了，原本的停车场，已经是停尸场。满院已经躺满了尸体，密密麻麻。工作人员还在从里边往外抬尸体。他赶忙上前帮忙。可抬尸体的工作人员却说，"这儿不需要你，去里面，还有很多老人，都死了……"

工作人员并不知道布莱恩是谁，所有在场的活人都是义工。布莱恩是真的傻了。他从来就没有看到过同一个时间死了这么多人。他打电话到州办，电话一直占线，他给州长、州务卿打电话，也都全部占线忙音。他让身边助理赶快回州政府汇报，请求支援，以最快速度再增派两辆运尸卡车。而他在一个工作人员的指引下，换上防护服投入抢救工作。他进到房间，有点不知所措。他看到其他义工都是俩人一组，每个房间都要检查，而且每人手里都拿着一个装尸体的袋子。只有他布莱恩是一个人。他是急性子，也去拿了一个装尸袋，走了两个房间是空的。当他走到走廊尽头倒数第二个房间时，看到一位 80 多岁的男性老人还躺在床上沉睡，他上前想叫醒老人。他低声喊了两声，可老人没有任何回应。他走近发现，老人已无生命特征。他按工作人员的交待，先查看老人的身份证明。每个房间墙上都有，都是用图钉按上的。他找到了，取下来。那现在该怎么办呢？他左右看看，没人。走廊外沉重的脚步声告诉他，每个义工都在搬运尸体。这个养老院里的人，除了工作人员和义工，已经没有活人。他哆哆嗦嗦地上前，拿着装尸袋，却不知道是从头部装还是从脚部开始装。这时走廊里传来了脚步声，他回头想求助，可路过的人好像看到了布莱恩的囧态，没停脚步的喊了一声"打开拉链侧身套上去"，便走向更里间。

布莱恩一手托起老人的身体，一手把装尸袋套进，先是头部，然后双手往下拉，直到老人的双脚套进。布莱恩把老人的身份证明放进袋子里，然后将拉链拉严。他又回头看看，正好看到刚才路过的那俩人正用担架抬着里间的老人往外走。情急之中，他想抱起老人的尸体到肩上，这时被赶过来养老院负责人劝阻，负责人已经知道了布莱恩的身份，他非常感动地说，如果议员坚持要做，那就检查房间吧，给死去的老人登记，用装尸袋装上后等待义工来抬。布莱恩却担忧，这么多尸体，火葬场火化的过来吗？

布莱恩走到二楼检查，助理赶回来了。助理马上穿上防护服，找到布莱恩，边汇报边和布莱恩一同拿起担架抬尸体。可是布莱恩太累了。最后一趟，从二楼拐角的房间，他和助理抬尸体下来，那是一位很重的老人。他们抬到停车场，他累得实在挺不住了，义工来帮忙放下尸体时，他虚脱得一屁股坐下。如果他坐在地上，顶多是摔了一下，可他偏偏坐在了另一具尸体上。恰在这时，有一位记者正在现场拍照。

这个坐尸体的镜头便成了焦点新闻。掐头去尾，布莱恩的坐尸就变成了辱尸。

媒体人不知道布莱恩是新民主党的州议员，当新闻铺天盖地谴责布莱恩辱尸的时候，布莱恩已经躺在医院里。他染上了新冠病毒，住院的当天便进了重症监护室 ICU。

生命的意义究竟是什么？是人际联结、意识与幸福的思索，还是涉及诸如人的符号象征，抽象的哲学概念：无我的本体论，有我的目的论和价值观；亦或是人性论：伦理、善恶、助人、自由意志；以及神的存在性、神的概念、灵魂及死后生命等等的命题，谁能告诉活着的每一个人？

但活着的大多数人还是能看到，生命的合体，因缘和爱最终会走到一起。

是啊，活着的人，最终在灵魂的拷问中找到了答案：布莱恩是个好人！

　　布莱恩住进了长老会医院重症监护室 ICU，在医院做义工的爱丽丝并不知道。她就在 ICU 重症监护室，她在观察和记录每一个患者的情况，可是她却没有留意到新进来的患者，那个戴着氧气罩的男人是她的丈夫布莱恩！而此时此刻的布莱恩，他正在心里祈祷：爱丽丝，我的妻！上帝让我与死去的同胞步入了同一种病毒的死亡期，我在去天堂的路上，在与生命做最后的告别……

　　可是爱丽丝却还在傻傻的记录其他患者的呼吸状态，直到布莱恩州办公室助理达德找到爱丽丝讲明情况，爱丽丝才瞪大眼睛看到重症监护室 ICU 里的新患者是自己的丈夫布莱恩！

　　她像疯了一样想去监护室里探视奄奄一息的丈夫布莱恩，但被医生和护士制止了。

　　一个在玻璃罩里面，一个穿着防护服的妻在外面。

　　"你要挺住啊，我的丈夫！不要丢下爱你的妻、女儿和儿子！"爱丽丝已泣不成声，她泪流满面。

　　医院的外边，骤然间下起了大雨，狂风怒号，天地间一片昏暗。

　　生命的感应，总是在这一刻唤醒人的意识。布莱恩微微睁开眼睛，他的呼吸已经很困难。他看到了外面他的妻爱丽丝，他的眼泪从眼角流了下来。他微张着嘴想说，"亲爱的爱丽丝，我的生命因与你的结合才完美。撑起这个家的大树是你而不是我。你的丈夫是在你温暖的荫护下，才活的开心和快乐。现在，我不能陪你走完后半生了，按上帝的旨意，我将卸下灵魂的重担，完成了生命之圆……"

　　岁月真的是一棵枝干纵横的大树么，生命是茂密的树叶中飞进飞出的小鸟么？爱丽丝痛苦地问：那我爱丽丝是谁？

因为有布莱恩，爱丽丝的生命才完美，即使是鸟儿也成双成对。可是，在这冷风冻雨的春夜里，在这万物复苏的季节里，布莱恩啊，我的夫，你却不堪承受这袭来的病毒，扔下我和孩子们，上帝啊，为什么？

爱丽丝哭成了泪人，她无法面对丈夫布莱恩早就预见的结局。

布莱恩死了，他丢下了爱丽丝和孩子们……

本章警句：活着的大多数人还是能看到，生命的合体，因缘和爱最终会走到一起。

第三十一章　布莱恩遗书

　　人间四月天，往日繁华喧噪的纽约市区静悄悄。街上很少有行人。公司、商店、超市、餐饮等全都关门。最忙的地方一是火葬场，二是医院。最惨不忍睹的地方是停尸房，不论是医院还是火葬场，就连走廊里都停满了尸体。

　　爱丽丝知道，医院已经没有位置长时间安放丈夫布莱恩的尸体。虽然丈夫是州议员，但他没有特权。医院依规对布莱恩的尸体速冻处理，认为没有传染的风险了，便通知州办及家属爱丽丝领走尸体火化和下葬。爱丽丝非常清楚，想到火葬场火化丈夫的尸体都不可能，没位置，也不接受对尸体的排号，尽管州里可以安排，但爱丽丝拒绝了，她不想火化丈夫，她要土葬布莱恩。

　　她通过布莱恩州办公室工作人员的帮助，全权委托礼殡公司承办。

　　尽管是疫情期间，州议会议长亲自委托，通知在预订的日期中午 12 时到次日上午 10 时 30 分举行了埋葬仪式。但爱丽丝通知议会，一切全免。想来参加布莱恩奠仪的来宾可以直接到老布莱恩农场。

　　爱丽丝亲自选的棺柩，其他由殡仪公司承办。从接运遗体，消毒防腐，美容化妆，直接进行最后的入葬仪式。而布置灵堂，追思仪式因疫情全免。

　　一辆加长殡葬车，把布莱恩的尸体运往老布莱恩的农场安葬，让他与大自然的山林同眠。

　　一切的一切，好像都是天意。这突如其来的灾难，让爱丽丝感受到的痛苦和悲伤，原来就是呆若木鸡的样子。

面对躺在棺柩里的丈夫，她的大脑一片空白。天，好像塌了，雾蒙蒙；地，也陷了；她所看到的风，都在旋转。她敏感的思维不再超载，绽放的天真也不再有依恋。像个木偶，不停地摸着棺柩喃喃自语，"说好的，你要陪我到老的？！"

老天爷帮不了人类，却总是在人悲哀的时候添油加醋，葬仪刚结束，天就下雨了。来参加布莱恩葬礼的很多政要，及布莱恩生前好友都陆续开车离开，孩子们被老布莱恩带回农场的房子里安歇，只有爱丽丝仍然立在丈夫布莱恩的坟前不肯离去。站在她身后的女孩是她的妹妹爱丽森（Alison）。不远处还有一个人，在雨中站立，他是狄克，布莱恩的生死战友。丝丝缕缕的雨，淋在爱丽丝的身上，但却不能抚慰她内心的痛和忧伤。

雨丝无声无息地滑过她漂亮的脸庞，连同眼泪一起滑过悲伤，滑过曾经的梦想……

回到家，她打开保险箱，很小心的捧出布莱恩生前写的遗书，这遗书本来是爱情游戏的，现在却是真的，她的眼睛里再一次热泪盈眶。

亲爱的爱丽丝：

当这份遗书是我亲手交给你验证的时候，那说明我还活着，你我约定的爱情游戏还在继续。可是，如果你亲手打开保险箱取出遗书在读的时候，我已经离开了这个世界，残忍的留下一个孤单单的你和孩子们，面对我留下的遗物发呆。

我的生命将化作另一种形式在流淌，曾如圣经中马太福音所说，若有人要跟从我，就当舍己，背起他的十字架，来跟从我。因为凡要救自己生命的，必丧掉生命；凡为我丧掉生命的，必得着生命；凡劳苦担重担的人，必将以耶和华为乐，就必得享安息。我心里柔和谦卑，舍己而为众生。

亲爱的爱丽丝，活着时候的美与丑，是与非，永远定格在过去式。你的叹息和无奈，并不能让我活过来。病毒瘟疫是人类的灾难，只要这个世界不能同享快乐，制造病毒和瘟疫的人就不会缺席。生命本身的意义，在救赎的路上，最后都要化为宇宙中的一粒尘埃。我承认，人生还有很多值得我们去付出和努力的梦想，但最令我向往的还是和你在一起时的幸福时光。我的生命，除了"救赎"的信仰，便是在爱你的征途上。

看到后院泳池旁的玫瑰花了吗？它们就要开了，我把它比作是你我爱情的花，那象征爱情的花瓣，总是令我兴奋的心花怒放。我曾一瓣一瓣地撒在泳池里的水面上，当时你就站在我的身旁，倒影在水中，飘浮的花瓣围绕你的身影，我是那样的满足，如今我带着你赐福于我的快乐，安眠于遍地鲜花的丛林之中，足矣……

我这一生，做的最亏心的一件事就是为了当选州议员，没和你商量，动用了家里的 20 万美金去买选票。如果挨家挨户去买来的 20 万张合法的邮寄选票，我当之无愧。事实上，我一直怀疑助理达德在欺骗我。直到一个选民出事，达德才向我承认，他动用了很多非法移民填写的那 20 万张邮寄选票，而且很多是无人签名的选票。

可是，我胜出的选票远远超过了对手 30 多万张，何苦要作假呢？为什么不能光明正大的去参选呢？

这是我的不自信。但是，如果按民调，不这样做的话，我根本就无法赢那些保守的共和党人。我的幕僚告诉我，为了美国的民主和自由，为了州的强大和改变，只要胜选，完全可以不择手段。因为只有当选了才有话语权，否则，一切都是空谈。我照办了，当选了，成了冠冕堂皇的州议员。

有几次你问我，"怎么……你又不上班，你的拼劲呢？你懒惰的样子，让人觉得不可思议呢。"

是的，胜选了之后，我一直不开心，也不知道为啥，就是不想上班工作，尤其不想去州议会办公室。现在我说出原因让你知道我为何不想去上班了，因为我愧对选民的希望。选民的眼睛是雪亮的，他们认可我的奉献精神，认可我为美国贡献的一切成就，即使我不作假票，我仍然可以当选。可是，我没有完全信任他们，自己又作假票 20 万张，我以何等脸面去面对纽约州的选民？

记得有一天，你站在我面前曾愤怒地吼道：什么狗屁民主和自由？为了当选，可以利用一切媒体说假话，不择手段。偷窃、欺诈、说谎和虚伪；没有正义，没有道德；这是把美国推向深渊，是美国的悲剧！

我虽然不能全部赞同你的怒吼，但我承认，美国的选举，确实存在着舞弊现象，这需要各个州的立法来解决这个弊害。

在你面前，我从来没有隐瞒我的现点。我之所以不认同现总统川普的一些行为处事，不仅仅是党派的站队，还因为国家要从全球大的战略和策略上考量，不能斤斤计较局部利益的得失，而川普从一个商人的既得利益出发施政，难胜大任。他不具备领袖的高瞻远瞩和胆识，富了美国很可能伤了盟国而会丧失美国真正的领导权；但我也不赞成政治人物靠自己的力量，注入大量资金左右大选，不惜作假票而伤害美国选民的信心，最终摧毁了美国的民主体制，从而惯性的成为胜选的手段。

　　我是基督徒，我们国家当选的"王"、执掌权力者，必须手放在圣经和宪法上宣誓！绝不能嘴喊着宪法，违背着圣经。今天我要说，死亡并不只是存在于生命终结的那一刻，而是伴随整个生命的旅程。美国是宪法框架下，法治、民主和自由的国家，是在道德约束下非常人性化的社会。我要警示那些和我在一个战壕里战斗的战友们、朋友们，不要再把对手当成敌人，为了国家的繁荣昌盛，重担要担负，罪责要痛悔，不要再以欺诈的手段获取权力！

　　亲爱的爱丽丝，我一直相信，好的社会环境，不再有没有答案的问题令我们困惑，不再有对种族的无知而令我们羞辱，更不再有那些无法满足的欲望令我们沮丧。强大的本身会使人们安居乐业。那些玷污和毁坏我们族群的人，那些使我们分裂蒙羞的一切势力，都将被踏进我们的脚下而不复存在。我可以放心的走了，在天堂里，不再有罪的恐惧与害怕缠累，我安详。

　　生是今世可经验的，每个人都有生命的里程。但是死对人类来说，无信仰的人却是未知的，灵魂无归处。而对有信仰的人来说，死虽然也能勾起人无限暇想与猜测，甚至恐惧和害怕，但心里却是喜悲同在：喜，上天堂；悲，人不在。相信你爱丽丝，不会怕我死的样子。

　　因为死缘于生，有生就必然会走向死；死亡，是生命唯一的必然，我将最终回到主基督耶稣那里。

　　附页见遗嘱财产明细及密码。

　　在我名下所有的财产，公司、股票，除了新买的那辆皮卡车，全部留给你和孩子们。

那辆新买的凯迪拉克 EXT 皮卡车（Cadillac Escalade EXT），留给我父亲在农场使用。

爱你的布莱恩

2020 年 3 月 30 日星期一，晚

爱丽丝看完丈夫布莱恩生前写的遗书，她泪流满面，喃喃自语哭泣地说，"布莱恩，我的男人、我的丈夫……那天，我不让你出去，可你不听我话，因为我做梦，在梦中为你送葬。我很害怕，真的怕失去你，所以我找借口黏着你，不让你出门。可是，我也知道，我不可能阻止你去工作，更不可能阻止你去探望养老院的老人们，可你，就这样走了，我和孩子们怎么办呢？有钱，但我不会快乐……"

本章警句：死缘于生，有生就必然走向死；死亡，是生命唯一的必然；在天堂里，不再有罪的缠累。

第三十二章　2020 大选

深秋，天凉了，而纽约已经进入了冬天。

傍晚爱丽丝躺在床上，静静地望着窗外偶尔飘零的叶子发呆，她感叹：在这瘟疫的年代，人的命，人的魂，就像那飘零的叶子一样飘来荡去忽而不定。她太伤心了，因丈夫布莱恩染了病毒突然离世，她悲痛欲绝。又赶上布莱恩入葬那天淋雨，她病了。而纽约所有的医院都爆满，没有床位，即使有床位也不适合感冒等其它一般病症的患者住院就医。爱丽丝按家庭医生开的处方到药房取药后，一直在家吃药休养。

这期间爱丽丝去了几次商场购物，送到农场给孩子们，又去了公司把在家制作的播报送到播音室。此外她去了药房取药。有一天她感到身体不适去检测，被通知她"阳"了。她按医嘱 COVID-19 治疗的指导在家隔离，并服用瑞德西韦、阿比多尔和寒米松药物保守治疗。她的身体素质很好，但她之前从来就没有在家休养超过半年之久，可直到美国2020 年总统大选开始，她才恢复正常，检测结果由阳转阴。

养病期间，爱丽丝从电视上目睹了美国 2020 年总统大选的全过程，她重点关注两个州："纽约岛州"和"乔富尔顿州"，其它州她交给了她妹妹爱丽森，她让妹妹把怀疑有问题的选票数量都记录下来发给她。她之所以自己只重点关注两个州，是因为纽约是她家的所在地，也是她丈夫生前奋斗的地方，所以她要看全部的过程；而乔富尔顿州下设一个县，在美国大选前，其委员会投票接受了来自脸书 CEO 马克·扎克伯格通过 CTCL 资助的"安全选举"项目高达 630

万美元资金的赠款。作为记者，她敏感地认识到马克·扎克伯格是新民主党的大金主。这个县，川普没胜算，但她要看选举过程。她坐在电脑桌前，右手拿着一支笔，时不时地在手里转一圈。

果然，爱丽丝在视频播放镜头里看出了问题。

在纽约，在发现了名字和地址印刷有误之后，有近 10 万张选票被重新寄送给选民。在郊区的一个垃圾箱里，发现了被遗弃的至少上万份邮寄选票。而非法移民中，约有几千人参加了投票。

在乔富尔顿州一个农场球馆选票统计站，当时总统川普的选票数量处于领先位置。监控录像显示，管理人以球馆的水管爆裂为由，半夜里驱赶了共和党监票员、媒体以及其他闲杂人等。在球馆被清空之后，有四个人留了下来。画面中这四个人从一个黑色长桌子下面拉出四只大手提箱，箱里全是选票，而这些人在没有任何监票人的情况下开始点票，第二天清晨，投拜登的选票数量跳跃式地超过了川普。

这四大箱选票是怎么运进那个黑色长桌子下的呢？

从录像视频中可以看到，有个红衣男在当晚 10:58 分接听了 2 通电话，然后他走到桌子旁取箱子，几分钟内四个箱子就被他拉进了点票场地。

爱丽丝看到这儿，她习惯性的小脾气又犯了，她把右手转动的笔摔在了电脑桌上。

尽管左媒和新民主党不承认大选舞弊，坚称拜登赢了选举人票，但他们好像忘了球馆还有实时转播的监控视频，要知道，全世界的人眼睛都不瞎，都在看，这是美国的总统大选！

"这不是明显的偷票吗，这样的选举有何公平可言？"一夜没睡的爱丽丝气得在屋内不停来回走动，突然她听到手机连续发出接收到信息的提醒响声。她走过去拿起手机，她看到妹妹爱丽森发给她的消息。

爱丽丝，你需要的问题选票记录如下：

密歇根州，有大约 400 张选票在列出川普总统竞选伙伴时出错——印成了自由党（Libertarian Party）的杰里米·科恩（Jeremy Cohen），而不是迈克·彭斯（Mike Pence）。点票机把投给川普的 7000 张选票拨给了拜登，被发现后纠正。其它州使用同款点票机是否有这种情况，不知道。

威斯康辛州，格林维尔镇附近的一处沟渠里，有一份装有若干缺席选票的邮件包裹被发现，警方已立案调查。

加州，在 8 点投票截止后半个小时便宣布点票结果，一些投票站拒绝观察员进入。一些投票站把窗户挡起来不准人透过窗户看点票过程。

加州，一名 18 岁女孩爆料說，她收到一封邮件，内容是她的宠物狗狗已经成功投票了。狗狗的注册号码被用作了社会安全号。

宾州，至少有 21，000 名已经过世的人出现在选举名册上。还发现很多份服役军人投给川普的邮寄选票被丢弃。

内华达州，2017 年去世的罗斯玛丽·哈特尔和弗莱德·斯托克斯被发现回来投票了。此外，有 9，000 多名非内华达居民在赌城拉斯维加斯投了票。

佐治亚州，发现有 132，000 张更改地址的无效选票。

威斯康星州，在一条水沟中发现 3 箱邮件，其中包括大量缺席选票。

新泽西州，一个垃圾箱里发现至少 200 份邮寄选票。

弗吉尼亚州，有 50 万份选民申请表是假的。选举信息中心报告，现在已经有 30 万名注册选民退回了缺席选票申请表格，还有 20 万没退。

俄亥俄州，有 5 万张选票是错的，是假的。

德州，上万非法移民参加了投票，具体数额稍后公布。

注：以上信息均是网上所得，其中一些过失性的被发现的错误已纠正，有些举报性的，尚没有得到司法部派员调查，不能作为证据使用。

妹妹：爱丽森

爱丽丝看完妹妹发来的信息，她喃喃自语："没有人会调查的，如果美国政坛的精英不欢迎川普，光有选民的支持，川普不会胜选。"

爱丽丝突然想起丈夫布莱恩生前曾经说过的话："打败川普的对手，不仅仅是新民主党，主力恰恰是共和党的精英政客。他们宁愿认可让新民主党推举的任何一位候选人当选美国总统，也不会让川普连任！"

爱丽丝坐在电脑桌前的转椅上，转了个圈望着窗外。她惊讶地发现，整个大选的过程，包括川普的落败，和她丈夫布莱恩生前预想的几乎一模一样，她惊呆了：丈夫这么神吗，还是他们早有预谋？她想起了大选前一位候选人与选民见面，一位退伍军人在指责他的无能，说不会把选票投给他，这位候选人回击："没有你的选票，我一样当选"；还有众院领袖，当着一个候选人的面说，"明年就不是你了"。再想想丈夫布莱恩的遗言，爱丽丝忽然明白，美国的三股势力：新民主党、共和党及无党派的那些政府里带有终生雇员标签的人，有人管他们叫深层政府，这是震撼不动的铜墙铁壁，任何一位当选总统，如果不能平衡这三股势力，想驾驭白宫这架镀金的马车，谈何容易。

不信，是吧？

瞧瞧，经历了一夜惊奇，选情突变。原本川普在多个州领先，但新民主党候选人拜登在密歇根和威斯康星两个关键州的最后计票中逆转。此后，拜登又先后在关键摇摆州佐治亚州和宾夕法尼亚州实现反超。

拒不认输的川普，除了指控对手"偷窃选票"外，没辙没招。因为疫情，大量的邮寄选票让拜登获胜。

最终，美国东部时间 7 日晚 8 时许，拜登以当选总统身份向全国发表讲话说："我们必须重塑美国的灵魂。"

在特拉华州，拜登自豪地说："在这场争夺美国灵魂的战斗中，民主占了上风。人民投了票，对我们机构的信心坚定不移，选举的公正性仍然完好无损。现在是翻开新一页的时候了，就像我们在历史上所做的那样。团结起来，疗愈彼此。"

这便是大选的结果。

乔·拜登民选得票 81，268，924 张，得票率为 51.3%；而唐纳德·川普民选得票 74，216，154 张，得票率为 46.9%。

当日的选举人投票显示，拜登赢得 306 张票，川普只赢得 232 张票。上述选票结果等待国会最后认证。

美国的总统选举，与其他国家不同，你看到的是一人一票选出，其实不是，而是由党派指定的各州选举人到本州首府投票选出。比如总统候选人川普和拜登，不论哪位赢得某个州 50% 以上相对多数的选票，那么他就赢了那个州，那个州的所有选举人票都归他。谁得到各州选举人票总数的一半以上，谁就当选总统。

这个总统选举人制度，是在 1878 年费城制宪会议上由美国的元老们制定的，并在 1880 年正式实行，距今已经 220 年了。值得我们现代人思考的是，那个年代相对比较落后，没手机，也没电脑，更别提网络。那时的美国还处在以马车为主要交通工具的时代，制定选举人制度主要考虑当时的时代背景，南北方差别大，选民不能全面了解各州的情况，所以想出选举人这种委任选举的办法。可是 220 年过去了，美国早已进入世界最先进的互联网时代，但却仍在沿用马车时代的选举制度，着实令人不解。

爱丽丝坐在电脑前开始整理记录，因为她在写长篇小说"Q 的王"，她不能遗漏这一夜经典的故事。她记得知名时报曾在一篇评述中指出：当今美国的选举人制度运作情况尤为鲜明地提醒人们：我们的民主是不公平、不平等和不具有代表性的。世界上没有其他先进的民主国家使用这样的东西。

不是吗？爱丽丝想，从 2020 总统大选看到的美国选举制度，确实存在着严重的问题，美国是世界上最大的民主国家，但选举制度似乎落后了一个世纪。这次大选结果有利于新民主党，肉眼所看到的某些镜头明明是偷窃，但却不能作为大选舞弊的证据来认证，那么 2024 年的大选呢？如果四年以后的大选结果很可能有利于共和党，是否还会出现舞弊？因为有前车之覆，就有后车之鉴。假如这种结果往往不是产生于选票而是产生于缺失的乱局，比如撵走监票人，无监票清点，过了法定时间仍然接收选票，点票机不公正点票，邮寄选票无签名却按有效票计算，成千上万张邮寄选票从外州寄出来，出现问题司法部不作为，媒体导向一边倒的站台等等，损害的是美国选民的权利和美国的民主体制。

没错，美国的宪法也不是完备的宪法，否则就不会有 27 条修正案。马车时代的国父元老们的智慧，也不可能预见到当今互联网时代美国会发生什么样的事情。

再说，如果大选没有大的问题，为什么有以德州为代表的 19 个州参与诉讼 4 个摇摆州的大选舞弊？假如那些政坛精英政客说"川普疯了"，那这些州的民选官员也疯了吗？

爱丽丝感叹：难道 2020 年美国总统大选又将是一次不靠选民的选票而靠最高法院裁决的选举？假如是由最高法院来裁决，不论谁赢谁输，输掉的都是美国选民，输掉的都是美国的政治制度。

可是，爱丽丝想多了，美国最高法院对大选舞弊案的诉讼不予受理。

本章警句：打败川普的对手，不仅仅是新民主党，主力恰恰是共和党的精英政客。他们认可让新民主党推举的任何一位候选人当选美国总统，也不会让川普连任！

第三十三章　难忘 1 月 6 日

2021 年 1 月 5 日，星期二。

CUU 传媒总裁巴里特办公室。巴里特站在大电视旁，他注视着大荧屏上奔向华盛顿的车队，站立在他旁边的是记者爱丽丝。

根据四面八方行驶的车队数量，估计最少参与人数是上万人。这些人要赶在明天，即 2021 年 1 月 6 日到达华盛顿，去声援已经到华盛顿广场的川普铁粉。因为 1 月 6 日国会将认证乔·拜登为美国第 46 任总统。这些人和川普一样，不接受大选结果，他们要抗争到底。

爱丽丝小声说："这一万多人到国会，要是被有心人利用了，那川普就完了。"

巴里特非常欣赏爱丽丝，因为爱丽丝聪明，头脑清醒。对待任何事件，她的出发点都是公平正义，从不参杂政党的利益，是位非常合格的记者。现在爱丽丝看出了问题的关键点，也说出了川普的穴位，于是巴里特说，"这样，你我先演练一下，就这件事，我们假设一下后果。"

爱丽丝没明白总裁的意思，她还有些懵懂，就问："演练？这怎么假设？"

巴里特回到座位坐下，也示意爱丽丝坐在办公桌对面的椅子上。

巴里特问："假如你是川普，这个时刻你打算怎么办？是否走进抗议的队伍之中？"

爱丽丝戴着口罩捂嘴咳嗽了两声答："和平抗争，而且是为川普，为大选舞弊讨回公道，我认为总统应该去看望这些纯朴的抗议民众。"

巴里特晃晃头，他很坚定地讲道："如果我是川普的幕僚，坚决阻止川普前去见这些抗议者，更别说现场讲话。"

"为什么？"爱丽丝问。

巴里特说："一旦场面失控，人群闯进国会，那就是你刚才说的，被人利用，总统川普背上了罪名。"

"对呀，还是总裁英明。"爱丽丝说完笑了。

巴里特又问："假如我是川普的对手，或者说政敌、死对头，我该怎么做？"

爱丽丝知道会很残酷，但她不知道怎么回答，她呆怔地看着总裁，等待巴里特讲下去。

巴里特说，"有内线和我说，川普征求国会意见，问是否派国民警卫队保卫国会却遭拒绝。国民警卫队主动与国会大厦警察局联系，问是否需要增派警卫队，仍然被拒绝。这是什么情况？说白了，就是想看这出好戏，并且想法促成这出好戏上演。万余人算什么，根本就不算事。

"如果来一百万人抗议你看看，情况马上就不一样了。这种迹象传递一个假的信息，那就是不需要国民警卫队，抗议者都是守法的公民，不会对国会大厦造成威胁。"

"那要是万一呢？"爱丽丝问。

"不是万一，而是百分之百的引众人入室。甚至可以推断警察陪同众人进入国会。只要抗议者进了国会，那川普的罪名就做实了。"巴里特说到这儿，他看着爱丽丝继续说，"你还不明白？"

爱丽丝马上接着说："这也太可怕了，警察不执法反而陪同，再加上别有用心之人趁机煽动仇恨情绪，鼓动抗议者冲进国会？"

　　"没错！"巴里特说："抗议的人群里不都是挺川普的粉丝，从电视荧屏上看，有很多'黑命贵、安提法'的人，我不认为这些人是川普的铁粉。"

　　"那要是冲进了国会怎么办？"爱丽丝又问。

　　"川普会很麻烦，他会在共和党内失去很多支持者。"巴里特讲完又晃了晃头，那表情很无奈。

　　"可以通知川普，派人与抗议人群的组织者取得联系，告诉他们不要上当。"

　　爱丽丝的说法在巴里特看来很幼稚，巴里特笑笑说，"问题是川普还在气头上，他不会做这件事，甚至他的心态有可能希望把火烧得越旺越好。"

　　爱丽丝也很无奈地说："也是呀，2020 大选，创造了美国历史第一，川普现在的心情可以理解。"

　　"唉"，巴里特叹口气说："我担心，针对川普的一系列打压行动才开始。川普将会有大麻烦。"

　　"总统都被选下去了，还会有什么麻烦。"爱丽丝有点不屑，她认为川普不追究大选这事就完了。

　　巴里特看着爱丽丝表情很认真地说："就川普的性格，到死都不会认输，而且 2020 大选的确太明显了，几乎同一个时间接到命令在行动，几个小时就翻转了大选结果，你说川普他能服输吗？"

　　"换成谁都会不服输的，更何况川普。"爱丽丝刚说完，总裁的手机电话铃声响起，她起身借机告辞。巴里特在接阿贝的电话，他向爱丽丝摆摆手，意思是爱丽丝可以走了，可是当爱丽丝走到门口，他又捂住电话喊住爱丽丝说，"你的身体太虚弱，还在咳嗽，明天不要来了。"

爱丽丝回到办公室，她感到很闹心。本来她做完手里的工作该回家了，因为她刚病愈，但她没走。丈夫布莱恩病逝以后，她不再去长老医院做义工了，她受不了触景伤情那种回忆所给她带来的痛苦。从总裁办公室出来她就在自己办公室，整理巴里特刚才讲的"假设说"。她一心想完成"Q 的王"的写作，已接近尾声。面对大选后因舞弊抗议的呼声和万人车队奔赴华盛顿的情形，她不知道会发生什么，但她想力求能力所及的记录，尽量完整些。

在回家的路上，爱丽丝叫了中餐外卖。回到家进屋第一件事她是先看总裁巴里特发来的信息。

巴里特说：一位法学教授解读美国宪法，说彭斯可以拒绝选举人团投票结果。法学教授认为，美国宪法第 12 条修正案可能授权副总统迈克·彭斯（Mike Pence）拒绝有争议的选举人选票，为美国联邦众议院重新选举总统铺平道路。现在的问题是彭斯拒绝。

爱丽丝开始翻阅宪法第 12 条修正案。她反复看也没看明白，应该说很摸湖。 12 条明确，选举总统时，以州为单位计票，每州代表有一票表决权。假如州的认证选举人票为拜登，又立个没认证的选举人票为川普，只因为有争议，那这种依次区分矛盾的提议，副总统议长彭斯该怎么认证？

由于爱丽丝病刚好，身体确实很虚弱，有时仍然咳嗽。她看完宪法 12 条修正案，并做了记录，之后吃点东西就睡了。

凌晨 2 点 21 分，川普出现在镜头前，他的身后是东厅一面挂着美国国旗的墙。

川普在演讲中谴责了这次美国总统选举，称其为"是对美国公众的欺骗"，是美国的"耻辱"。他说，"我们已经为赢得这次选举做好了准备，坦率地说，我们确实赢得了这次选举……"川普的这次讲话，被认为是对支持者和抗议示威者最终冲击国会的鼓动。

爱丽丝一觉醒来看电视，发现华盛顿国会大厦前椭圆形草坪上的场地架起了绞刑架，再看评论，抗议者高喊：绞死叛徒彭斯！

这是什么情况？这场面要失控啊？

这个时间是 1 月 6 日上午，示威者聚集在草坪上参加一场由律师鲁迪·朱利安尼主持的名为"拯救美国，夺回我们的国家"的集会。示威活动最终演变为骚乱，并向美国国会大厦行进，试图推翻 2020 年大选结果。

示威者高喊着"拯救美国"冲向国会。

突然，队伍里有人高喊："冲啊！到国会去，掀翻这些腐败的偷窃者，捍卫宪法，找回我们的尊严，当选的总统是川普……"

这种高喊，在示威者情绪激昂的时候，非常具有煽动性。抗议活动最终演变为骚乱，数千人支持川普的示威者向国会行进，并最终有 2000 至 2500 名抗议者冲进了国会大厦。

奇怪的是，行进的队伍前，竟然有一位西裔国会大厦保安员在向示威者招手，意思是："想进来？请跟我来……"

时至中午，当时国会正在开会统计选举人团选票，正在就得克萨斯州参议员泰德·克鲁兹和亚利桑那州第四国会选区众议员保罗·戈萨拉，反对统计亚利桑那州选举人团选票进行辩论。示威者冲破安保人员的防线进入国会大厦，国会大厦里正在议事的议员被迫疏散，随后即全部封锁。由此导致认证大选结果联席会议一度被迫中断。

在进入国会大厦的人员中，一名女性退役军人，因试图通过窗口进入，被国会内持枪警务人员开枪击毙身亡。

有趣的是，一位以原住民土著人打扮的示威者坐在了议长的座席，还表现出洋洋得意的样子。也不知道是哪个家伙，竟然偷走了议长的笔记本电脑。还有一位自称 Q 的扛旗者，头带牛头装饰冲在前边，特别显眼。据说后来被逮捕的这位牛头人向警方供说，他是奉川普之命前来阻止对大选的认证的。几千人中，只有这一人是奉总统川普之命，谁会信呢？

1 月 6 日下午，川普谴责其副手彭斯"没有为保护我们的国家和宪法做应做的事情"。下午 4 点 22 分，川普通过公开电视讲话，敦促他的支持者"和平地回家"，同时将抗议者描述为"非常特别的人"，称他"爱"他们，并重申他对选举舞弊的指控不会放弃。其后川普再呼吁示威者保持和平，不要使用暴力。

据美国司法部披露的数据，截至 2023 年 1 月 6 日统计，系列的冲突先后导致 5 人死亡，超过 140 人受伤。已有近 970 人被捕，大约 465 人对指控表示认罪。但没有媒体报道过有对"安提法"闯进者起诉的。

美国国会大厦遭到冲击这一事件很快便成为了全世界媒体的焦点，并受到美国国内和国际上政治领导人和组织的广泛谴责。时任参议院共和党领袖的米奇·麦康奈尔首先将这一事件称为"失败的叛乱"，并且称参议院"不会屈服于无法无天或恐吓"，随后他的妻子运输部长赵小兰提出辞职。

而美国众议院议长新民主党领袖南希·佩洛西，马上主持成立了 1 月 6 日调查委员会，调查暴力冲击国会的不法分子，追究川普的责任。

最大的亮点是一位新民主党人贝特勒马上声明，说他在暴动现场，听到了在现场的议员麦卡锡和川普的通话。他说示威者闯进国会，麦卡锡要求川普叫停示威者的暴动，但川普犹豫后说，"闯进国会的人是安提法的人，不是我的支持者。"这里的关键点就是川普的"犹豫"，有能力制止却不制止。根据这份证词，完全可以认定1月6日冲击国会的煽动者就是川普。可是1月6日委员会却没有按程序传唤贝特勒和麦卡锡出席听证。

也是，如果传唤听证，麦卡锡当场否认贝特勒所谓"电话"的声明，那场面一定很尴尬。

在抗议大选舞弊的队伍里，有一位自媒体中国人，他叫江海，爱丽丝认识。只见江海头戴牛仔帽，高唱"川建国"歌曲，勇敢地跟随队伍挺进。当他临近国会时，江海接到了一个神秘的电话。电话里的人提醒他，只要你迈进国会半步，你终将会被FBI警察逮捕。江海停住了脚步，他抬眼望向美国的国会，终于清醒地认识到，美国的国会，是神圣的殿堂，不是任人随便闯进的地方！

事后江海感慨地说：1月6日国会被冲击事件令人终生难忘，为了美国的民主和自由；为了公平正义，前辈可以抛头颅洒热血，后辈又何惧呢？

可是，公平正义不是违法，难道你认为新民主党今年搞大选舞弊了，那四年以后的共和党也要搞舞弊当选吗？这是令所有美国人深思的问题，也是必须修复的弊端。没有这次2020年大选出现的问题，就不会有接下来全美国47个州修改选举法。

　　本章警句：为了美国的民主和自由；为了公平正义，前辈可以抛头颅洒热血，后辈又何惧呢？

第三十四章 川普落败

晚饭后，爱丽丝坐在电脑桌前发呆，她看着电脑旁的电子日历傻傻地想，今天 1 月 8 日星期五，周末了。明天她要和孩子们在一起。丈夫布莱恩去世后，几乎每个周末，她都和孩子们在一起。所以今晚她无论如何也要把"川普落败"这部分内容整理出来。

爱丽丝打开电脑，开始边看边修改两天前写的章节。

华盛顿——至高无上的殿堂是白宫，而白宫是所有政客梦想踏足的地方。突然有一天，一个政治素人揭竿而起，扛起了大旗，一路进军，跟随者浩浩荡荡，这些跟随者便是美国大多数的选民，出乎所有政客的意料，就是这些大多数的选民，把素人川普成功推进了白宫。

即使川普成功当选，他的任期也就是四年，四年后的今天大选，连任的胜败不是一念之间，那可是四年酝酿的结果，也是对他成绩的最后考核。

现在复盘看，从 11 月 3 日凌晨美国大选投票正式开始到 4 日凌晨，选票还在清点时，川普就发表讲话称：坦白地说，我们已经赢了，可是……你看到了什么？

谁也没想到考核的方式，是这样的让人无法接受。最鲜为人知的是 2020 年的大选之夜，有人形容川普的私人律师鲁迪·朱利安尼喝醉了，都说他醉醺醺地走向白宫，走向川普跟前愤然地说，"他们——没错，是他们蓄谋已久的，偷走了您的选票，您完全可以直接宣布获胜就行。"

当晚，川普的家人和幕僚、顾问数次敦促川普拒绝朱利安尼的建议。在没有搞清楚票数之前，不能去"宣布胜选"。川普的竞选经理比尔·施特平说，"现在发表任何这样的声明都还为时过早"。川普的女儿伊万卡也告诉川普，选举结果在统计中任何过激的言论，都会带来很不利的后果。

川普听了建议，但最后的结果让他憋了一肚子闷气。尤其他通过重放电视画面，看到特别有争议的州，明明他的选票领先于拜登，州计票员还真的停了下来，赶走了监票员，也是真的把事先备好的成箱选票拿出来计票，直到赶超川普。上半夜川普领先，马上停止点票后，下半夜到清晨，领先的是拜登了。你说，川普怎么会服输呢？

律师鲁迪·朱利安尼再次走过来和川普说："我说的没错吧，他们偷走了大选结果。"

川普大声吼道："起诉，我要真相，要不惜一切代价！"

律师鲁迪·朱利安尼汇报说，团队已经到各州所在地法院进行诉讼。

第一个官司，川普的竞选团队在密歇根州就选举结果提起诉讼。因为在密歇根州的韦恩县，有一批选票60%的签名都是一样的，有50张选票被多次重复计算，还有一位母亲称自己去世的儿子也有投票纪录。现场展示了一份234页的"证据"，但没有被采信。邮寄选票刺激了选举欺诈行为。

关于密歇根州的计票软件问题，投票机把投给川普的选票7000张直接划拨给拜登，被发现了才纠正，但同款的机器各个州都有，谁又能保证别有用心之人在别的州同样划错呢？事后该州发表声明称，此次投票机软件事件纯属"个例"。

但这关键的"个例"，川普团队却没有追查。

　　第二场诉讼：对宾夕法尼亚州邮寄投票法规提出质疑。一审法院已裁决暂停认证，但州最高院发布命令，撤销下级法院的暂停对该州总统选举投票结果认证的决定。州最高法院认为，对该州邮寄投票法规的质疑诉讼提出的太晚了。

　　这事整的，律师鲁迪·朱利安尼在大选前就应该诉讼，选举完了才诉，晚了。

　　律师鲁迪·朱利安尼私下大骂：荒唐！简直荒谬绝伦！

　　接下来的诉讼就更好玩了，大多都被认定证据不足。

　　最有看点的是，德克萨斯州联合 19 个州起诉几个摇摆州选举欺诈，并告到美国最高法院，结果怎么样？最高法院驳回，不予受理。

　　据说一名大法官接受访谈讲："受理了就有可能意味着另一方胜出，这种诉讼不能管。"

　　更有意思的是，亚桑州，拜登胜出 1.6 万余张选票，但查出 5 万余张问题选票，但这 5 万余张的问题选票出现在甲身上还是乙身上不公布，选民自己猜吧。

　　律师鲁迪·朱利安尼面对总统川普，很无奈地晃头说，"我们败了，真相将变成谜底，就像肯尼迪被暗杀，大选的乱象司法部门却不介入调查，律师团队面对强大的深层集团无能为力……"

　　川普陷入深思，他坐在白宫总统办公室的座椅，在律师和幕僚的陪同下，打开电视，再次复看国会对 2020 美国大选认证的过程。

　　精彩的是，个别州参众院竟然拿出了两套方案，一套是认证选举人票为拜登，一套认为是川普，由美国参院主席，也是川普的搭档副总统彭斯去决定。

　　这个球踢给了彭斯。

　　选举人团投票决定总统以及副总统人选，是在 2020 年 12 月 14 日，其结果确认拜登当选第 46 任美国总统，贺锦丽当选第 49 任美国副总统。因抗议者冲击国会，认证时间改为次日凌晨，即 2021 年 1 月 7 日。国会联席会议主席彭斯，没有理会州代表提出选举中出现的争议选票，按州的最后认证，坚持确认拜登及贺锦丽当选美国总统、副总统。

　　幕僚建议总统川普，在一份声明中承诺，将在 1 月 20 日进行"有序"的权力交接。

　　川普接受了建议。

　　当然川普团队还将继续诉诸法律，但川普也知道没胜算。即使几十个诉讼案赢了一个，也无法改变大选结果。因为一旦选举人票被国会认证，将不允许再提出任何质疑，这是美国的国家政治制度决定的，即使错了，也是下次修复。

　　这期间网络评论文章几乎是一个主题：那就是现实中的美利坚合众国，是被理想化了的美国。瞧瞧，全世界公认的民主、法治、自由、堪称道德典范的美国，就是这样进行大选的，而且谁也不能指责。但有一个现象诡异，那就是主流媒体几乎全部噤声，公开发表的评论均认为大选公正，不存在大规模的大选舞弊。由此可以看出，美国的意识形态已经产生严重的两级分化。

　　川普没有退缩，仍然"还在战斗"。他将继续针对大选的计票结果寻求在几个关键州发起法律诉讼。"不论结果如何"，川普在想，即使知道结果，但也要去打，要让美国人看看司法的公正性何在。

　　2020 年美国大选尘埃落定。美国媒体宣布获胜者是新民主党候选人拜登，但是他的对手，在任总统川普至今仍未承认败选。应该说，川普永远不会承认他败选。

川普败了，败得无力翻转。这期间一些自媒体多次爆出川普会动用军队，将逮捕南希·佩洛西、奥巴马、拜登、克林顿、希拉里，以及彭斯等美国政坛的政治人物，这些言论纯属一派胡言，是那种为了吸引流量而赚钱的虚构。

2021 年 1 月 20 日，拜登和贺锦丽宣誓就职，分别成为第 46 任美国总统和第 49 任美国副总统。

川普没有发表败选演说。他没有与拜登当面权力交接，只留了一封信给拜登。因为他不承认大选结果。他和夫人乘专机回到佛罗里达州海湖庄园，他声称会有一天，以他川普从不言败的方式重返白宫。

有传言说，一位共和党的女议员讲，用法律的手段，名正言顺地整你川普，迫害你、整死你，让你这个富翁成为历史之最，好好体会体会败选的这滋味，好受吗？

读者看清楚，是共和党女议员哟。

更有看点是，共和党的领袖人物公然熄火说：不要再挑战大选结果，当选总统已被国会认证，拜登是当选总统。

同是共和党的人，为何这样的仇恨川普？

司法部长巴尔：没有发现大规模大选舞弊的证据。

美国国土安全部声明指出：本届大选是美国史上最安全的选举，没有证据显示有任何投票系统删除、减少或者窜改选票与任何舞弊情形。

一位新民主党的议员同情地说：全归罪川普不公平，已经把他整下去了，住手吧。

另一位新民主党女议员却回复说：问题是他川普不服输啊，不但不认输，还一心想推翻选举结果。

美国首席大法官约翰·罗伯茨，见证拜登宣誓就职。

众议院、参议院、最高法院，一致"举手"通过，你不服，还反了你？

看官一定会懵了，到底谁和谁是一伙的都不知道了。

再来看看川普的铁粉们，他们在各种平台仍然高喊：我们的总统川普，是被影子政府架空的善良的好人；川普与邪恶不妥协，选择了对抗；选择了和美国人民站在一起，去掀翻这个旧世界；选择了挽救摇摇欲坠的美利坚，而使美国更伟大；选择了堂吉科德式的艰难孤独的路，去承受了太多的陷害和背叛；这种忍辱负重的伟大，是选民心中的英雄；他用率直的真诚和热情，撬动了民意；我们将期待川普再来一次……

而自己搭台演戏的一些自媒体更有意思，前一段时间爆出美国军队将介入美国大选，没掀起什么风浪，马上又披挂上阵，呼应川普的铁粉说：美国的国父华盛顿对抗了英国，林肯对抗了一半的美国，罗斯福对抗了法西斯，里根对抗了前苏联，而川普对抗了整个世界的邪恶势力！

好像是冬天在冰冷的河里洗了冷水澡，爱丽丝一下子醒了。她不是在睡梦中醒来，而是面对残酷冰冷的现实，她更加清醒地认识了这个世界。她整理出上述这些资料，并不认为这些自媒体的宣传代表了美国人的民意，相反，她认为这些宣传只能促使川普更加误判；她认为把失败全归责于深层影子政府是一种自我解脱的借口；她不认为堂吉柯德式的勇敢是一种领袖应该有的智慧；爱丽丝又翻看了她整理出的丈夫布莱恩生前对美国大选的所有见解和个案分析，且认为丈夫布莱恩的有些观点并不全是错的；而最值得反省和深思的人，恰恰是前总统唐纳德·川普本人。

是啊，在位的总统川普，在这四年为何不能平衡各派系，相反却得罪了那么多政客，就连身边的搭档副总统彭斯也弃他而去，还有国务卿彭佩奥、国防部长詹姆斯·马蒂斯、司法部长巴尔、美国联邦调查局FBI局长科米等等，没有一个和他是贴心的。为什么这些曾经是总统川普的左右手不能站在他身后，与他共进退呢？有人说，他们就是深层政府的成员，他们受够了川普的火爆脾气；还有总统的幕僚，是不懂得运筹帷幄呢，还是一群笨蛋呢；那么卸任总统川普呢，他应该在想：都是些什么原因促成这个结局呢，违反选举法规矩的选举行为似乎达到了登峰造极，为什么呢？

一位共和党的资深大佬说：因为你川普不是政客，所以你还不懂有效地利用和支配政治资源。

本章警句：美国的国父华盛顿对抗了英国，林肯对抗了一半的美国，罗斯福对抗了法西斯，里根对抗了前苏联，而川普对抗了整个世界的邪恶势力！这评语，对么？

第三十五章　暗黑的帝国

　　星期天爱丽丝爱睡个懒觉，因为星期六她去了农场和孩子们在一起。上午 10 点左右，总裁巴里特来了电话，爱丽丝接听。巴里特在电话里说，FBI 艾碧尔会发资料给她，让她接收后整理一下，在适当的时候播出。

　　爱丽丝起床还没洗漱就打开了电脑看邮箱，她看到了记录后马上以记叙的文字整理完。

　　时间显示 2021 年 1 月 8 日上午 10 点。五角大楼，参谋长联席会议办公室。

　　"铃……"

　　一阵急促的电话铃声响起。办公室主任三星中将安索尼（Anthony）在接听电话。

　　"你好，主任先生！我是众院议长助理亚历山卓拉（Alexandra），我请求您，请让主席马克先生（Mark）接听电话。"

　　"好的。"中将安索尼手拿电话按向参谋长联席会议主席马克的办公室。他听到了主席拿起了电话，他轻轻地放下了电话。

　　这时说话的一方换了另一位女人。

　　"主席先生，你应该知道我是谁？"

　　"知道知道，请问有何吩咐？"马克马上回答，而且毕恭毕敬的样子，足见讲话人地位的份量。

　　"总统川普的精神状态非常不正常，他疯了一样，不适合管理美国的核武器。你必须向我保证，有能力阻止川普发射核弹的命令，确保总统川普不能使用核密码。"

“没问题。虽然总统是唯一拥有发动核攻击的权力，但完成程序并不是单独总统一个人说了算。请放心，发动核打击，是有步骤，有规定和程序的。”马克起立回答，尽管对方看不见。

“那好，你马上召开参谋长联席会议，传达你的命令。”

“是。马上执行。”马克立正回答。

“还有，为了配合总统权力交接，你要和中国的国防部长通话，告诉他们，美国不会主动攻击中国。”

“好的，马上预约安排，明天通话。”

“就这样。”

马克听到对方撂了电话，他呆立了一会，心想，前国防部长埃斯珀曾指示与中国军方保持沟通，防止误判，他打过一次电话，现在又正是大选后总统交接的时候，政治站队非常重要，他坐下，眼光犹豫地看向窗外，他想起了去年夏季，那个黑人弗洛伊德事件……

弗洛伊德事件搅得全美国民怨沸腾，种族抗议活动层出不穷，白宫方面出于安全考虑，建议川普暂时到白宫地堡办公。但这秘密的决定却被嗅觉敏锐的媒体知道了，知名时报很快就将总统川普这一狼狈之举曝光，从而引发了川普的震怒。川普要求身边的幕僚查出向媒体泄密之人。在一次白宫战情室的会议中，川普提出参谋长联席会议主席马克调遣国民警卫队进行维护各州的社会秩序，但遭到马克的驳斥和拒绝。

马克解释称，“自己在白宫只是一个顾问，并非军事指挥官。”

川普当众爆出粗口："我说，我他妈要让你负责领军！"

马克也咆哮道："我说这事我干不了！"

川普再爆粗口："你他妈敢对我这么说话！"

马克向其他与会者嚷道："该死的！难道你们这一屋子懂法的人，就没一个人告诉他我的法律责权是什么吗？"

这时，司法部长巴尔才接话称："总统先生，马克说得对。"

川普的想法是动用国民兵，即国民警卫队来维持社会秩序，各州都有国民警卫队，州长都有权调动的，应该可以，但司法部长说了马克是对的，他就不再坚持指责。但这次争吵，马克与川普结下了"梁子"，心结一直难解。

马克认为，总统川普还不懂美国军队在国内应该扮演什么角色。

想起这一段的不愉快，马克很无奈地晃晃头，他哼了一声，用食指按向助理查理士（Charles）的按钮。他吩咐助理马上召开参谋长联席会议，通知陆军参谋长、海军作战部部长、空军参谋长、海军陆战队司令、太空军司令和国民兵局长参与。

按开会时间，所有参谋长联席会议成员均提前半小时到五角大楼联席会议办公室。

马克召集军方最高级将领会议。马克向将军们反覆强调发射核武器时必须通知他这个参谋长联席会议主席参与；他要求将军们无论如何都要遵照程序行事，一再强调"我这个主席是程序的一部分"（I'm part of that procedure）。接着马克好像还怀疑什么，他极度不放心的在会议室里来回走动着，走到每一位将军面前，他要求将军当面作出肯定的答复。最后他收到了预期效果，宣布散会。

每个将军都摸不着头脑，陆军参谋长走出了五角大楼还喃喃自语，"没有迹象与俄罗斯或中国核战呀？这马克搞什么鬼么？"

海军陆战队司令站在五角大楼门前，他健步走向接他的军车，在上车前他回头审视了一会儿五角大楼小声嘟哝"常规战还没打呢，竟然准备打核战，这是什么情况？"

太空军司令在登上直升飞机时嘟囔："总统川普他没疯，他很健康！"

还是国民兵局长聪明，走出五角大楼他坦言一笑道："1 月 6 日是未燃起的核爆。"

其实，参谋长联席会议的主席，地位虽高于各军种的将军，但并没有直接命令军队的权力。美国所有的军队指挥官直接听从国防部的命令。

第二天，参谋长联席会议助理查理士为马克接通了中国国防部长的电话。

马克先问候中国国防部长李作成将军，之后他说，"今天通话的主要内容是，美利坚合众国是稳定的，为缓和两国间的紧张局势，我可以向你们保证，我们的军队不会袭击你们，如果我接到攻击命令，我承诺，我会首先警告你们。"

李作成将军听完马克的忠告一头雾水。他在心里琢磨，这位美国参谋长联席会议主席马克喝了多少白兰地酒啊，两国间仅仅是贸易上的分歧，怎么扯到开战了，还"我们的军队不会袭击你们"，太扯了吧，可以说是酒后的胡说八道。李将军暗暗欢喜，他用外交辞令的语气回马克说，"两军保持通话互动，避免误判，我方欢迎。但美方的军舰闯我南海岛礁实在不妥，希望美方加强海上管控，避免发生冲突。"

马克说："请将军放心，我的直接责任就是代表国防部长，告知总统的命令和意图。"

李将军回说："谢谢您的坦诚，中方对此表示欢迎。"

通话完毕，马克问自己："我这么做是啥意思呢？"之后他要马上汇报。

而中方李作成将军通完电话后，和身边的参谋说："美国参谋长联席会议主席马克今天的通话，纯粹是一种政治站队的表演，其作法就是让外界怀疑，马上就要卸任的总统唐纳德·川普在任期结束时的精神状态不好。这种小伎俩一个军事将领也做得出，的确让我瞧不起。"

爱丽丝看完马上打电话给巴里特，她问，"这么机密的材料是怎么得到的，艾碧尔不是军方的人啊。"

巴里特呵呵一笑，在电话里小声说："众院议长助理亚历山卓拉（Alexandra），是艾碧尔的太太。"

爱丽丝惊叫："天哪，太好了。"

一个月以后，马克与中国将军通话在美国众院听证。马克的做法遭到共和党参议员丹沙利文的质疑，尽管马克辩护说，与中国保持通话是他常态的例行工作，且通话时有7、8个军人在场。但丹沙利文却说，"假若中国人民解放军的某位将军给你打电话说'嘿，主席先生，我们马上解放台湾'，然后美国出兵协防，那这个将军就会以叛国罪被中国军事法庭判决枪毙。"

马克吓坏了，他声音沙哑地说："我只是为了缓和紧张局势，例行通话而已。"

　　最后因为马克得到了现任总统拜登的信任，国会的议员放过了他。

　　这种对外胡言乱语的将军能得到政府首脑的保护，足见马克的通话是有意而为之，说白了他是在配合某个政党的工作安排，已经背离了美国军人保持中立的立场。

　　爱丽丝在整理这段资料时，她虚构了中方李作成将军的回话及心理状态，还添加了马克将军的短暂回忆。

　　爱丽丝非常清楚，每个国家每个时代，在国家的层面，构成了系统性的肌瘤，基本上都是以体制官僚为核心的主体，包括在职和退休官员。这些职业政客有能力影响国家政策的制定和执行，有些退休高官基本上是以顾问的形式任职于像推特这样的私企媒体，有的高官仍然长期存在于体制内部，无论哪个政党上台，哪个政治人物当总统，都需要他们去实施各项政策和法案。这些建制派官僚有相当多的实权，再加上外围那些依附于这些官僚系统的财团，跨国公司，科技巨头等等，这就是最难攻克的铜墙铁壁。

　　川普是更换政府官员最多的一位总统，换来换去几乎没有他欣赏的人，因为候选人都是建制派官僚，川普本人是素人，在政坛上根本就没有政治根基，最后就连副总统彭斯也弃他而去。尤其是司法部、FBI，可以说不是川普政府的坚强后盾。从川普上任起，他就被不断的抹黑，没人管。通俄门照样查，偷漏税款照样追，被认为行政越权而遭弹劾等等。还有各种媒体一直在不断地歪曲抹黑他，搞到最后灰头灰脸，居然没人听他的了，就连保持中立的参谋长联席会议主席都在帮忙演戏，这总统当的，多累呀。

　　爱丽丝的思维在翻转中，忽然间在她的眼前出现了三座大山：新民主党、保守共和党、建制派官僚体系。这三股势力不同于美国的三权分立。一位总统，不能平衡这三股势力，那么你的决策将难以执行……

“铃……”

电话铃声让爱丽丝在电脑上停止了打字。

“你留意一下，那位闯进国会坐在议长座椅上的土著人昨天在他的家里被杀了。”

“总裁，网上有披露吗？”

“没有。是艾碧尔通知我，不会错。”

“知道了。”

爱丽丝放下电话在想，一个闯进了国会安提法的人，不明不白的死了，他带走了真相……

本章警句：建制派官僚有相当多的实权，再加上外围那些依附于这些官僚系统的财团，跨国公司，科技巨头等等，这就是难攻克的铜墙铁壁。

第三十六章　　我想说再见

已经半夜 12 点了，爱丽丝还在电脑前打字。那流利的敲键声，就像欢快的音符。她在谱写一段历史，一段令当代美国人终生难忘的总统大选。

令人心跳的大选终于结束了。胜者为王的拜登终于松了一口气。他宣称，与竞选搭档贺锦丽(Kamala Harris)已经与专家见过面，正在为入主白宫做好准备。

拜登的胜选演说原本计划是一次庆祝胜利的讲话，但由于缺乏电视网以及其他选举预测人士对胜选的建议，拜登改变了演说的方向。

再把镜头回放一下：情势对川普而言极为不利，在四个将决定选举结果的州——宾夕法尼亚州、乔治亚州、亚利桑那州和内华达州，拜登的领先优势越来越大。在全国选民投下的创纪录 1.47 亿张选票中，拜登领先川普 410 万张。

拜登说，美国人民已经授予他权力去应对新冠疫情、重振经济、气候变化和系统性的种族主义。

拜登又说，"他们清楚地表达了他们要这个国家团结起来，不要再继续分崩离析。"

最后拜登呼吁，选举活动已经结束，希望美国人民忘却分歧，是时候把愤怒和严酷话语留在过去了，作为一个国家必须团结起来。

而川普总统竞选团队则发表声明称，选举远未结束，我们都知道为什么乔·拜登急于伪装成胜利者，以及为何他的媒体盟友如此努力帮助他那么着急地进白宫，因为他们不希望披露真相，简单的事实是：这次选举远未结束。

　　这表明川普团队将继续通过诉讼挑战选举结果，指控选举存在舞弊现象。

　　川普团队的表态，马上引来舆论上的轩然大波。极左媒体先冲锋在前的表述是：2020 年 11 月 7 日拜登宣称胜选时，川普正在华盛顿特区外打高尔夫球。川普在整个竞选期间都警告，他不会接受败选。他一再表示，无论选举机构怎么说，他都决心继续掌权，称他败选的唯一可能是选举被窃取，所以他拒绝离开白宫。而据知情人士透露，川普向身边的工作人员明确讲明，不要讨论是否会出席拜登的就职典礼，也不要谈什么离任的任何话题。当川普的幕僚试图推动他面对现实，退一步海阔天空时，川普表示，他不会在拜登总统就职典礼当天离开白宫，"除非被人从窗台上扔出去"。

　　爱丽丝在电脑上通过查阅资料看到这个细节，她噗嗤一声笑了起来。这媒体吃饱撑的，什么花花事都能编出来。

　　接下来一连串的假设说，在媒体上铺天盖地的嚷起来，最有意思的是这段：主持人特雷弗问拜登，是否考虑过川普败选后拒绝离开白宫的可能性。

　　"是的，我想过，"拜登回答，并称他相信，在这种情况下，军方会阻止他继续执政，并将他逐出白宫。

　　拜登坚称，决定选举结果的将是选民，而不是候选人，这也在其竞选团队周五的声明中再次印证：美国人民将决定这次选举，美国政府完全有能力让非法进入者离开白宫。

　　有一位资深询问专家问：川普试图动用国家安全部队非法执政是否可行？

拜登回答：是的，我有想过。我非常骄傲的是，已经有4位参谋长联席会议主席站出来抨击川普了，有这么多普通军方人员在说：我们不是军政权国家。

而美国俄亥俄州立大学国家安全政策和法律专家拉德希尔则说，对于一名总统来说，在明显败选后，滥用总统权力继续留任将会很困难，并会破坏重要国家规范，但这并非难以想象。

更有些故意夸张的言论，竟然甚嚣尘上地编纂出"剥皮"之说，谎称记者采访拜登的时候，问他这个问题。拜登爽朗地回答："我早已经想过了。如果他川普赖着不走，会有一支四人组成的安保队，把'阿川'的皮剥下来。"之后，拜登又幽默地讲："当然啦，按照世俗民风，很多人肯定反对暴力架走川普，要讲道理，因为我们不是一个军事化的国家，不能这么做。"

毫无疑问，拜登不可能说出"剥皮"说，上述段子明显是编出来的，但看过这段子的人肯定要问：为什么呢？

究竟是恨川普，还是恐惧川普主义？一场选举的结果为什么是你死我活！

爱丽丝打完这段站了起来，她走向落地窗，看着后院在夜光下凋零的落叶，万分感慨：人生啊，争的是什么呢？你拜登都认可付出晚年的颐养天年的时光来为这个国家服务，那川普又何尝不是如此呢？

她想起了 2020 年 11 月 20 日川普指示美国总务管理局局长埃米莉·墨菲，在 23 日通知前副总统拜登及其团队，说川普政府已做好准备正式开始政权过渡进程。

　　墨菲在给拜登的信中说，将为过渡政府准备 700 多万美元的联邦资金，川普政府也正在为过渡政府提供联邦资源。当然，同时川普也表示，还将会继续为挑战选举结果而战。

　　为什么他们要怀疑川普的人品呢？为什么他们要到处宣扬川普是个疯子呢？

　　没有总务管理局提供资金，新政府是玩不转的，都这个时候了，那些主流媒体还不顾事实地丑化川普，得有多大的仇恨啊？

　　爱丽丝回到电脑桌前坐下，她开始播放川普和夫人梅拉尼娅离开白宫时的镜头及川普的告别演讲。

　　川普的告别仪式于当地时间 20 日上午在华盛顿特区郊外的安德鲁斯空军基地举行。据美国有线电视新闻网先前报道，川普和身边的人讲，他不想作为前总统离开华盛顿，更不想请求拜登允许他使用总统专机。

　　2021 年 1 月 20 日早上 8 点 15 分，川普夫妇在白宫南草坪和一部分送行者告别，并登上"海军陆战队一号"总统专用直升机。川普对人群表示，"我想说再见，只想说声再见，担任总统是我一生的荣耀"。

　　十几分钟后，川普一行抵达华盛顿特区以东 8 英里的安德鲁斯空军基地。在那里，川普夫妇走上红毯，并受到仪仗队和军乐队以及 21 响礼炮的欢迎。大约 500 名川普支持者也到场，其中有十几位美籍华人。

　　在告别讲话中，川普说，"我们是世界上最伟大的国家，担任你们的总统是我此生最大的荣耀和特权。我们重振了我们的联盟，特别自豪的是，我是几十年来第一位没有发动新战争的美国总统。相信我，正义在我们手中，我们会以某种形式回来。"川普在讲话中没有提及拜登的名字，但表示祝愿下届政府好运和成功。

告别仪式后，川普和夫人乘坐空军一号飞往位于佛罗里达棕榈滩的私人住所海湖庄园。川普成为美国自 1869 年以来首位不出席继任总统就职典礼的现任总统。不过，川普还是遵循了一项传统，他在椭圆形办公室里给拜登留了一封信。其信的主要内容是："乔，你知道是我赢了……"

就在川普专机升空的那个瞬间，一位中国人公开播放了专门为川普写的歌曲：川建国！

这是由大雄作词作曲，知名自媒体人江峰演唱，并由 jojo 编曲混音，梅子配合及大雄、贾岛伴唱的中文歌曲，后有配翻译后的英文歌词。中文歌词是：

看过江之鲫随浪向东流 /对潇潇暮雨几番风云骤 /绝处知进退 /孽海苦行舟 /揾一把英雄的泪 /愁处拭吴钩 /问壮志待酬可曾愧王侯？ /叹兴亡悠悠回头正逢秋/功名凭皓首/东西重运筹 /挽一弓浩然的气 /慷慨射龙头/川建国、川建国……

红尘深处相知渺邈 /浊浪翻天两岸的潮 /南归草草 /北望迢迢 /歌罢尚须用酒浇 /宇内群妖犹然未扫 /强寇万里一端之毫 /旌旗昭昭 /战鼓萧萧 /十万雄才胆正豪/剑出鞘踏飞浪斩群妖 /挑长灯一川激愤起英豪 /驾长车/横眉笑戏鬼魁 /披锦绣普天众志向天朝。

爱丽丝打字结束，她的嘴里不停地说：我想说再见！我只想说再见！但我们会回来，川普主义还在，我们一定会回来……

　　突然，爱丽丝猛地站起来，她双手击在电脑桌上大声喊道："唐纳德·川普会回来，川普一定会重返白宫！"

　　喊完，爱丽丝双肩颤抖，她竟然失声地哭了起来……

　　可是，谁也没有想到2022年8月8日上午9点，美国联邦调查局特工趁川普外出之际，前往海湖庄园执行搜查令。该搜查令得到了美国司法部长梅域·加兰的授权。

　　海湖庄园被搜查的原因包括：唐纳德·川普涉嫌违反美国1917年间谍法，擅自保留国家军事机密。这在美国历史上是空前未有的第一次，当然，有了这第一次的开头，搜查在任和卸任总统的私人住宅就不会再是空前绝后了。

　　新民主党拜登政府，为此类事件的发生开了先例，只是他们下手的对象选择了唐纳德·川普。这似乎不仅仅是执法这么简单，因为文件归档一直在商议交接的过程中，更何况总统对文件有解密权。即使你是对的，但给选民的印象却是有"踏上一万只脚，让你永世不得翻身"之嫌……

　　有好戏看了，1月6日调查委员会像是报幕员，而真正的大戏好像刚刚拉开了帷幕。

　　没错，后续接下来曾把机密文件带回家陈放角落多年的前前副总统现总统拜登，及前副总统彭斯，因前总统川普庄园被搜查的先例，不得不享有同样被司法部授权，联邦调查局FBI探员进家搜查的"待遇"……

　　只是，现总统拜登的机密文件门，与前总统川普海湖庄园文件搜查是某种暗示的巧合吗？

　　本章警句：我们是世界上最伟大的国家，担任你们的总统是我此生最大的荣耀和特权。

第三十七章　尾声 清明梦

　　清明的祭祀多是中国人的习俗，在每年的四月初，到墓地为故去的亲人扫墓寄托哀思，但美国人却没有清明祭一说，什么时候思念去世的亲人了，就买束花去墓园祭奠，没有烧纸和送大花圈的讲究。

　　说来也怪，爱丽丝偏偏在这个时节每天梦见去世的丈夫布莱恩，中国人管这个怪相叫清明梦。

　　有一天晚上，外边刮起了大风，爱丽丝似睡非睡的躺在床上，她隐约感觉窗户被风吹开了，她看到了一只小白兔跳上窗沿，还探头和她说，"你的男人布莱恩一会儿回来。"说完小白兔跳进屋内还趴在了她的身边。她等啊等，终于在晨光升起的那一刻，她看到窗前有一道丰满枯瘦的目光，可是怪了，她没看清轮廓的脸。她被吓醒了，她看了看身边柔软的小白兔枕头，觉得诡异得很搞笑。她下床走向窗前，望着庭院里那盛开的玫瑰花，陷入了沉思。因是凌晨，离起床时间还早，她又回到床上继续睡回笼觉。

　　一躺在床上爱丽丝就睡着了，而且睡得格外香甜。不知不觉中，她又进入了梦境，她看到无边的春潮，卷裹着农场花草树木的芳香和布莱恩墓地林海涛涛的画面迎面扑来。她领着孩子们，在农场的田园里尽情地玩耍，突然她的电话铃声响了，她也不知道是谁打来的，内容是让她去投票。她猛然想起今天是总统大选的投票日，她告别了孩子们，带上选票，开车到了指定投票地。她看到选民已经排起了长龙，有的选民很早就来了，就为了投下那庄严的一票。她跑到队伍尾部排队，可前边的工作人员却说投票机坏了，需要等多长时间不知道。这时一位老人笑盈盈地和爱丽丝说，去另一个投票站，新民主党的投票机从来就没坏过。爱丽丝灵机一动，作为记者她应该去看看。

爱丽丝转身走向车场，她上车直奔另一个投票站。可是她到站刚下车，第一眼就看见了她的丈夫布莱恩正在拿着选票排队往前走呢。那背影，1 米 80 的个儿，壮实的身材，乌黑的头发，她疾步跑过去，不停地喊着：布莱恩、布莱恩……

那男人转头了，浓密的眉毛，深邃的眼睛，脸两边修剪得体的胡子茬，唇下天生迎接朝阳的胡须，天哪，爱丽丝扑上去高喊：我的丈夫……

可是，她扑了个空，那个男人忽然不见了。

爱丽丝尴尬的醒了，她满头是汗水，她知道又做梦了。

天已经大亮了。爱丽丝起床后先到后院。她拿剪刀走到玫瑰花树前，小心地剪下一根又一根的玫瑰花，扎成一束。她要去墓地探视她的亡夫布莱恩。

临行前，爱丽丝打电话到公司找到总裁巴里特，她向总裁提出辞职，理由是专心打理丈夫布莱恩留下的纽约沙皇会馆，其实她的真正目的是坐下来写书，揭露美国的大选舞弊，让美国人知道真相。之后她又向总裁巴里特说，她已经通过邮件向 Q 总部提出退出 Q 会员。她感谢巴里特总裁这些年的关照。

经历了 2020 年美国总统的大选，又经历病毒瘟疫般侵蚀，还痛失了丈夫布莱恩，爱丽丝变成了另外一个人。她成熟了许多，已经彻底的放下了纠结，她不再像从前那样每天关注川普的一举一动了，她终于认可了丈夫布莱恩生前的说法，"川普可以是王，但他不是神"。

　　当然，一个成年人的有些理念总是无法从心灵深处彻底地抹去。但现在的爱丽丝已经变得沉默寡言，任何事她都从公平正义的角度去看待，包括客观的看川普的落败。

　　爱丽丝开车来到了农场，独自一人。和往常来看布莱恩不一样，这次她是带着使命而来。她有好多事想诉说。她手捧着一束玫瑰花来到布莱恩的坟前。她非常用心地和布莱恩说，"你在那边还好吗？我总是梦见你，也总想去适应没有你的日子，可是我怎么都做不到。我也'阳'了，本以为我会随你而去呢，谁知道，医生说，病毒变种了，毒性轻了，我躲过一劫。"

　　爱丽丝站在墓碑前，开始叙说布莱恩走后所发生的事：

　　她自言自语的念叨着说，"你走后，所发生的一切，尤其是 2020 大选，都是和你生前预料之中的一样。拜登当选了，川普落败了。"

　　"昨晚我又梦见你回来投票了，前些天，我的高中同学詹姆斯（James）和我说，他去世十年的父亲今年回来投票了，为这事他去选举委员会告了，但没结果。他专程去墓地祭奠他父亲说，人死了十年也可以回来投票吗？

　　"我无法评估詹姆斯讲话的真伪，但如果这是个案，那为什么乔州一位 62 岁男性新民主党人，因窃取别人的选票，代替选民签名被抓，法官判了他 25 年刑期，而且 15 年内不得保释呢。

　　"另外一件事要告诉你的是，宾州有上百万张有问题和未经选民签名的邮寄选票，被最高法院判决无效了，这也是你生前关注的事，如果选举没有舞弊，那法院判它干啥？！

　　"还有更精彩的，特斯拉的老板马斯克收购了推特，近期公布亨特·拜登电脑门的丑闻事件，可是，第一天公布一些文件后，第二天就断更了，原因是被推特法律顾问贝克叫停了。记得那个贝克是你生前和我说过的，他曾是联邦调查局 FBI 的法律顾问。现在贝克被马斯克开除了。

　　"让我假设说说这些事：从公布的文件让人怀疑，当年拜登家族丑闻，是拜登的竞选团队和推特联手隐瞒了事实真相，欺骗了美国选民。可是，白宫发言人却说，这是一个过时的旧新闻。艾格妮斯和我说，即使亨特·拜登的丑闻成立也不影响拜登，除非有证据证明拜登参与了儿子亨特的经商。

　　"让人不可思议的是，按公布文件记者的说法，当年推特安全总监向司法部、FBI 每周汇报沟通，而且川普的账号，没有违反推特的任何规定就被推定是违规给封了。如果推特作为私营企业，封了总统川普的帐号属于无可非议的民事纠纷，但如果有证据证明是政府干涉的结果，那可就是违反宪法的犯罪！

　　"问题是那个时间段，正是川普主政时期的政府。让人联想啊。我的朋友和我说，事实上川普已经被架空了，或者说他即使知道也没办法。

　　"你曾和我说，是新民主党和共和党的建制派人物联手打败了川普，现在我真的有点信了。

　　"艾格妮斯还和我说，如果川普执意参选 2024，他需要平衡共和党内的派系，尤其是不想让他参选的参选人。此外便是中间选民。因为美国选举的政治平衡机制，尽管有舞弊，但胜负是温和的中间选民决定的，川普还没有得到大多数中间选民的认可，加上他树敌太多，就连共和党提名都是个问题。所以美国的政治生态，是得中间选民者得天下。如果川普坚持，他必须面对两个问题：一是平衡关系，力争做到不能让共和党分裂；二是依法解决邮寄选票作假的舞弊问题。否则，他遇到的阻力会非常大。

"可是我最担心的是，假如 2024 川普没有赢得共和党提名，那以川普的性格，他很可能以第三方候选人的身份参选，这将把大量忠于川普的共和党初选选民吸走。如果是这个结局，那共和党最终还将面临分裂。

"唉"，爱丽丝叹口气接着说，"不说川普了，现在最让我闹心的是，Q 的王这部书写完了，我重新确定书名为：夺回美国。但联系了几家出版社，都被退稿了。因为涉及到 2020 年大选内容的书，这几家出版社都说，政治题材太敏感不方便出版发行。后来我通过熟人问，才知道，就是这近 10 年来，出版社也谨慎了，担心政府通过其它方式找麻烦。美国的出版自由、言论自由也在接受挑战。"

最后爱丽丝说，"放心吧，布莱恩，我已经辞职了，除打理纽约沙皇会馆外，我会专心写书，揭露美国百年存在的顽疾和黑暗。我已经退出 Q 了，你的妻子会永远站在正义一边，永远宣扬美国百年建起的真正的价值观。"

爱丽丝讲完，她静默地站立着，眼泪就在她的眼里，但她坚强地没让眼泪流下来。仿佛是天外之音在她的耳边响起：是的，百年基业的美国，必须回归传统的价值观；夺回美国真正的民主和自由，是在美国百年传统道德约束下的诚实，而不是说谎、欺诈和舞弊；夺回美国真正的民主和自由，党派的选手，是具有把对手当成朋友的胸怀，而不是把对手当成敌人去攻击去谩骂……

爱丽丝坚信，唐纳德·川普一定会回来的，因为川普主义已经在美国选民的心里生根发芽，并一定会结出丰硕的果实。

　　爱丽丝离开了墓地，她向正在帮助老布莱恩整理蔬菜的孩子们走去……

　　本章警句：夺回美国真正的民主和自由，是在美国百年传统道德约束下的诚实，而不是说谎、欺诈和舞弊；夺回美国真正的民主和自由，党派的选手，是具有把对手当成朋友的胸怀，而不是把对手当成敌人去攻击去谩骂……

后记：不能不说的评论

这部长篇小说《夺回美国》，最初构思的主题是"Q的王"，原型就是前总统川普，但主人公、情节及时空的调整和安排都是虚构的。

为了便于读者阅读和理解，在这篇后记中，我分成几个部分来阐明我为什么要写这部书。

一

2016 年美国总统大选，川普的出现，真的就像龙卷风一样袭卷了美国政坛，俘获了大多数出来投票的选民，其结果是川普成功当选了美国第 45 任总统。川普的当选，像晴天惊雷，震醒了美国新民主党的精英，也震醒了保守共和党建制派的元老们。他们不曾想到一个商人，一个圈外的政坛素人，竟然能真的当选美国总统！

太突然往往是被认为坏了规矩，好像是问鼎白宫的人，他的长相，他的出身，不应该是川普的模样，那么应该是什么样？美国的政坛某些精英们早就有了画像：根红苗壮，从政履历完整，这是最基本的条件。川普不在其列，他的当选应该就是一个意外。有人讲，前前总统说过，作为过渡，川普他只能做一届。或是忌讳，所以川普离开白宫需要法师来捉妖。其实川普踏进白宫时，夜幕低垂，白宫的上空便妖气缭绕，用文人形容就是乌压压的妖雾蒙蒙。川普纵有凌云志，眼所见却总是像黑云压城城欲摧的样子。川普虽言必行，行必果，但仍步履维艰。

美国的宪政制度，实行了两百年的基本框架在那里，一个萝卜一个坑，当选总统你不喜欢哪个，那你是有权拔掉。但想种一个新萝卜，把这个坑填满，却不是你一个人说了算的。按照工作流程推荐给你的人选，并不一定是你清楚了解的，更不是你想象中的自己人，这就是川普要面对的现实。

白宫的人事任免，从川普上任起就像走马灯一样，不停的换人，因为在政治精英的眼里，川普是局外人，所换上的人，理念和价值观与川普似乎就不在一个平台上。谁对谁错，历史自有公论和评说。但实事求是地说，川普是真的不容易，他施政的出发点都是好的，他也为美国贡献了很多，起码有七千多万选民是实实在在的支持他。但在残酷的现实面前，2020 年的总统大选中他的确是败了，而且败得很窝囊，败得让他无法咽下这口闷气。很多美国人相信，即使川普百年后他也不会认输，而且民调的结果，大多选民也认为，大选确实存在着让人无法相信的舞弊行为，但认为不是证据，这或许就是他想再战 2024 年的主要原因。

可是，这个时代会给他这个机会吗？

有评论人认为，2020 大选，最大的输家不是川普，输的是美国，输的是美国的政治制度，川普又有何输得窝囊？还有评论人说，大选的剧本四年前就写好了——大选的过程就是一个笑话。

所有这些，都是激发我写这部书的动机。

二

先不说新民主党，让我们看看一些共和党人怎么说？

　　就在川普嘲笑那些鄙视他的人，执意在 2024 年中期选举之前宣布竞选总统想法的同一天，一些共和党保守派知识分子发布了一份文件，以大量证据证明 2020 年的总统选举没有被窃取，川普的确是输了。

　　"本报告认真审视了川普及其支持者提出的非常严重的指控。总统和主要政党候选人提出此类指控的后果是巨大的。

　　如果属实，我们的选举制度急需修复。如果不是真的，那必须说，因为这种虚假指控腐蚀了我们的民主，让很大一部分人怀疑我们制度的合法性，严重削弱了国家。让全国 30% 的人对基于未经证实的'被盗'选举的选举结果缺乏信心，在民主国家中是不可持续的，并且会损害提出这些指控的政党的信誉。我们希望本报告中的完整记录将有助于恢复人们对我们选举的可靠性的信心。"

　　同是共和党人，共和党保守派研究专栏对 2020 年美国大选，给出了结论性的总结："我们对推翻或诋毁 2020 年总统选举结果的努力深感不安。在我们共和国，没有比人民有权选举我们的领导人并准确计算他们的选票更根本的原则了。阻挠人民选择的努力是非常不民主和不爱国的。声称选举被盗或欺诈，造成的结果是非常严重的，应该只在真实而有力的证据的基础上做出。如果美国人民对我们的选举是自由和公正的失去信任，我们就会失去我们的民主。"

　　而新民主党人则提出，人民已经做出了选择，且经国会两院依法认证，质疑大选结果是不实信息，甚至可以追究刑责。问题是，点票过程中突然停了，点票人又匆忙从柜里取出 4 大箱选票，还在没有监督人的情况下清点，至今没有得出让人信服的解释。有的州选票比选民多居然不再有人质疑，几万张从外州寄出的邮寄选票居然不违法，如果对这些进行质疑很可能便冠以谎言。19 个州联合以州的名义诉讼摇摆州的选举舞弊，至今也没有令人信服的结论，选民看到的结果只是最高法院不予受理。

请问这些共和党保守派知名人士，及新民主党精英人士，能否给选民一个真相的答案？

有目共睹的问题是：一个摇摆州，有 5 万多张问题选票，究竟出现在候选人的甲身上还是乙身上，结果不公布，那你查它干什么？

有评论说，不审查怎么修改选举法？他们说，审查的目的不是推翻选举人票的结果，而是为了修改选举法。这说法有意思，也是啊，没有证据不能说窃选；仅凭视觉观察得出的结论，没经过检验和核实，也不能作为有效证据来认证，质疑都不行。

不过我还是钦佩德州的共和党人，他们胆真大，竟敢开大会公开声明不承认 2020 年大选结果。

别说，2020 年大选后，真有 47 个州修改选举法了。如果没有舞弊嫌疑为什么要修改？

所谓结论就是视觉错误，所有人看到的不正常操作，都是视觉错误，司法部、FBI 不进行调查，就没有证据证明；想去诉讼，法院、联邦法院、最高法院也不予受理，这便是无言的结局，这将成为千古之谜。

卸任总统川普会服输吗？

即使是他服输了，跟随川普的众多选民也不会服。如果说 2020 年总统大选没有重创众多选民的信心，很多人不会相信。

三

　　没有人说川普是完美的，竞选总统前他就是一个商人，他没有任何政治资源。

　　所以，川普在整个四年的执政期肯定会存在一些问题。但请注意，大多数选民原谅了川普很多致命的缺点，否则在 2020 年他不会获得 7500 多万选票。

　　有些媒体人曝料，说川普的善变和有时暴跳如雷的性格得罪了太多的人，这的确应该提醒川普深思。

　　有评论人说，川普的最大敌人不是别人，正是他自己。用普通百姓的话说，他这个人就是大嘴巴子小心眼，缺乏包容心，缺乏一个领袖人物的胸怀。他总是斤斤计较于某一句话，某一件事，而且毫不留情的去揭别人的短处、伤疤，尤其是旁敲侧击人家的隐私。一旦他说了那话，甚至他做了那事，那被他说的这个人，马上就变成了他的敌人，而且是无法复合为朋友的敌人，像彭斯、彭佩奥、巴尔、科米、麦康奈尔、杨金以及他的一些离职幕僚等等。这些原本是他的朋友，或者说是一个团队的精英左右手，但最后都成了川普的敌人，或者说不是同路人，也可以说是永远不能合作的人。

　　我不能完全苟同。因为所在平台不同，理念和价值观也不同。作为总统的川普想做成一件事，比如"川普疫苗"，周围的人都反对，甚至有人骂他是"疯子"，但他为了尽快地救人命，认可"疯"一次，他骂人了，你能说他追逐的价值观是错的？因为这件事他得罪的那些人，应该是被淘汰的过客。

　　弗洛伊德事件引发美国各地暴乱，川普要求参谋长联席会议主席领军带队维护社会秩序，在场与会的人都应该知道川普想要动用的是国民兵，即国防自卫队，而不是陆军和海军陆战队，即使暴乱尚未达到状态失控，或者说总统还不知道军队在国内扮演的角色，但他们除了强硬回答总统"我做不了这件事"外，没有人解释将军为何说"不"，因为按照惯例是总统应该知道，不知道是无知。

川普他作为政治素人，不知道这些政治上的常识也不应该觉得奇怪，何况民选总统他也不一定是什么问题都懂。据说当年小布什总统访问中国时，公开说了令白宫头大的话，"台湾是中国的一部分"，之后白宫发言人马上纠正说，美国"坚持一个中国原则"没变，但回避了台湾是中国一部分的话题。假如这件事是真的，说明小布什总统还没有理解美国坚持一个中国原则的内涵，也说明还没有幕僚给小布什补上这一课。同理，有谁在"国防军"的使用上，提醒川普在什么情况下决定？川普为了维护社会治安和稳定找"领军人物"有什么错吗？

还有评论说，一个政治人物，如果被自己请的幕僚骂"愚蠢"、骂"白痴"、骂"笨蛋"，一次就够了，有了第二次第三次，那说明他性格有缺失，总是自以为是。

我还是不能苟同。你认为聪明的人并不一定有能力当选美国总统，但你认为是白痴的川普成功当选了。

有些建制派官僚总是瞧不起人，幕僚有幕僚的职责，在总统面前你应该知道谁大谁小。

我这样说，并不是拍川普的马屁，如果你知道美国的选民是成熟的，那你就应该知道，支持川普的选民，大多是支持美国政治保守派的政策主张，是支持川普主义，而不是支持川普个人。

四

　　川普得罪了太多的有权力的政客，这是事实。尤其川普得罪了很多同党派重量级的人物，也可以说是尚可左右美国政坛的政治人物，再加上强大的新民主党阻止他出山，以及官司缠身，真的是步履维艰，很难赢！

　　问题是无形之中左右两派形成的针对川普的统一战线，对正义很可能会视而不见（要清楚，相当一部分人还并不认为这是一种正义）。在总统选举的这个特殊的关键时间点，出现争议，假如法官再闭着眼睛敲锤，来个"不予受理"，你又能怎么办？

　　更何况支持川普的 7500 万选民并不是铁板一块，选民的想法和心里状态，会随着大环境的改变会改变的，比如本书的主人公爱丽丝，她最后就接受了川普败选的事实。

　　这是川普必须要面对的现实，也是他必须要解决的心理障碍，因为心态比黄金还重要。好的心态，平和的心态，往往决定人生的胜负，而具有领袖的胸怀，才能带领美国人民走向辉煌！

　　需要指出的是，在那些背叛川普的政客当中，的确有些人品很差的人，一边高喊着宪法，一边又违背着圣经。当权者在位时俯首称臣，一切配合；当权者下了台没有话语权时，马上变脸，声称配合是耻辱。这种翻手为云覆手为雨的两面人，应该耻于从政。做人要有原则，领袖人物更应该把人的品格放在第一位。

　　选民在观望，在心里掂量，在比较中决定自己对候选人的选择。很多选民会认为，2020 川普的落败有些委屈，应该再给他一次机会，但中间选民却不一定会这么看，也不一定会这么选择。尤其是选民的疑问在于川普为什么把原本的朋友都变成了敌人，为什么会有那么多共和党人反对他？这个问题即使川普回答了，也很难会令人信服。

还有，如果所有的政客，不论共和党还是新民主党，都认为川普心中有"仇恨"，尽管川普否认，但他们内心的评估不改变，那结局是他们会联合起来，以百分之百的全力来阻止川普参选；如果选民看出了川普有任何不服的"报复"心理（你还可以否认），且假设被"报复"的人是可原谅的，那大多数选民不会改变他们的同情心和心里确定的想法，仍然有可能不会把选票投给川普，因为美国必须团结，这是选民希望之所在，而不是来一次血雨腥风。

此外，有一种没有证据的说法值得重视，那就是很多共和党、新民主党政坛精英的共识是：即使 2020 大选的邮寄选票存在作假，主要针对的也是川普，假如川普还想再战2024，那批量的作假、欺诈和大选舞弊事件，有可能还会发生甚至变本加厉。如果做实了这种舞弊，那是必须修复的，否则，美国还是民主自由的国家吗？

另有一种声音，那就是推特曝光的亨特·拜登电脑门丑闻，明明是真实的丑陋门，偏偏政府部门的某些人用公权力干涉说是俄罗斯黑客所为，引导舆论和意识形态的走向，你这不是变相的干涉大选又是什么？

世上没有绝对天衣无缝的事，尽管你否认，但美国人心里是有杆秤的！

没错，美国政坛的未来，或许有比川普更好的选择，但川普对美国的贡献功不可没。应该说，川普的出现，是病魔缠身的美国社会一次自我拯救的拨乱反正，是两百多年来美国精英文化落败的一个高潮。虽然被视为大规模的选举舞弊夺去了川普连任的机会，但川普仍然有七千多万选民的支持，这股力量请不要小瞧，川普主义已经成为带有信仰成份的崛起而方兴未艾，卷土重来不是不可能。我希望那位卷土重来的人是川普，即使不是，我相信继任者他也会弘扬"川普主义"，让美国更加辉煌！

经历了 2020 年大选，以及这近 4 年的风风雨雨，我相信川普在新的竞选中，应该少一点说自己和自己的过去，多一点说这个虽有了伤痕但却仍然威严崇高的国家；以崭新的面貌去迎得选民的支持；以超智慧的亲和力，让选民毫不犹豫地去掉"川普疲乏症"，轻松上阵，投出属于自己一位公民最庄严的一票！

当然，即使不能胜出，我相信川普会接受美国人民的选择！因为你是在捍卫美国宪法赋予人民一人一票选举国家领袖的权力！

我还要重复我写过的这段话：百年基业的美国，必须回归传统的价值观；夺回美国真正的民主和自由，是在美国百年传统道德约束下的诚实，而不是说谎、欺诈和舞弊；夺回美国真正的民主和自由，党派的选手，是具有把对手当成朋友的胸怀，而不是把对手当成敌人的去攻击去谩骂……

五

下面我综合回答读者在中文网站看到我上传的部分章节后，私信中提出的问题。

　　问题1，中美贸易战是川普引爆的，美中关系整体恶化的始作俑者就是川普，可读后感觉怎么变成了中国总理李克强搞砸了美中关系？

　　没看懂没关系，但不要乱说，更不要乱扣帽子。关于"总理"一说，我在本书第12章《一夜间决裂》那节，写了美中贸易战的引爆点，并加注了本章特别说明，（请详细阅读说明）；在第13章《春天的故事》、第14章《枪口上的狼》那两节，写了中国人对贸易战的观点，读者阅后便知作者的立场。我想强调的是，我写这部书的主题是要揭露美国的大选舞弊，作假和欺诈，还有近些年美国社会出现很多违背普世价值的丑恶事件，通过川普这位商人成功当选又被落败的故事，让读者看清美国的民主制度存在着至暗的弊端，必须修复，是写美国人的故事，而不是写美中贸易战，更不是写美中关系整体恶化的始作俑者，请你不要偷换概念，不要为作者更换主题。还有，我写的是一部长篇小说，不是评论类的批判文章！你恨川普就不允许别人写川普的故事，一旦写了你就曲解原意的谴责作者是何道理？美中之间有着不同的体制，政治诉求的理念和信仰有着根本性的不同，即使美国总统不是川普，今天换成是乔•拜登了，就你所关心的这个话题，有过之无不及。所以，你的联想过界了，而且，这种缺乏大格局的思维，有害而无利。

　　问题2，你做过大选的义工吗？你知道2020年大选有多少共和党人投票给拜登吗？数据证明，大选是公正的。川普就是一个骗子，他个人、他家族企业的偷税漏税，以及防疫不当等等，你歌颂这样的人，足见你的站队是被蒙骗了。

　　在回答你这个问题前，我先给你讲个小故事。

　　2018 年圣诞节的前夜，川普和夫人梅拉尼娅，还有他身边个别的工作人员登上了空军一号，前往一处非常危险的地方。而且为了保密和安全起见，飞行全程飞机内不能开灯。飞机从美国华盛顿军用机场起飞，在黑夜里飞行了 12 个多小时，抵达了伊拉克北部 ISIS 基地区域内一处美国的秘密机场。在机场附近一处可容纳一百多人的食堂里，围剿恐怖组织的美国官兵们正准备庆祝圣诞节晚餐的时刻，总统川普和夫人突然推门而入，在场的所有美国官兵，不管你是黑人还是白人、亚裔人；不管你是新民主党，还是共和党人，官兵齐声欢呼：USA、USA、USA、USA、USA……。欢呼声在这一个简陋的食堂里爆棚。这时，一位年轻的军人大声说，"总统先生，因为您的当选，我才再一次服役，走向歼灭恐怖分子的战场。"川普慈爱地回答："孩子，因为你、你们，我今天才来到这里！"

　　有谁见过一位总统不惧生死，在圣诞节去探望战斗在最前线的官兵？难道你认为这样的总统是骗子吗？

　　人生的经历告诉我，这个世界每天都发生这样和那样的事，而所有的事情几乎在一个规定的框架下，都与人有关。每件事都有最原始的出发点，但结局不同。看人要公正，不能有偏见。美国的历史正被书写，而过去的所发生的一切，在未来某一天，一定会有真相，因为美国人民心里这杆秤是要秤锤定量的！我非常相信，这近十年发生的事件，历史所有真相一定会收入川普总统图书馆，最终会成为美国国家档案馆的一个组成部分。

　　请记住川普对税务的改革及推送最高法院保守法官的任命；请记住川普向联邦政府规则宣战，为缓减止痛药危机推动立法行动；请记住川普催促北约成员国分摊更多经费，减轻美国纳税人的负担；请记住川普将美国人年薪涨幅创造 9 年来最高纪录，2018 年新增工作岗位数量超过之前 3 年总计；请记住川普全部履行竞选期间的承诺，重新谈判北美自由贸易协定，还将美国驻以色列使馆从特拉维夫迁到耶路撒冷；更请你记住"川普疫苗"挽救了多少人的生命……

　　川普的出现，不是当今美国历史上一个荒唐的插曲，而是振兴美国雄武强盛的历史地标！

　　请抛开你的偏见，为了美国更美好的未来……

　　最后感谢美国政坛的中国评论家，因为这部书的很多数据，以及可供参考的观点，都是通过网络上的时评文章查得，引用了数字，且是政府确认的数字，因这是一部政治题材的长篇小说，所以没有标明出处。在此致谢。

一来

2022 年 11 月 25 日第一稿

2023 年 1 月 22 日修改

www.ingramcontent.com/pod-product-compliance
Lightning Source LLC
Chambersburg PA
CBHW010346220726
48290CB00016B/2645